Die Schneekönigin

Wolfgang & Heike Hohlbein

Die Schneekönigin

Frei nacherzählt nach dem gleichnamigen Märchen
von Hans Christian Andersen

Mit Illustrationen von Ludvik Glazer-Naudé

arsEdition

Bibliografische Information der Deutschen Nationalbibliothek
Die Deutsche Nationalbibliothek verzeichnet diese Publikation in der Deutschen Nationalbibliografie; detaillierte bibliografische Daten sind im Internet über http://dnb.d-nb.de abrufbar.

MIX
Papier aus verantwortungsvollen Quellen
FSC® C014496
FSC
www.fsc.org

Text: Wolfgang und Heike Hohlbein
Textlektorat: Dieter Winkler
Umschlaggestaltung: Grafisches Atelier arsEdition unter Verwendung einer Illustration von Ludvik Glazer-Naudé
Vignetten: Ludvik Glazer-Naudé

ISBN 978–3–8458–1202–1

www.arsedition.de/

1. Kapitel

Alles begann an einem Tag im Herbst, wie man ihn sich schöner kaum hätte vorstellen können. Wenn Gerda später über diese Zeit nachdenken sollte, dann fragte sie sich manchmal, ob sich die Sonne und der laue Herbstwind nicht vielleicht ganz besonders angestrengt hatten, um Mensch und Tier schon im Vorhinein für das kommende Unglück zu entschädigen.

Aber davon wusste sie an diesem Tag noch nichts, so wie überhaupt niemand in der Stadt. Und so erschien er ihr wie jeder andere schöne Herbsttag. Nur vielleicht ein bisschen schöner.

Gerda war vielleicht zwölf Jahre alt, vielleicht auch etwas jünger oder älter. So genau wusste das niemand, nicht einmal ihre Großmutter, mit der sie ganz allein in einer kleinen Dachkammer wohnte. Sie hatte noch nicht sehr viele jener schönen Spätsommertage erlebt, an denen man lange auf dem Balkon sitzen konnte, um zuzusehen, wie die Natur die leuchtenden Farben des Sommers langsam gegen das Gold und Rot des Herbstes eintauschte.

Gerda hatte zwar keinen Balkon – dafür war ihre schäbige

Dachstube viel zu winzig –, aber einen Dachgarten. Wenn man es genau nahm, dann war er nicht wirklich ein Garten, sondern nur ein sehr großer Blumenkasten, der vor dem einzigen Fenster der Dachstube angebracht war. Und wenn man es ganz genau nahm, dann gehörte er auch nicht ihr, sondern dem Hausbesitzer.

Dass der sie ganz umsonst in der kleinen Dachkammer wohnen ließ, war ein großes Glück. Gerdas Eltern waren früh gestorben und sie und Großmutter bitterarm. Manchmal hatten sie kaum genug zu essen und eine richtige Wohnung hätten sie sich niemals leisten können.

Doch das alles machte Gerda nichts aus, denn sie kannte es ja nicht anders. Und selbst wenn es nicht so gewesen wäre – wer brauchte denn mehr als einen warmen Ofen im Winter und ein sonniges Fenster im Sommer, um rundum zufrieden zu sein?

Sehr bald sollte sie erfahren, dass da noch vieles andere war. Doch davon ahnte sie in diesen friedlichen Stunden nichts. Und so freute sie sich darauf, ihr Tagwerk zu beenden und in ihren kleinen Dachgarten zu gehen, um dem Sonnenuntergang zuzusehen. Das tat Gerda gerne und oft, vor allem im Herbst, wenn sich die Sonne manchmal in eine leuchtende rote Blüte zu verwandeln schien, bevor sie hinter dem Horizont versank.

Und da gab es auch noch einen weiteren Grund, aus dem sie es manchmal gar nicht mehr erwarten konnte, hinaus in den Garten zu kommen. Er hieß Kay, wohnte genau wie sie in einer kleinen Dachstube in dem Haus auf der anderen Straßenseite und war nur wenig älter als Gerda. Sie kannten sich, solange sie sich zurückerinnern konnte. Genau wie Gerda hatte Kay keine Eltern mehr und wohnte bei einer Tante, die sich liebevoll des Waisenknaben angenommen hatte.

Wie es zwischen Kindern üblich ist, die Tür an Tür aufwachsen, hatten sie viel Zeit miteinander verbracht. Meistens hatten sie sich vertragen, manchmal aber auch nicht. Sie hatten sich geneckt, miteinander gespielt und gelacht und einmal hatte Kay sie verprügelt (und Gerda umgekehrt ihn sogar dreimal).

Doch eines waren sie über all die Jahre immer geblieben: gute Freunde.

In letzter Zeit aber … war da noch etwas anderes. Gerda wusste nicht, was, aber es war ein seltsames Gefühl, das sie über die Maßen verwirrte. Es war, als sähe sie Kay plötzlich mit anderen Augen, als sei er gar nicht mehr derselbe. Einmal hatte sie sogar ihre Großmutter gefragt, was es mit dieser seltsamen Verwirrung auf sich hatte, die sie manchmal schon dann ergriff, wenn sie nur an Kay dachte. Doch die alte Frau hatte nur wissend gelächelt und geantwortet, sie könne sich ruhig noch ein paar Jahre Zeit lassen.

Sie hatte Gerda nicht gesagt, womit, und so hatte sie sich wohl oder übel in Geduld gefasst und ein Stoßgebet zum Himmel geschickt, dass es nicht wirklich noch Jahre dauerte.

Auch an diesem Abend meinte sie es kaum abwarten zu können, Kay zu sehen. Sie hatte ihrer Großmutter geholfen, Brotteig zu kneten und die Stube zu putzen – was schnell getan war, denn die Dachkammer war wirklich winzig –, und anschließend mit ihr Lesen, Rechnen und Schreiben geübt. Das gehörte zu den Dingen, die Gerda nicht wirklich mochte. Ihre Großmutter war zu arm, um Schulgeld für sie bezahlen zu können, aber sie bestand darauf, täglich eine Stunde mit ihr zu üben. Da half alles Jammern und Wehklagen nichts, so wenig wie das Argument, dass sie irgendwann einen stattlichen Burschen heiraten würde, möglicherweise sogar einen Prinzen.

Als sie das das letzte Mal gesagt hatte, hatte ihre Großmutter nur gelächelt und gefragt, was wohl Kay sagen würde, erführe er von diesen Plänen. Gerda hatte die Frage danach nicht noch einmal gestellt.

Nun aber duftete die Stube bereits so verlockend nach dem Brot im Ofen, dass einem das Wasser im Munde zusammenlaufen konnte. Es konnte also nicht mehr lange dauern, bis ihre tägliche Unterrichtsstunde zu Ende ging. Gerda begann unruhig auf dem Stuhl herumzurutschen, damit das Großmutter nur nicht entging. Schließlich gab die alte Frau mit einem Kopfnicken zu verstehen, dass es für heute genug sei. Gerda packte rasch Schiefertafel und Griffel zusammen und verstaute beides ordentlich in der großen Truhe neben dem Bett.

Dann eilte sie zum Fenster. Großmutter ermahnte sie wie üblich, vorsichtig zu sein, und Gerda hörte wie genauso üblich kaum zu. Sie hatte nur Augen für den wunderschönen Rosenstrauch auf ihrem Dachgarten, der noch immer üppig blühte. Er war ihr ganz persönliches Symbol dafür, dass sie Kay schnell erreichen konnte, wann immer sie wollte.

Vor Jahren, als Großmutter angefangen hatte, Zwiebeln und allerlei Küchenkräuter vor ihrem Fenster zu ziehen, war dort kaum mehr als ein großer Blumenkasten gewesen. Im Laufe der Zeit hatten sie den hölzernen Kasten immer weiter ausgebaut. Irgendwann hatte Gerda einen kleinen Rosenstock hineingepflanzt. Als der dann immer üppiger wurde, hatte er sich so weit über das Dach geneigt, dass er fast abgebrochen wäre. Doch dann hatte Kay eine geniale Lösung ersonnen.

Die Straße, in der die beiden gegenüberliegenden Häuser standen, war sehr schmal. Ein Stockwerk der Häuser war immer gerade ein bisschen größer als das darunter, sodass sie in der Höhe aufeinander zuzuwachsen schienen. Am Ende berührten sich die Dachrinnen beinahe schon; kaum, dass sie noch mehr als einen beherzten Schritt voneinander entfernt waren. Gerda hätte es niemals gewagt, diesen Schritt zu tun. Doch erfindungsreich, wie Kay nun einmal war, hatte er eines Abends Balken und Bretter von einem Dach zum anderen gelegt, sodass der Garten ungehindert weiter und sogar ein gutes Stück auf das Dach des anderen Hauses hinaufwachsen konnte.

Und außerdem mussten sie nun nicht mehr die vielen Treppen zur Straße hinunterlaufen, um einander zu sehen.

Gerda riss sich aus ihrer Träumerei und schwang sich mit einer solchen Leichtigkeit aus dem Fenster, dass sie Großmutters Ermahnung, rechtzeitig zum Essen wieder zurück zu sein, kaum noch hörte. Kay wartete gewiss auf sie, und sie wollte keinen Augenblick versäumen, den sie in seiner Nähe zubringen konnte.

Zuerst konnte sie ihn jedoch nirgendwo sehen. Enttäuschung wollte sich in ihr breitmachen. Dann hörte sie seine Stimme ganz entfernt von dem Dach auf der gegenüberliegenden Seite. Es klang nicht wirklich so, als ob er nach ihr riefe, sondern …

Sie beeilte sich, über die nachwippenden Bretter auf das Dach des Nachbarhauses zu gelangen. Wieder hörte sie Kays aufgeregte Stimme. Gerda streckte die Arme nach beiden Seiten aus, um das Gleichgewicht zu halten, und eilte das steile Dach hinauf. Wenn da ein Fremder war, den Kay mit auf ihr Dach genommen hatte, konnte er was erleben!

Als sie jedoch den First erreichte und hinübersah, war er allein. Er war am anderen Ende des Daches in die Hocke gegangen, was nicht ungefährlich war, denn das hier war die Wetterseite und das Haus alt und baufällig.

Obwohl das Kay sehr genau wusste, winkte er ihr eilig zu, zu ihm zu kommen. Gerda gehorchte, auch wenn ihr ganz und gar nicht wohl dabei zumute war, denn die alten Schieferziegel knackten und knirschten hörbar unter ihrem Gewicht. Ihr schwindelte ein bisschen. Auf dieser Seite gab es nämlich keinen Dachgarten und keine stabilen Balken und Bretter, sondern nur einen jähen Abgrund, der etliche Stockwerke weit in die Tiefe klaffte.

Kay hatte jedoch nicht die mindeste Angst, obwohl seine Zehenspitzen kaum einen Fingerbreit vom Abgrund entfernt waren, sondern forderte sie noch aufgeregter winkend auf, sich zu ihm zu gesellen.

»Schau, dort!« Kay deutete mit dem freien Arm nach vorne. »Besuch! Sehr hoher Besuch, wie es aussieht.«

Gerdas Herz klopfte, und ihre Knie zitterten immer stärker, je näher sie ihm und damit auch der Dachkante kam. Zugleich sah sie aber auch, dass Kay recht hatte, und so siegte ihre Neugier. Sie ging weiter und ließ sich neben ihm in die Hocke sinken, allerdings ein gutes Stück entfernt von der Dachkante.

Von hier aus hatte man einen guten Blick über die Stadt: den hohen Kirchturm mit seiner blitzenden Kupferspitze, das Rathaus und den großen Brunnen auf dem Marktplatz, der gerade einmal zwei Straßen weit weg lag. Gerda wusste, wie groß er war; der größte Platz, den sie jemals gesehen hatte und auf dem man sich wirklich verloren vorkam, stand man alleine darauf. Doch im Augenblick wirkte er winzig, platzte er doch von Menschen schier aus den Nähten. Es sah aus, als wäre die ganze Stadt zusammengekommen, Männer, Frauen und Kinder, die ein einziges buntes Durcheinander bildeten, wie einen riesigen lebendigen Flickenteppich.

»Hoher Besuch?« Sie runzelte die Stirn. »Was meinst du damit?«

Kay deutete noch einmal nach unten. »Die Reiter, siehst du? Gleich neben der großen Statue.«

Gerda strengte die Augen an. Die große Statue, von der Kay sprach, stellte einen Helden aus längst vergangener Zeit dar. Der Ritter saß in einer prachtvollen Rüstung auf einem gewaltigen Schlachtross und reckte ein steinernes Schwert in den Himmel.

Jetzt war dieser steinerne Reiter nicht mehr allein. Zwei weitere Gestalten auf gepanzerten Schlachtrossen hatten direkt neben dem Denkmal Aufstellung bezogen. Trotz ihrer blitzenden, strahlend weißen Rüstungen wirkten sie bedrohlich. Gerda hatte den verrückten Eindruck, als ginge eine Woge eisiger Kälte von ihnen aus.

Am unheimlichsten aber war die dritte Gestalt, die zwischen den beiden Bewaffneten stand. Auch sie war sehr groß, trug aber keine Rüstung und auch kein Schwert, sondern einen schweren, ebenfalls weißen Fellmantel samt Kapuze, gefütterten Stiefeln und Muff.

Und kaum hatte Gerda sie gesehen, da geschah etwas ganz und gar Seltsames: Die Gestalt war viel zu weit entfernt, um ihr Gesicht erkennen zu können, ja noch nicht einmal, ob es ein Mann oder eine Frau war, und doch – im gleichen Moment, in dem Gerda sie ansah, hob sie den Kopf und blickte zu ihnen herauf.

Unmöglich oder nicht: Gerda wusste einfach, dass sie von einem Paar kalter, eisfarbener Augen angestarrt wurde. Dabei fühlte sie sich einem Blick ausgeliefert, der wie eine Klinge in ihre Seele fuhr und etwas darin zum Erstarren brachte.

Gerda fuhr so erschrocken zusammen, dass sie um ein Haar das Gleichgewicht verloren hätte und es wirklich übel hätte enden können, hätte Kay nicht gedankenschnell zugegriffen und sie am Arm festgehalten.

»Vorsicht! Was ist denn los?«

»Nichts«, behauptete Gerda.

Sie machte sich los und wich in der Hocke vorsichtshalber ein weiteres Stück von der Kante zurück, ein bisschen ärgerlich auf sich selbst. Nicht mutig zu sein, war ja schön und gut, aber nicht schwindelfrei zu sein, doch ziemlich lästig.

Und gefährlich.

»Ich war nur überrascht«, log sie – zwar mit schlechtem Gewissen, aber sie konnte Kay unmöglich die Wahrheit sagen. Er musste sie ja für verrückt halten!

»So etwas habe ich noch *nie* gesehen«, fügte sie hinzu.

»Ich auch nicht.« Kay überzeugte sich mit einem aufmerksamen Blick davon, dass sie auch wirklich sicher saß, bevor er fortfuhr: »Ich glaube, das hat überhaupt noch niemand hier.«

»Aber du hast gesagt, es wäre hoher Besuch!«

»Na, dann sieh sie dir doch an!«, antwortete Kay und begann so wild in Richtung der drei Gestalten in Weiß zu deuten, dass ihr schon beim Zusehen wieder ganz anders wurde. »Das *müssen* Edelleute sein, so wie sie aussehen! Bestimmt sind es Gesandte aus einem fremden Land! Und sieh – da kommt auch schon der Bürgermeister, um sie zu begrüßen!«

Nun gehörte Gerda nicht zu den Menschen, die dem Bürgermeister jemals nahe genug gekommen wären, um ihn von Angesicht zu Angesicht zu sehen. Aber bei der prachtvoll gekleideten Gestalt mit der schweren Goldkette um den Hals, die sich ihren Weg durch die Menschenmenge bahnte, konnte es sich nur um das Oberhaupt der Stadt handeln. Er kam auch nicht allein, sondern wurde gleich von einem Dutzend Soldaten begleitet, die ihre Schilde und Speere reichlich grob einsetzten, um eine Gasse für ihren Herrn zu bahnen.

»Soldaten?«, fragte Gerda beunruhigt. Das gefiel ihr nicht.

Kay nickte. »Das bedeutet gar nichts. Bei den hohen Herrschaften ist es üblich, einander so zu empfangen.«

»Aha«, sagte Gerda. »Und das weißt du genau *woher*? Ich wusste gar nicht, dass du im Rathaus bei den hohen Herren ein und aus gehst.«

Kay machte ein beleidigtes Gesicht. »So etwas weiß man eben«, versetzte er. »Und dieser Besuch muss wichtig sein. Sieh dir doch nur an, wie prachtvoll sie gekleidet sind!«

Gerda nickte zwar zaghaft, aber es wollte ihr nicht gelingen, Kays Begeisterung zur Gänze zu teilen. Ganz im Gegenteil – je länger sie hinsah, desto unheimlicher erschienen ihr die drei weiß gekleideten Gestalten. Sie machten ihr Angst. Das war mindestens genauso ungerecht wie unsinnig, aber es war eben so, basta.

Sie sahen schweigend weiter zu, wie sich die Soldaten und der Bürgermeister den Fremden näherten und mit ihnen zu reden begannen. Je mehr Zeit verstrich, desto mehr fragte sich Gerda, ob es wohl in Wahrheit nicht eher ein Streit war, den sie aus der Ferne beobachteten. Natürlich war die Entfernung viel zu groß, um auch nur ein einziges Wort zu verstehen, doch die Stimmung war gewiss nicht fröhlich.

Und bald meinte sie auch ein unwilliges Raunen und Murren zu vernehmen, das von der gesamten Menge auf dem Marktplatz ausging.

»Wer mag das sein?«, murmelte sie.

Kay hob die Schultern und sah weiter aus angestrengt zusammengekniffenen Augen auf den Marktplatz hinab. »Irgendjemand Berühmtes eben.«

Oder jemand Gefährliches, dachte Gerda. Plötzlich war ihr kalt.

Zuallererst dachte sie, es sich nur einzubilden, weil der Anblick so unheimlich war, doch dann sah sie, dass auch Kay sichtbar schauderte und sich die feinen Härchen auf seinen Unterarmen aufrichteten, als er eine Gänsehaut bekam.

»Das ist seltsam«, sagte sie. »Ist dir auch so kalt?«

»Es wird bald dunkel«, gab Kay zu bedenken. »Und der Sommer ist fast vorbei.«

Aber er klang dabei nicht so, als würde er an seine eigenen Worte glauben. Und dass es inzwischen so kalt war, dass sein Atem als grauer Nebel vor seinem Gesicht erschien, wenn er sprach, machte es auch nicht wirklich besser.

»Vielleicht gehen wir lieber wieder hinein«, sagte Gerda unbehaglich. Sie stellte fest, dass der Bürgermeister inzwischen aufgeregter mit seinen Besuchern sprach. Schließlich machte er eine Bewegung mit dem Arm, die nun wirklich nicht mehr freundlich aussah, woraufhin alle seine Soldaten ihre Schwerter zogen und die Fremden in die Mitte nahmen. Unter den immer lauter werdenden Buhrufen und auch der einen oder anderen drohend erhobenen Faust der Menge bildeten die Soldaten eine Gasse und führten sie weg Richtung Stadtmauer.

»Es wird gleich dunkel«, wunderte sich Kay. »Und sie werfen sie trotzdem aus der Stadt? Das ist ungewöhnlich!«

»Dann waren es wohl doch keine Ehrengäste«, sagte Gerda.

Kay beließ es zur Antwort bei einem finsteren Blick und stand auf. Er rieb sich mit den Händen über die bloßen Unterarme, weil ihm so kalt war. Jetzt bildete sein Atem schon grauen Dampf vor seinem Gesicht, selbst wenn er nichts sagte. Auch Gerda war inzwischen so kalt, dass sie an sich halten musste, um nicht mit den Zähnen zu klappern, und ihre Nase und die Fingerspitzen begannen zu kribbeln.

Sie wollte nur zurück in ihre warme Stube, um sich an den Ofen zu kuscheln, und sie musste Kay nicht extra fragen, um zu wissen, dass es ihm ganz genauso erging. Aber trotzdem rührte sich keiner von ihnen, bis die Soldaten mit den drei Fremden zwischen den Häusern verschwunden waren und sich die Menge auf dem Marktplatz wieder zu zerstreuen begann.

»Das war das Unheimlichste, was ich je erlebt habe«, sagte Kay und schauderte auch übertrieben, wohl um seinen Worten noch ein bisschen Nachdruck zu verleihen.

Gerda nickte zwar, wie um ihm beizupflichten, aber insgeheim war sie anderer Meinung. Das Unheimlichste, was *sie* jemals erlebt hatte, das erlebte sie gerade jetzt, in eben jenem Augenblick: Es wurde immer nur noch kälter, und ihr war auch, als würde es viel zu schnell dunkel.

»Jetzt lass uns aber gehen«, sagte Kay, »bevor es am Ende noch anfangt zu schneien und wir es nicht mehr auf die andere Seite schaffen.«

Zweifellos war das nur als Witz gemeint, um sie aufzuheitern, doch die Worte ließen Gerda einen weiteren kalten Schauer über den Rücken laufen.

Und spätestens, als sie sich umdrehten und nebeneinander mit vorsichtigen Schritten die Dachschräge hinaufgingen, wurde es endgültig unheimlich. Auf den schwarzen Schieferplatten glitzerte Raureif. Als wäre das noch nicht schlimm genug, fing es ganz sacht an zu schneien, als sie den Dachfirst erreichten und den Abstieg auf der anderen Seite begannen.

Das allerletzte Stück schließlich war wirklich gefährlich. Das Dach war so glatt gefroren, dass ihre Füße kaum noch Halt darauf fanden, und wie durch einen bösen Zauber wurde es binnen weniger Augenblicke dunkel. Aus wenigen weißen Flocken wurde rasch ein richtiges kleines Schneegestöber. Der Wind war eisig und zerrte wie mit unsichtbaren Fäusten an ihren Kleidern und ihrem Haar. Sie konnte kaum etwas sehen. Zum ersten Mal seit langer Zeit bekam es Gerda mit der Angst zu tun, als sie mit kleinen vorsichtigen Schritten über Kays Bretter auf die Rose in ihrem Dachgarten zugingen.

Da heulte der Wind auf wie ein zorniger Wolf und zerrte mit solcher Gewalt an ihr, dass sie damit rechnete abzustürzen.

Das Fenster flog auf und die schmale Hand ihrer Großmutter langte heraus. Sie ergriff zuerst sie und dann Kay am Arm und zog sie in die Sicherheit des Hauses.

»Das war wirklich sehr leichtsinnig von dir«, schalt Großmutter, und das nicht zum ersten Mal. Sie hatte Gerda in einen Winkel neben den Ofen bugsiert und so lange mit einem rauen Tuch abgerubbelt, bis ihre Haare schon fast wieder trocken und ihre Haut ganz rot und heiß geworden war. »Ich bin wirklich enttäuscht von dir, mein Kind. Ich hätte dich für klüger gehalten! Nicht einmal im Traum wäre ich darauf gekommen, dass du so leichtsinnig bist, nachts und in einem ausgewachsenen Schneesturm auf dem Dach herumzuturnen.«

Sie hielt kurz in ihren Versuchen inne, ihrer Enkeltochter auch noch das letzte bisschen Haut vom Gesicht zu schubbern, und stemmte herausfordernd die Fäuste in die Hüften. »Weißt du denn eigentlich, was alles hätte passieren können? Du hättest zu Tode kommen können, du dummes Kind!«

»Es ist nicht Gerdas Schuld«, mischte sich Kay ein.

Genau wie sie saß er mit angezogenen Knien und immer noch vor Kälte mit den Zähnen klappernd auf der anderen Seite des Ofens und versuchte jedes bisschen Wärme aufzunehmen.

»Sie kann wirklich nichts dafür. Es ging alles viel zu schnell, als dass …«

»Und was dich angeht, mein junger Freund«, begann Gerdas Großmutter.

Der unbeendete Satz klang wie eine Drohung. Als sie sich dann auch noch ganz zu Kay umdrehte und ihn zornig anfunkelte, kamen ihm wohl ernsthafte Zweifel, ob es wirklich so klug war, sich schützend vor Gerda zu stellen.

»Von dir bin ich ganz besonders enttäuscht. Ich dachte, du wärst schon erwachsen und Manns genug, um auf meine Enkeltochter aufzupassen. Aber da habe ich mich wohl getäuscht!«

»Aber es ging wirklich alles viel zu schnell«, protestierte nun auch Gerda. »Niemand konnte ahnen, wie rasch es …«

»Mein Kind!«, wurde sie unterbrochen. »Sei wenigstens ehrlich und gib zu, dass ihr wieder einmal die Zeit vergessen habt. Ihr haltet mich wohl für dumm, nur weil ich alt bin? Auch wenn man es heute kaum glauben mag, wenn man mich so sieht, aber auch ich war einmal jung und habe mir die wildesten Ausreden einfallen lassen, wisst ihr?« Sie schüttelte mit einem enttäuschten Seufzen den Kopf. »Da gönnt man sich einmal ein kleines Schläfchen, und schon muss man um dein Leben fürchten. Dabei hattest du mir doch fest versprochen, immer vor Dunkelwerden zurückzukommen. Ich muss mir überlegen, ob ich dir überhaupt noch erlauben darf, mit deinem Freund drüben auf dem Dach zu spielen.«

»Aber es ging wirklich alles viel zu …«, begann Gerda noch einmal und sprach dann von sich aus nicht weiter, sondern tauschte nur einen verblüfften Blick mit Kay. Konnte es sein, dass ihre Großmutter eingenickt war und so von all den unheimlichen Geschehnissen gar nichts mitbekommen hatte?

»Es ist meine Schuld«, behauptete Kay noch einmal. »Ich war abgelenkt. Wir haben zugesehen, was auf dem Marktplatz geschieht, und haben gar nicht gemerkt, dass es dunkel wird.«

»Was ist denn auf dem Marktplatz passiert?«, wollte Großmutter wissen.

Kay antwortete nicht nur sofort, sondern hatte wohl auch nur darauf gewartet, die spannenden Neuigkeiten loszuwerden. Jedenfalls sprudelte er sofort los und konnte vor lauter Begeisterung gar nicht mehr aufhören. Gerdas Großmutter musste ihn schließlich mit einem Kopfschütteln zum Schweigen bringen und damit, ihm mit erhobenem Zeigefinger zu drohen; auch wenn es nicht wirklich ernst aussah.

»Das ist aber gar nicht nett von dir, mein Junge, dich so über eine alte Frau lustig zu machen«, sagte sie.

Kay sah ein bisschen verdutzt aus. Er warf Gerda einen fast flehenden Blick zu.

Sie konnte jedoch nur verwirrt die Schultern heben.

»Aber ich schwöre, dass alles ganz genau so war«, beteuerte er.

Großmutter wurde sogar noch einmal ernster. »Hat man dir denn nicht beigebracht, dass man nicht leichtfertig schwören soll, mein Junge? Schon gar nicht, wenn du dir nur einen Spaß machen willst?«

»Aber …«

»Wer hat dir diese Geschichte erzählt?«, fragte Großmutter. »Deine Tante, Kay? Ich glaube, ich muss mit ihr sprechen, dass sie euch Kindern nicht solche Flausen in den Kopf setzt.«

»Aber was für Flausen?«, fragte Gerda.

Großmutter schien allmählich richtig zornig zu werden, und das tat ihr leid – vor allem, weil sie immer noch nicht wirklich verstand, warum. Was hatte sie denn Falsches gesagt?

»Ihr habt die Geschichte von der Schneekönigin gehört, habe ich recht?«, fragte Großmutter. »Und da habt ihr euch gedacht, machen wir uns doch einen Spaß mit einer alten Frau und jagen ihr einen rechten Schrecken ein. Aber das ist nicht nett. Gar nicht nett.«

Kay wollte schon wieder protestieren, doch Gerda kannte ihre Großmutter gut genug, um ihn mit einem raschen Blick zum Verstummen zu bringen. Sie war wirklich alt und begann manchmal schon ein wenig vergesslich zu werden, ja, manchmal auch ein bisschen sonderbar, wie es bei alten Leuten nun einmal vorkommt. Aber nun sah sie erschrocken, ja beinahe schon so aus, als hätte sie Angst. Und das kam selten vor, denn ihre Großmutter war neben vielem anderen auch eine sehr tapfere Frau.

»Die *Schneekönigin*?«, fragte Gerda.

Dieses Wort hatte sie noch nie gehört … aber eigentlich klang es gar nicht so schlimm, fand sie.

»Das ist nur eine alte Geschichte, um kleine Kinder und vorwitzige junge Mädchen und ihre Freunde zu erschrecken, die sich einen Schabernack mit ihrer Großmutter machen wollen«, antwortete sie. »Eine sehr dumme Geschichte.«

»Erzählst du sie uns?«, fragte Gerda.

Ihre Großmutter konnte ganz wundervoll Geschichten erzählen, spannende Abenteuer aus vergangenen Zeiten, die von großen Heldentaten und noch größerem Mut erzählten. Genauso gern erzählte sie aber auch fantastische Geschichten von Drachen und Zauberern, von tapferen Prinzen und schönen Prinzessinnen, von Feen und Einhörnern und Elfen. Gerda mochte sie fast am liebsten, denn sie waren genau das Richtige, um sich an einem stürmischen Winterabend vor den Ofen zu kuscheln und ihnen mit klopfendem Herzen zu lauschen.

Niemals aber hätte sie geglaubt, dass sie nun selbst geradewegs in eine solche Geschichte hineinstolperte.

Ihre Großmutter sah noch einen Augenblick lang wirklich zornig aus. Doch dann kam es ganz genau so, wie Gerda es sich erhofft hatte: Großmutter konnte nicht nur ganz wundervoll Geschichten erzählen, sie tat es auch für ihr Leben gern, war es doch das einzige Vergnügen, das ihr noch geblieben war.

»Es ist eine wirklich alberne Geschichte«, begann sie trotzdem. »Eigentlich ist sie eher etwas für kleine Kinder, nicht mehr für junge Damen wie dich. Aber wenn du unbedingt willst …«

Gerda war nicht ganz sicher, ob sie das wollte. Wenn diese Geschichte auch nur halb so unheimlich war wie die drei Gestalten vom Marktplatz, dann war das vielleicht ein bisschen zu viel für einen Abend.

»Es ist eine wirklich alte Geschichte«, fuhr Großmutter fort. »Sie beginnt vor langer Zeit. Damals war ich selbst fast noch ein Kind, kaum älter als du heute. Es war noch vor dem Krieg, und niemand wusste, was für schlimme Zeiten auf uns alle warteten.«

»Krieg?«, wunderte sich Kay. »Was für ein Krieg? Davon habe ich noch nie gehört.«

»Die Menschen sprechen nicht darüber«, antwortete Großmutter ernst, »und das ist auch das Klügste, was sie tun können.«

»Aber es hat nie Krieg gegeben«, beharrte Kay. »Das wüsste ich.«

»Und ich habe nie gesagt, dass es eine schöne Geschichte ist«, versetzte Großmutter. »Wollt ihr sie nun hören oder nicht?«

Gerda nickte zögerlich, Kay dafür umso begeisterter.

»Zu jener Zeit also, in der sich unsere Geschichte zutrug, da lebte eine wunderschöne junge Königin in ihrem Schloss hoch oben im Norden in einem Land so weit entfernt, dass niemand hier auch nur seinen Namen kannte und schon gar niemand jemals dort gewesen wäre.«

»Und woher wussten sie dann, dass es dieses Land überhaupt gab?«, fragte Kay.

»Willst du die Geschichte jetzt hören oder nicht, mein vorlauter kleiner Freund?«, fragte Großmutter, auch wenn sie dabei lächelte, um ihren Worten die ärgste Schärfe zu nehmen. Sie schickte zwar noch einen strafenden Blick hinterher, holte dann aber einen sauberen Lappen und ging vor der Ofenklappe in die Knie, um das fertig gebackene Brot herauszunehmen.

Währenddessen erzählte sie weiter: »Die junge Königin war nicht nur schön und unermesslich reich, sondern auch klug. Und da sie noch dazu ein großes Herz hatte und von sanftem Gemüt war, liebten sie alle ihre Untertanen und im Land herrschte über viele Jahre Wohlstand und Frieden.«

»Das muss ein Märchen sein«, feixte Kay.

Großmutter bedachte ihn zwar mit einem weiteren ärgerlichen Stirnrunzeln, stand aber nur auf und trug das köstlich duftende Brot zum Tisch.

Gerda eilte zum Ofen, um die Klappe zu schließen. Sie tat es sehr viel umständlicher und langsamer als nötig, um noch ein bisschen von der Wärme zu ergattern. Leider half es kaum. Seit sie hereingekommen waren, war ihr kalt, und das änderte sich auch jetzt nicht, obwohl sie die Hände so dicht an die eiserne Ofentür hielt, dass sie sich fast die Finger verbrannt hätte.

»So berühmt war die junge Königin und so groß ihre Schönheit«, fuhr Großmutter fort, »dass sie am Ende auch Neid erweckte, wie es immer vorkommt, wenn einer zu gut ist, zu schön oder zu edelmütig oder auch nur etwas besitzt, das ein anderer haben will. Eines Tages hörte ein Troll von der jungen und mildtätigen Königin. Ein böser Troll, dem alles Gute und Schöne so zuwider war, dass er ganz krank davon wurde. So sind sie, die Trolle, müsst ihr wissen. Sie hassen alles, was schön und unverdorben ist, und umso mehr, je schöner und reiner es ist. Und dieser Troll war der schlimmste von allen, manche nannten ihn gar den Teufel selbst. Lange sann er darüber nach, wie er sie verderben und alles zunichtemachen konnte, was sie geschaffen hatte und liebte, und am Ende erschuf er einen Spiegel.«

»Einen Spiegel?«, vergewisserte sich Kay.

Gerda meinte schon an seiner Stimme zu hören, wie schwer es ihm fiel, nicht noch das eine oder andere hinzuzufügen, was ihrer Großmutter wohl gar nicht gefallen würde. Kay glaubte nicht an Märchen und schon gar nicht an Zauberei, Trolle und alles, was damit zu tun hatte. Seine Tante erzählte nie Geschichten, wie er ihr einmal anvertraut hatte, und wenn sie nicht zusammen waren, dann spielte er die Spiele, die Jungen nun einmal spielten und in denen es wohl weniger um Einhörner und Feen ging.

»Einen Zauberspiegel«, belehrte ihn Gerdas Großmutter, während sie bereits ging, um ein Messer und drei Brettchen zu holen. »Einen von der ganz besonders bösen Art, musst du wissen, denn er zeigte die Dinge nicht so, wie sie wirklich waren, sondern nur verzerrt und ganz schrecklich entstellt.«

»Den kenne ich«, sagte Kay mit einem aufgeregten Nicken. »Im letzten Jahr, als die Gaukler auf dem Marktplatz waren, da hatten sie so einen Spiegel dabei. Die Leute hatten lange Nasen und ganz schiefe Gesichter, wenn sie hineingesehen haben, oder sie waren plötzlich ganz dünn oder dick.« Er zupfte sich an Nase und Ohren und blies die Backen auf, um gleich vorzumachen, was er meinte.

Großmutter verzog belustigt die Lippen, aber sie schüttelte zugleich auch den Kopf und begann, das knusprige Brot in dicke Scheiben zu schneiden.

»Nicht *so* einen Spiegel. Es war ein mächtiger Zauberspiegel, der alles Gute und Schöne gar nicht erst zeigte, sodass es auch nicht mehr zu sehen war. Dafür zeigte er alles Schlechte und Hässliche umso deutlicher. Die schönsten Landschaften sahen aus wie nach einer jahrelangen Dürre, die prachtvollsten Schlösser und Häuser wie hundert Jahre alte Ruinen, in denen Ratten und Gespenster ihr Unwesen trieben, und die schönsten Menschen erschienen so abstoßend, dass es einem schlecht davon werden konnte, sie nur anzusehen.«

Sie winkte sie herbei, sich zu ihr an den Tisch zu setzen, und gab jedem eine Scheibe köstlich duftendes Brot. Dazu gab es frisches Schmalz und für jeden ein großes Glas Milch, sodass sie beide mit vollem Mund begeistert mampften, während sie weitersprach.

»Nun aber ging der Troll zu der jungen Königin. Aber da er wirklich hässlich war und man ihm sein niederträchtiges Wesen schon von Weitem ansehen konnte, ließen ihn die Diener erst gar nicht vor. Als er es mit Gewalt versuchen wollte, da jagten ihn die Soldaten der Königin weg, sodass er am Ende froh sein konnte, mit dem Leben davongekommen zu sein. Aber das schürte seinen Neid nur noch, sodass er seinen Spiegel nahm und ihn hoch über das Schloss in den Himmel warf.«

»Wie dumm«, sagte Kay mit vollem Mund.

»Das wäre es, wenn es ein normaler Spiegel gewesen wäre«, bestätigte Großmutter.

Gerda überlegte, ob das tiefe Stirnrunzeln, mit dem sie Kay dabei maß, der Tatsache galt, dass er sie schon wieder unterbrochen hatte, oder davon rührte, dass er mit vollem Mund schmatzte.

»Aber es war ein Zauberspiegel und der Troll hatte ihn mit all seiner finsteren Magie geschmiedet. Er zerbrach in eine Million Scherben, die auf das Schloss der jungen Königin und ihr Land hinabregneten. Einige waren nicht größer als ein Staubkorn, sodass der Wind sie ergriff und davontrug und sie den Leuten in die Augen gerieten, die nun in allem nur das Hässliche und Schlechte sahen, selbst wenn es gar nicht da war. Die junge Königin aber bekam einen Spiegelsplitter direkt ins Herz, das daraufhin so kalt und gefühllos wie ein Klumpen Eis wurde. Und so wie ihr ging es bald darauf Mensch und Tier überall in ihrem Reich, ja, am Ende sogar der Natur selbst, sodass sich ein ewiger Winter über das ganze Land senkte.«

»Und seither nennt man sie die Schneekönigin?«, fragte Gerda.

Großmutter nickte und schüttelte gleichzeitig den Kopf. »Der Troll war ein wirklich böses Wesen, und so gab er sich nicht mit dem zufrieden, was er einmal erreicht hatte. Selbst nachdem ihr Herz zu Eis erstarrt war, wirkte die Spiegelscheibe doch noch weiter in der jungen Königin. Statt ihren Nachbarn freundlich und mit ausgestreckter Hand entgegenzutreten, wie sie und alle ihre Vorfahren es immer getan hatten, begann sie sie nun einen nach dem anderen mit Krieg zu überziehen. So eroberte sie ein Land und eine Stadt nach der anderen. Und weil auch die Herzen ihrer Soldaten längst zu Eis erstarrt waren und sie keine Furcht und keine Gnade kannten, waren sie immer siegreich. Das Schlimmste aber war, dass in jedem eroberten Land sogleich ewiger Winter und immerwährende Traurigkeit Einzug hielten.«

»Und seither nennt man sie die Schneekönigin?«, fragte Gerda noch einmal.

Sie konnte sich eines eisigen Fröstelns nicht erwehren. Was ihre Großmutter erzählte, das erinnerte sie gar zu sehr an die drei unheimlichen Gestalten vom Marktplatz. Nicht einmal so sehr an das, was sie gesehen, umso mehr aber dafür an das, was sie gespürt hatte.

Diesmal nickte Großmutter und Kay fragte: »Und damit ist die Geschichte zu Ende? Sie erobern ein Land nach dem anderen, bis die ganze Welt im ewigen Winter erstarrt ist?«

»So wäre es zweifellos gekommen, denn genau das war der Plan des bösen Teufels«, bestätigte Großmutter, schüttelte aber auch schon wieder den Kopf. »Doch nachdem sie so viele Länder erobert hatte, schlossen sich zwei große Königreiche zusammen und stellten ein mächtiges Heer auf. Unter der Führung ihrer beiden Könige und ihrer Frauen zogen sie nach Norden und stellten die Soldaten der Schneekönigin zur Schlacht, um den Fluch des Immerwinters zu brechen.«

»Und? Haben sie gewonnen?«, fragte Kay aufgeregt.

»Das müssen sie wohl«, antwortete Großmutter mit einem wissenden Lächeln. »Das Heer ward nie wiedergesehen und auch von den beiden Königspaaren hat nie wieder jemand gehört. Doch der ewige Winter hörte auf, immer weiter und weiter nach Süden vorzudringen. So müssen sie wohl gesiegt gehabt haben; wenn auch um einen hohen Preis.«

Bei den letzten Worten war ihre Stimme traurig geworden, und sie sah Gerda auf eine Weise an, die sie schon wieder frösteln ließ. Auch wenn sie gar nicht wusste, warum.

»Aber hat denn nie jemand nachgesehen?«, wunderte sich Kay.

»Doch«, antwortete Gerdas Großmutter. »Schließlich weiß man doch, wie Jungen sind und junge Männer – von denen die meisten sowieso nur große Jungen sind. Du musst ihnen nur sagen, dass es irgendwo ein Geheimnis gibt, und am besten noch eine große Gefahr, und schon können sie es gar nicht mehr abwarten, sich kopfüber hineinzustürzen.«

»Ist das hier auch so passiert?«, fragte Gerda.

»Ja.« Großmutter nickte bekräftigend. »Immer wieder ziehen junge Helden los, um das Geheimnis der Schneekönigin zu ergründen und den Fluch des Zauberspiegels zu brechen. Aber nie ist auch nur einer von ihnen zurückgekehrt.«

Sie brach sich ein weiteres Stück Brot ab und tunkte es in ihre Milch, wie alte Leute es gerne tun, und Gerda ahnte, dass die Geschichte damit wohl zu Ende war. Fast war sie erleichtert. Sie liebte es, ihrer Großmutter zuzuhören, wenn sie Geschichten erzählte. Doch diese hatte ihr gar nicht gefallen. Ganz im Gegenteil machte sie ihr fast schon ein bisschen Angst.

Kay erging es wohl ganz anders damit. Er sah regelrecht begeistert aus, was Gerda nicht wunderte. Schließlich war es eine Geschichte über Kämpfe, Abenteuer und Krieg, und so etwas mochten alle Jungen. Ganz egal, wie groß sie waren.

Und vielleicht hätte sie Gerda sogar auch gefallen, wären da nicht die unheimlichen Besucher von vorhin gewesen. Fast ohne ihr eigenes Zutun sah sie zum Fenster hin. Auf den ersten Blick wirkte es vollkommen schwarz, denn während sie dagesessen und der Geschichte gelauscht hatten, war die Nacht endgültig hereingebrochen. Auf dem Glas glitzerte jetzt auch Raureif, genau wie vorhin draußen auf dem Dach, was nun wirklich unheimlich war. Der Sommer war zwar vorbei, doch der Herbst hatte noch nicht einmal richtig begonnen und bis zum ersten Frost sollte es noch viele Wochen hin sein.

Ein bisschen verwirrt stand sie auf, ging zum Fenster und öffnete es, um hinauszusehen. Sofort sprangen sie Kälte und Dunkelheit an wie zwei geduldige Raubtiere, die draußen auf der Lauer gelegen hatten. Ihr blieb gerade Zeit, einen einzelnen raschen Blick in die Runde zu werfen. Was sie da sah, das war sonderbar genug. Sie hätte es unheimlich genannt, hätte sie dieses Wort an diesem Abend nicht schon über die Maßen strapaziert.

Auch wenn es nichts anderes war.

Überall in der Stadt waren die Lichter angegangen. Der Himmel war wolkenlos und voller Sterne, sodass sie den Schnee sehen konnte, der sich wie eine makellose weiße Decke über ihren Garten, das Dach und auch das gegenüberliegende Haus gelegt hatte.

Aber nur darüber.

Nirgendwo sonst lag Schnee, nicht auf dem Kirchturm, nicht auf dem Rathausdach oder den Türmen und Zinnen der Stadtmauer in der Ferne. Ganz im Gegenteil meinte sie die Wärme geradezu sehen zu können, die der Spätsommerabend in den Häusern und Straßen zurückgelassen hatte.

Sie drückte das Fenster heftig wieder zu.

»Das ist wirklich ein verrücktes Wetter.« Kay war aufgestanden und kam nicht nur zu ihr, sondern versuchte das Fenster gleich wieder aufzumachen. Doch Gerda schüttelte so erschrocken den Kopf, dass er es nicht wagte, die Bewegung zu Ende zu bringen, sondern nur verwirrt blinzelte.

»Es ist … kalt«, sagte sie verlegen.

Kay sah sie nur noch verwirrter an, doch hinter ihr seufzte Großmutter: »Ja, das Wetter spielt manchmal schon verrückt, nicht wahr? Das war früher nicht so, glaubt mir.« Sie seufzte noch einmal, sehr tief. »Manchmal bin ich fast froh, schon so alt zu sein und nicht mehr all das Schlimme mit ansehen zu müssen, das noch kommen mag.«

»Vielleicht hätten wir doch nicht so viel von der Schneekönigin reden sollen«, sagte Kay.

Auch das sollte bestimmt nur ein Scherz sein, um sie aufzumuntern. Doch Gerda wünschte sich trotzdem, er hätte es nicht gesagt.

Sie drückte die Nase gegen die Scheibe. Augenblicklich begannen sich auf dem Fenster Eisblumen zu bilden, eine jede ein kleines Kunstwerk von der Hand der Natur und keine wie die andere. Gerda hauchte gegen die Scheibe und rieb mit dem Handballen darüber, aber damit machte sie es eigentlich nur noch schlimmer.

»Warte«, sagte Großmutter. »Ich zeige euch, wie wir es früher gemacht haben.«

Sie ging zum Ofen, langte in die Kitteltasche und nahm zwei kleine Kupfermünzen heraus, die sie auf die Platte legte.

»Das ist jetzt wirklich verrückt«, sagte Kay.

»Meinst du die Eisblumen?«, fragte Großmutter. »Aber sie sind doch wunderschön.«

»Es schneit«, sagte Kay.

»Und es ist noch nicht einmal richtig Herbst«, fügte Gerda noch hinzu. Begriff ihre Großmutter denn nicht, wie sonderbar das war?

»Ach was«, sagte Großmutter. »Das ist kein Schnee. Das sind die weißen Bienen, die schwärmen.«

»Weiße Bienen?« Kay grinste breit. Natürlich wusste er genauso wie Gerda, dass es nicht wirklich weiße Bienen gab: Es war nur eine Geschichte für kleine Kinder, um ihnen die Eisblumen zu erklären. »Dann haben sie bestimmt auch eine Bienenkönigin«, neckte er Großmutter.

Sie blieb jedoch ernst. »Die haben sie. Du findest sie immer da, wo der Schwarm am dichtesten ist. In so mancher Winternacht fliegt sie durch die Straßen und sieht in die Häuser, und dann frieren die Fenster zu, dass es wie ein Blumenstrauß aussieht.«

»Es schneit«, behauptete Gerda. »Das ist doch nicht normal.«

»Dann war es ja vielleicht doch die Schneekönigin, die ihr gesehen habt«, schmunzelte Großmutter. »Aber keine Angst. Der Ofen ist noch heiß, und wenn sie hereinkommt, dann setzen wir sie auf die Platte und sie schmilzt einfach weg.«

Gerda konnte darüber nicht lachen, und auch Kay sah eher erschrocken aus, doch Großmutter drehte sich schon wieder zum Ofen und nahm ein sauberes Tuch zur Hand. Mit einem Zipfel davon nahm sie die Kupfermünzen auf, die sie gerade auf den Ofen gelegt hatte, trug sie zum Fenster und drückte sie jeweils eine halbe Minute gegen die Scheibe. Als sie die Hand zurückzog, waren zwei kleine, runde Gucklöcher in dem Strauß aus Eisblumen entstanden.

»Seht ihr?«, sagte sie augenzwinkernd. »So haben wir das früher immer gemacht, um der Bienenkönigin ein Schnippchen zu schlagen. Aber ihr müsst euch beeilen. Sie ist fleißig, die kleine Königin.«

Mit klopfendem Herzen beugte sich Gerda vor und presste die Stirn gegen das kalte Glas, und neben ihr tat Kay dasselbe. Durch die beiden Gucklöcher konnten sie den Schnee sehen, der draußen immer noch lautlos fiel und die Dächer und ihren geheimen Garten langsam in etwas verwandelte, das aus der Küche eines Zuckerbäckers zu stammen schien.

Dabei machte er noch immer einen großen Bogen um die Nachbarhäuser und den ganzen Rest der Stadt.

Gerade wollte sie sich abwenden, da fiel ihr eine besonders große und prachtvolle Schneeflocke auf. Sie fiel nicht nur genauso lautlos aus einem wolkenlosen Himmel wie alle anderen, sondern flog einen richtigen kleinen Bogen, um direkt in ihrem Blumenkasten zu landen, gleich neben ihrem Rosenstock. Sofort folgte eine zweite Flocke auf dieselbe Stelle, dann eine dritte und vierte und immer so weiter, sodass etwas entstand, was bald so groß war wie der ganze Rosenstrauch. Zu Gerdas Verblüffung wuchs es immer nur noch weiter. Schließlich richtete es sich auf und zog einen weißen Mantel wie ein Paar gewaltiger Schwingen um sich zusammen. Die Schneeflocken waren verschwunden.

Gerdas Herz begann zu klopfen, und sie blinzelte heftig, um sicherzugehen, dass sie auch wirklich das sah, was sie zu sehen meinte. Aber es blieb dabei: Inmitten des kleinen Dachgartens stand nun eine wunderschöne, ganz in weißes Fell gehüllte Frau mit dem schönsten und ebenmäßigsten Gesicht, das je ein Mensch erblickt hatte. Augen so klar wie jungfräuliches Eis blickten sie an, und ihr war, als läge etwas ungemein Vertrautes in diesem Blick, aber auch eine Kälte, die ihre Seele schier zum Erstarren brachte.

Wind kam auf. Die Gestalt zerstob zu einer Million glitzernder Eiskristalle, die verweht waren, noch bevor Gerdas Herz einen weiteren angsterfüllten Schlag übersprang, um dann so heftig in ihrer Brust weiterzuhämmern, dass es beinahe schon wehtat.

»Hast du … hast du das gesehen, Kay?«, stammelte sie.

Kay sah sie verwirrt an. »Was?«

Statt zu antworten, riss Gerda nun – Kälte hin oder her – das Fenster auf und beugte sich hinaus, so weit sie konnte. Doch da war nichts. Keine Gestalt mit eisfarbenen Augen, kein Wind, kein stiebendes Eis, nicht einmal Schnee. Alles war verschwunden wie ein böser Spuk. Vielleicht war es ja auch genau das gewesen.

»Was gesehen?«, fragte Kay noch einmal.

Gerda ließ ihren Blick über die Dächer der Stadt streifen. Alles sah sehr friedlich aus. Hinter vielen Fenstern brannte Licht, und aus so manchem Kamin stieg grauer Rauch und verriet, wie behaglich die Menschen darunter ihre Stuben bereits heizten. Nirgendwo lag Schnee, auch nicht auf ihrem Dach oder dem gegenüberliegenden oder in dem großen Blumenkasten.

»Nichts«, antwortete sie mit einiger Verspätung. »Ich … muss mich wohl getäuscht haben.«

Aber tief in sich wusste sie natürlich, dass das nicht so war.

2. Kapitel

Als wollte der Herbst die Menschen in der Stadt für den Schrecken entschädigen, war er so lang und warm, wie sich Gerda noch an keinen erinnern konnte. Der Sommer weigerte sich hartnäckig zu gehen und das Farbenspiel des Himmels wetteiferte mit dem der Baumwipfel und Büsche. Sie hatte nur noch manchmal ein schlechtes Gefühl, wenn sie an die drei unheimlichen Besucher zurückdachte. Die Erinnerung an sie verblasste wie die an einen schlechten Traum.

Schon bald sprach niemand mehr darüber; allen voran ihre Großmutter. Schon nach wenigen Tagen sah sie Gerda nur verwirrt an, wenn sie sie noch einmal auf den seltsamen Schneefall und die drei Fremden in Weiß ansprach. Aber das war nichts, worüber sich Gerda wirklich Gedanken gemacht hätte. Großmutter war alt, und schließlich wusste jeder, dass alte Menschen mitunter das eine oder andere vergaßen.

Etwas sonderbarer war dann schon, dass sich auch Kay nach kaum einer Woche nicht mehr an den beunruhigenden Zwischenfall zu erinnern schien oder doch wenigstens so tat. Einmal wären sie sogar fast in Streit geraten, weil Gerda argwöhnte, dass er sich über sie lustig machen wollte. Aber schließlich gab sie es auf. Menschen neigten dazu, Dinge beiseitezuschieben, die ihnen nicht gefielen. Warum sollte Kay da eine Ausnahme machen?

Irgendwann endete auch der längste und goldenste Herbst. An einem grauen Morgen wurde Gerda nicht nur von klirrender Kälte geweckt, die ins Zimmer und sogar unter ihre Decke gekrochen war. Als sie zum Fenster ging und hinaussah, da fiel tatsächlich der erste Schnee vom Himmel – auch wenn sich erstaunlicherweise nicht eine einzige Wolke zeigte.

Gerda war allein. Ihre Großmutter musste schon vor Sonnenaufgang gegangen sein, ohne sie aufzuwecken. In der kleinen Stube herrschte eine seltsame Stille, als wäre nicht nur sie gegangen, sondern auch noch etwas anderes, das mit Worten gar nicht richtig zu fassen war und nun Platz für einen allgemeinen Trübsinn machte, der in ihre Seele kriechen wollte.

Statt sich diesem Gefühl hinzugeben, zog sich Gerda rasch an und nahm sich vor, schon einmal das Frühstück vorzubereiten. Sie wollte ihre Großmutter überraschen, wenn sie nach Hause kam.

Doch das erwies sich als schwieriger, als sie erwartet hatte. Im Ofen brannte kein Feuer mehr, und als sie sich nach dem Körbchen mit Brennholz bücken wollte, um es neu zu entfachen, da war es leer. Und weit schlimmer noch: Auch die Speisekammer war wie ausgeplündert. Auf den Regalen fanden sich nur noch ein halbes Säckchen Mehl und ein paar verschrumpelte Äpfel.

Jetzt wusste sie wenigstens, warum ihre Großmutter schon so früh aus dem Haus gegangen war: nämlich um Brennholz und Lebensmittel zu kaufen. Sofort meldete sich ihr schlechtes Gewissen.

Ihre Großmutter war schon ein bisschen gebrechlich, sodass es ihr manchmal selbst ohne einen schweren Einkaufskorb schwerfiel, die vielen Treppen ins Dachgeschoss heraufzusteigen. Warum hatte sie sie nicht geweckt, damit sie sie begleitete? Und wieso hatte sie überhaupt so lange gewartet, bis sie ging, um Brennholz und Lebensmittel zu holen?

Gerda zog ihren dünnen Mantel, den Schal und das einzige Paar warmer Schuhe an, das sie besaß, verließ die Wohnung und machte sich auf den Weg die vielen Stufen hinab, um ihrer Großmutter entgegenzugehen und ihr mit dem schweren Korb zu helfen.

Kalter Wind schlug ihr wie eine Ohrfeige ins Gesicht, als sie aus dem Haus trat, sodass sie blinzeln musste und den dünnen Mantel enger um die Schultern zog, ohne dass es indes viel nutzte. Selbst das Kopfsteinpflaster, über das sie ging, war so kalt, dass sie es durch die Schuhsohlen fühlen konnte.

Und noch etwas war unheimlich: Es wollte nicht richtig hell werden. Es fiel zwar Schnee, aber am Himmel war keine einzige Wolke zu sehen. Ganz im Gegenteil war er von einem so strahlenden Blau, als wollte die Sonne sich über die eisigen Temperaturen lustig machen, die in den Straßen Einzug gehalten hatten. Doch die Schatten kamen ihr tiefer vor, als sie sein sollten, und wo überhaupt Licht hinfiel, da hatte es keinen rechten Glanz, sodass alle Farben matt und alle Gesichter blass und müde aussahen. Die wenigen Menschen, die ihr entgegenkamen, machten einen großen Bogen um sie, aber auch umeinander, als könnten sie die Nähe anderer Menschen plötzlich nicht mehr ertragen.

Was war hier nur los?

Gottlob musste Gerda nicht weit gehen. Schon in der nächsten Straße sah sie ihre Großmutter, die bei einem groß gewachsenen Mann mit dunklem Haar und teuren Kleidern stand und sich angeregt mit ihm unterhielt. Als sie näher kam, fragte sie sich allerdings, ob es nicht vielmehr ein Streit war, den sie beobachtete, denn der Mann gestikulierte immer wieder heftig mit beiden Händen. Es sah fast aus wie eine Drohung – wovon sich Großmutter jedoch nicht einschüchtern ließ. Das hätte Gerda auch gewundert. Ihre Großmutter war eine sehr stolze Frau, die nicht müde wurde zu betonen, dass es keine Schande war, arm zu sein, solange man sich seine Ehrlichkeit und seinen Stolz bewahrte.

Sie war zu weit entfernt, um zu verstehen, worum es ging. Doch als sie die beiden fast erreicht hatte, trat der Mann einen halben Schritt zurück und straffte die Schultern, als hätte er es nötig, Gerdas Großmutter durch seine Größe zu beeindrucken.

»Wir haben uns verstanden«, sagte er. »Ich werde dann meine Männer schicken!«

Und damit und nicht ohne es versäumt zu haben, ihr noch einen ärgerlichen Blick zuzuwerfen, drehte er sich auf dem Absatz um und stürmte davon, Kopf und Schultern nun gesenkt wie ein zorniger Stier.

»Was war denn los?«, erkundigte sich Gerda.

Ihre Großmutter sah fast ein bisschen ertappt aus und suchte sichtlich nach Worten, obwohl sie doch normalerweise nie um selbige verlegen war. »Nichts«, flüsterte sie schließlich. »Ein Missverständnis.«

»Und was ist mit den Männern, die er schicken will?«, fragte Gerda.

»Gar nichts. Ich sagte doch: ein Missverständnis.« Großmutter warf einen Blick nach oben, als suche sie etwas am Himmel. »Lass uns gehen.«

»Meinst du, du schafft noch den Weg bis nach Hause?«, stichelte Gerda gutmütig.

Anders als gewohnt, antwortete ihre Großmutter nicht mit einer eigenen scherzhaften Bemerkung darauf. Bevor die Situation peinlich werden konnte, griff Gerda nach dem Einkaufskorb. Um ein Haar hätte sie das Gleichgewicht verloren, denn sie hatte ein viel größeres Gewicht erwartet. Der Korb fühlte sich jedoch gerade so an, als wäre er leer.

Als sie das Tuch hochschlug, mit dem er abgedeckt war, da war er es auch fast: Sie gewahrte gerade eine Handvoll Reisig, ein Bund Zwiebeln und einige wenige Kräuter, die kaum den Boden bedeckten.

»Aber warum hast du denn nur so wenig …?«, begann sie, wurde aber sofort von Großmutter unterbrochen: »Es ist kalt und ich fühle mich heute nicht so recht. Ich gehe gleich morgen noch einmal zum Markt und hole den Rest.«

»Ich kann dir tragen helfen«, erbot sich Gerda.

»Aber wir sind doch schon fast zu Hause«, antwortete Großmutter hastig. »Mir ist kalt und meine alten Knochen tun mir weh. Wie es sich anfühlt, bekommen wir einen harten Winter. Ich mache uns ein schönes Feuer, an dem wir uns wärmen können.«

Mit dem bisschen Reisig würde es nicht einmal eine Stunde brennen, dachte Gerda, und schon gar nicht würde es die feuchte Kälte aus ihrer Kammer vertreiben. Doch sie protestierte nicht, sondern folgte ihrer Großmutter zurück nach Hause.

Gerade als sie ankamen, trat Kay auf der anderen Seite auf die Straße heraus, und Gerda schenkte ihm ein fröhliches Lächeln, wie sie es immer tat, wenn sie sich zufällig irgendwo trafen. Ganz anders als sonst aber erwiderte er es nicht, sondern tat so, als hätte er gar nichts gemerkt, und wollte davoneilen.

Doch da hatte er die Rechnung ohne Gerda gemacht.

»Kay!«, rief sie.

Ihr angeblicher Freund machte sogar noch zwei weitere Schritte und tat so, als hätte er rein gar nichts gehört. Doch dann sah er wohl ein, wie sinnlos das wäre, und kam zurück, beide Hände in den Hosentaschen und ein verlegenes Grinsen auf den Lippen.

»Hallo«, sagte er unbeholfen.

»Hallo«, gab Gerda zurück. »Spricht der feine Herr nicht mehr mit jedem?«

Das sollte ein Scherz sein, aber Kay sah fast ein bisschen beleidigt aus, sodass sie hastig fortfuhr: »Ich bringe rasch den Korb nach oben und helfe meiner Großmutter, das Frühstück zu bereiten. Danach habe ich Zeit. Wollen wir uns hier treffen? Wir könnten zum Fluss gehen und nachsehen, ob er schon zufriert.«

Kay druckste eine Weile herum und begann mit den Füßen zu scharren, ohne sie direkt anzusehen.

»Ich … ich habe keine Zeit«, antwortete er schließlich ausweichend. »Ich bin mit meinen Freunden verabredet.«

Gerda wollte gerade fragen, mit welchen Freunden, denn sie wusste, dass er keine hatte, als ihr etwas auffiel. Kay hatte zwar die Jacke darübergeschlagen, sodass man es auf den ersten Blick nicht direkt sah, aber auf den zweiten fiel ihr auf, dass er ein selbst gebasteltes Holzschwert unter den Gürtel geschoben hatte.

»Was willst du denn damit?«, fragte sie.

»Ich habe doch gesagt, dass ich mich mit meinen Freunden treffe«, antwortete er patzig. »Wir üben schon einmal für später, wenn wir ins Heer eintreten und Soldaten werden.«

»Wir haben kein Heer«, erinnerte ihn Gerda.

Tatsächlich war die Handvoll Soldaten, die sie in Begleitung des Bürgermeisters gesehen hatte, praktisch schon das gesamte Heer, über das die Stadt verfügte. Wozu sollte es auch gut sein? Sie hatten keine Feinde, und im Land herrschte Frieden, solange sich die Menschen zurückerinnern konnten.

»Vielleicht nicht, aber das kann sich ja noch ändern«, versetzte Kay. »Ich will jedenfalls vorbereitet sein und meine Freunde auch.«

Gerda konnte ihn immer noch nur fassungslos anstarren. War das wirklich der Kay, den sie nun schon so lange als friedliebenden und schüchternen Jungen kannte und der für die groben Spiele der anderen Jungen in seinem Alter nur ein Naserümpfen übrig gehabt hatte? Es fiel ihr fast schwer, das zu glauben.

Sie war so perplex, dass sie kein Wort herausbekam. Und dann war Kay auch schon so schnell um die nächste Ecke verschwunden, als liefe er tatsächlich vor ihr davon.

»Aber das ist doch …«, murmelte sie kopfschüttelnd.

»Lass es gut sein, mein Kind«, sagte Großmutter. »So sind Jungen nun mal. Vor allem in einem gewissen Alter.«

»Einem gewissen Alter? Was meinst du damit?«

Ihre Großmutter antwortete nicht darauf, sondern maß sie nur mit einem sehr sonderbaren langen Blick von Kopf bis Fuß und bedeutete ihr dann weiterzugehen. Gerda nahm sich fest vor, Kay bei nächster Gelegenheit gründlich den Kopf zu waschen. Was fiel ihm denn ein, sie einfach so stehen zu lassen?

Auf dem Weg nach oben fiel ihr auf, wie still es im Haus war. Nun herrschte dort niemals ausgelassener Lärm oder gar Getöse …

Doch heute war es, als hielte das Haus den Atem an.

Nicht genug damit, schien ihnen diese beklemmende Stille auch noch in die Dachstube zu folgen und sich mit der Kälte zusammenzutun. Gerda trug emsig die wenigen Lebensmittel in die Vorratskammer, während ihre Großmutter bereits das mitgebrachte Reisig und eine Handvoll Kienspan in den Ofen gab und alles mit einem einzelnen Zündholz in Brand setzte.

»Gleich wird es warm, mein Kind«, sagte sie. »Sobald das Feuer richtig brennt, mache ich uns einen guten Tee.«

Die kümmerliche Flamme sah nicht einmal warm aus, und Gerda fragte sich vergeblich, wie Großmutter damit wohl das Holzscheit in Brand setzen wollte. Und selbst wenn es ihr gelang, wie lange es wohl vorhielt.

»Ich kann rasch zum Markt laufen und mehr Holz holen«, bot sie an. »Es macht mir wirklich nichts aus.«

»Ja, das könntest du«, sagte ihre Großmutter und sah sie beinahe traurig an. »Aber ich fürchte, es geht trotzdem nicht.«

»Und warum nicht?«

»Weil wir kein Geld für Feuerholz haben«, antwortete Großmutter ein bisschen verlegen.

»Kein Geld? Aber wieso denn?«, entfuhr es Gerda, und sie bedauerte diese Worte sofort, denn nun sah Großmutter eindeutig betroffen aus.

Sie waren arm und sie führten ein bescheidenes Leben, aber die paar Pfennige für ein Bund Feuerholz hatten sie doch immer noch gehabt!

»Die Zeiten sind schlecht, mein Kind«, gestand ihre Großmutter nach einer Weile ein. »Niemand hat mehr Arbeit für eine alte Frau wie mich. Und die Menschen wissen kaum noch, was das Wort Barmherzigkeit bedeutet.«

Gerda war so erschrocken, dass sie zuerst nicht einmal wusste, was sie sagen sollte. »Dann … dann sind wir jetzt wirklich arm?«, fragte sie schließlich.

»Noch ist es nicht ganz so schlimm«, behauptete Großmutter nach kurzem Zögern. »Aber es wird ein langer Winter, das spüre ich in meinen Knochen, und wir müssen sparsam sein.«

»Und wenn ich mir eine Arbeit suche?«

»Du bist ein Kind«, sagte Großmutter, als wäre das Antwort genug.

»Ich bin stark«, sagte Gerda tapfer. »Ich finde bestimmt etwas, um Geld zu verdienen, und …«

»Das kommt überhaupt nicht infrage«, unterbrach sie ihre Großmutter, zwar leise, aber auch mit großer Entschlossenheit. »Ich habe deinen Eltern versprochen, auf dich achtzugeben, und dieses Versprechen werde ich einhalten, solange ich noch einen Atemzug tun kann.«

Jetzt wurde Gerda hellhörig. Ihre Großmutter sprach nie über ihre Eltern und war selbst direkten Fragen immer ausgewichen. Anschließend hatte sie auch stets eine große Traurigkeit ergriffen, sodass Gerda bald aufgehört hatte, weiter nachzuhaken. Vielleicht erfuhr sie ja jetzt endlich etwas über das Geheimnis ihrer Herkunft.

Ihre Großmutter schüttelte jedoch nur noch einmal den Kopf und stand so mühsam aus der Hocke vor dem Ofen auf, dass ihre alten Gelenke knackten.

»Mir wird schon etwas einfallen«, behauptete sie ohne rechte Überzeugung. »Gleich morgen gehe ich zum Markt und frage dort nach Arbeit. Bis dahin müssen wir unsere wärmsten Sachen anziehen. Und wenn das nicht reicht, dann mummeln wir uns eben in unsere Decken ein und bleiben den ganzen Tag im Bett. Wäre das nicht lustig?«

❄

Tatsächlich kam es nicht ganz so schlimm, zugleich aber auch ganz genau so, wie Gerda befürchtet hatte: Das einzelne Holzscheit reichte kaum aus, um das Zimmer auch nur halbwegs zu erwärmen, und es war auch gar zu schnell zu Asche verbrannt. Als die Kälte wieder Einzug in die Dachkammer hielt, da kam sie ihr viel schlimmer vor als zuvor. Vor allem ihre Großmutter litt unter der Kälte, auch wenn sie sich alle Mühe gab, sich nichts davon anmerken zu lassen.

Vielleicht konnte sie ja wenigstens dagegen etwas tun.

Unter dem Vorwand, nach Kay zu suchen, um ihm wegen heute Morgen gründlich den Kopf zu waschen, verließ sie die Wohnung und machte sich auf den Weg zur Stadtmauer. Kay hatte ja gesagt, dass er sich mit seinen Freunden treffen und mit ihnen üben wollte, um sich aufs *Soldatenleben* vorzubereiten. Was für ein Unsinn. Wahrscheinlich rannte er mit seinen närrischen Freunden gerade durchs Gebüsch und war auf der Jagd nach erdachten Feinden. Er konnte von Glück sagen, wenn er sich kein Bein brach oder sich ein Auge ausstach oder noch Schlimmeres.

Nicht, dass Gerda ihm einen kleinen Denkzettel nicht gönnte.

Und ruhig einen, der ein bisschen wehtat.

Sie erreichte das Stadttor, das wie üblich weit offen stand. Sie wollte sich gerade zum Fluss und dem kleinen Wäldchen hin wenden, das ihn flankierte, als sie von einer der Wachen angesprochen wurde.

»Wo willst du hin?«

Gerda erschrak ein bisschen, nicht nur, weil sie gar nicht gewusst hatte, dass es Wachen an diesem Tor gab, sondern weil der Mann auch sehr unfreundlich war und sie mit Blicken maß, die man schon beinahe drohend nennen konnte.

»Ich wollte nur … also ich …«, stammelte Gerda und konnte dann nicht weitersprechen, weil ihr die Angst schier die Kehle zuschnürte.

Die Hand des Soldaten landete klatschend auf seinem Schwertgriff und seine Augen wurden schmal wie die einer Schlange. »Du sagst mir jetzt besser, wer du bist und was du hier zu suchen hast, oder du verbringst den Rest des Tages im Kerker!«

Der Kloß in Gerdas Hals wurde nur noch dicker, sodass sie keinen Laut mehr herausbrachte.

Da trat ein zweiter Soldat aus seinem Wachhäuschen und machte eine besänftigende Geste. »Lass sie. Ich kenne das Mädchen. Es lebt bei der alten Bettlerin, die ganz in der Nähe des Marktplatzes wohnt.«

»Ist das wahr?«, fuhr der erste Soldat sie an.

»Ja«, antwortete Gerda trotzig, »aber meine Großmutter ist keine …«

»Dann verschwinde und halte hier nicht Maulaffen feil«, fiel ihr der Wächter grob ins Wort.

Sein Kamerad, der von etwas freundlicherer Natur zu sein schien, blieb zwar genauso ernst, fügte aber hinzu: »Aber sieh zu, dass du vor Dunkelwerden zurück bist. Das Tor wird bei Sonnenuntergang geschlossen. Wer bis dahin nicht wieder in der Stadt ist, der muss sehen, wo er die Nacht über bleibt.«

Gerda hatte bisher noch nicht einmal gewusst, dass die Stadttore abends geschlossen wurden, sondern eher gedacht, dass die Scharniere längst festgerostet sein mussten. Aber auch wenn der zweite Wächter sich gerade für sie eingesetzt hatte, blickte er sie zugleich doch so missmutig an, dass sie lieber gar nichts mehr sagte, sondern rasch weiterging.

Auch hier draußen lag Schnee, der eine dünne, aber fast makellose Decke über dem ganzen Land zu bilden schien. Nur an einer Stelle war die weiße Schicht zertrampelt, von etlichen kleineren Füßen, die kurz vor der Brücke und dem Fluss nach links abbogen und im Wald verschwanden.

Wahrscheinlich gehörten die Spuren zu Kay und seinen kindischen Freunden, dachte Gerda. Ihnen wollte sie ganz bestimmt nicht begegnen. Also ging sie nur gerade so weit, bis sie sicher war, von den beiden Torwächtern nicht mehr gesehen zu werden, und bog dann wieder in die andere Richtung ab und in den Wald hinein.

Da es erst am Morgen zu schneien begonnen hatte, war es hier drinnen noch trocken, wenn auch so dunkel, dass sie eine ganze Weile lang reglos stehen bleiben musste, bis sie überhaupt wieder etwas sah. Und es war sehr viel kälter, als es eigentlich hätte sein dürfen, trotz des schneidenden Windes und des Schnees. Dafür war das, weswegen sie eigentlich hierhergekommen war, umso schneller gefunden. Schon nach kurzem Suchen hatte sie eine ansehnliche Menge Reisig sowie etliche dicke Äste gesammelt, und schon bald bedauerte sie es, den Korb nicht mitgenommen zu haben.

Ihre Last war nicht einmal besonders schwer, aber sperrig. Wenn sie sie einfach nur auf den Armen trug, dann würde sie wahrscheinlich allein ein halbes Dutzend Mal gehen müssen, um auch nur genug Feuerholz für einen einzigen Tag zu sammeln.

Schließlich lud sie ihre Last behutsam an einer Stelle nahe dem Waldrand ab, an der sie sie sicher wiederfinden würde, und machte sich auf den kurzen Weg zum Flussufer. Vielleicht fand sie ja noch genug Schilf, um einen einfachen Strick zu flechten, mit dem sie Reisig und Äste zusammenbinden konnte, um sie leichter zu transportieren.

Der Fluss – der genau genommen gar kein richtiger Fluss war, sondern nur ein größenwahnsinniger Bach, der in einem heißen Sommer auch schon einmal ganz austrocknete – begann tatsächlich schon zuzufrieren. Noch bildete das Eis nur ein zerbrechliches dünnes Häutchen an beiden Ufern. Doch zweifellos war das Wasser bereits so kalt, dass es keine gute Idee war, einfach so hineinzuwaten, nur um ein paar Schilfrohre abzureißen.

Während sie noch überlegte, wie sie dieses Problem lösen konnte, ohne sich nasse Füße und in der Folge wahrscheinlich eine ausgewachsene Erkältung einzuhandeln, meinte sie einen laut krächzenden Vogelschrei zu hören. Sie legte den Kopf in den Nacken, um den Himmel abzusuchen. Sie erwartete eine Krähe zu sehen, wie sie sich im Herbst manchmal in Schwärmen auf den Feldern niederließen, um nach den Resten zu picken, die von der Ernte übrig geblieben waren. Doch zuerst gewahrte sie nur einen winzigen weißen Punkt, wie einen einzelnen Stern, der sich an den Tageshimmel verirrt hatte. Erst als sie die Augen mit der Hand beschattete und anstrengte, wurde daraus ein majestätischer weißer Vogel, der lautlos seine Kreise oben am Himmel zog.

Gerda hatte noch nie zuvor einen weißen Vogel gesehen, abgesehen vielleicht von einer Eule. Aber die flogen nicht so hoch und sie sahen auch ganz anders aus.

Als hätte er ihren Blick gespürt und wolle sich ihr voller Stolz präsentieren, verlor der Vogel nun in großen Kreisen an Höhe. Nun war Gerda wirklich erstaunt, denn was sie sah, das war nichts anderes als ein mächtiger Adler, dessen Schwingen sich weiter spannen mussten als ihre ausgebreiteten Arme.

Das war außergewöhnlich, denn noch nie hatte sie gehört, dass sich der König der Lüfte so nahe an die großen Städte der Menschen heranwagte. Und sie hatte auch noch niemals einen vollkommen *weißen* Adler gesehen. Wirklich alles an ihm war weiß, nicht nur die Federn, sondern auch seine Krallen und der Schnabel, ja selbst die Augen blitzten wie zwei Splitter aus poliertem Eis.

Gerda wich ein Stück in den Schutz des Waldes zurück, als der Adler noch einmal an Höhe verlor. Wahrscheinlich tat sie auch gut daran, denn als der gewaltige Vogel über sie hinwegstrich, da war es, als berühre eine unsichtbare eisige Hand ihre Seele und taste nach ihren geheimsten Gedanken.

Mit angehaltenem Atem und klopfendem Herzen wartete sie, bis der Adler wieder an Höhe gewann und sich ein Stück weit entfernte, gab aber auch dann noch einmal ein paar Augenblicke zu, nur um sicher zu sein, und schon im nächsten Augenblick beglückwünschte sie sich im Stillen zu ihrer Vorsicht. Der Adler schwang sich ein kleines Stück weit nach oben und stieß dann mit reglos ausgebreiteten Schwingen und einem weithin hörbaren krächzenden Schrei auf den Wald auf der anderen Seite der Brücke hinab.

Nun erschienen auch dort drüben Gestalten am Waldrand. Zwei, drei, schließlich ein halbes Dutzend Jungen in schmutzigen Kleidern und mit verstrubbeltem Haar und Gesichtern, die sie wohl absichtlich dreckig gemacht hatten, weil sich das für *richtige Soldaten* so gehörte. Dazu trugen sie selbst gebastelte Holzschwerter und große, bunt bemalte Schilde aus Pappe.

Gerda musste angestrengt suchen, bis sie auch Kay inmitten der kleinen Armee aus Möchtegern-Helden entdeckte. Obwohl ihr der Anblick doch ziemlich lächerlich erschien – Jungen eben, wie ihre Großmutter es ausgedrückt hätte –, breitete sich doch zugleich ein fast stolzes Lächeln auf ihren Zügen aus. Um ein Haar wäre sie nun doch aus dem Wald getreten und hätte die Arme gehoben, um ihm zuzuwinken. Doch dann besann sie sich wieder darauf, was ihre Großmutter über Jungen in einem bestimmten Alter gesagt hatte. So ganz hatte sie zwar immer noch nicht verstanden, was sie damit gemeint hatte. Doch sie nahm zumindest an, dass es ihm vor seinen neuen Freunden peinlich wäre, von einem Mädchen begrüßt zu werden.

Kay selbst schien solche Hemmungen nicht zu kennen. Zusammen mit den anderen Jungen brach er johlend aus dem Wald und stocherte mit seinem Holzschwert nach nicht vorhandenen Gegnern, was Gerda ein neuerliches, fast zärtliches Lächeln entlockte. Doch dann ließen sie einer nach dem anderen ihre Spielzeugwaffen sinken und blickten in den Himmel hinauf. Sie hatten den Adler entdeckt.

Und der Adler umgekehrt auch sie. Er ließ noch einmal dieses schrille, gläserne Krächzen hören und sank dann in kleiner werdenden Spiralen auf Kay und die anderen Jungen herab … auch wenn Gerda das unheimliche Gefühl hatte, dass es einzig Kay war, dem das Interesse des weißen Adlers galt.

Anders als sie lief Kay dem Adler sogar einige Schritte entgegen, ließ das Holzschwert fallen und hob beide Arme über den Kopf, um ihm zuzuwinken. Ohne dass sie sagen konnte, warum, war Gerda gar nicht wohl bei diesem Anblick, und sie hätte sich nicht einmal mehr gewundert, hätte der große Vogel zum Angriff auf ihn angesetzt.

Der Adler beließ es jedoch dabei, den Jungen mehrmals in geringer Höhe zu umkreisen, wie um ihn ganz besonders aufmerksam in Augenschein zu nehmen. Dann schwang er sich mit kraftvollen Flügelschlägen hoch in die Luft. Kurz darauf war er wieder zu einem Punkt am Himmel zusammengeschmolzen und verschwand schließlich ganz.

Gerda sah ihm mit angehaltenem Atem nach, selbst als er schon gar nicht mehr zu sehen war. Ihr Herz klopfte noch immer, und sie hatte das verrückte Gefühl, gerade einer großen Gefahr entronnen zu sein. Auch wenn sie gar nicht wusste, welcher.

Gerda wartete noch ab, bis Kay und seine Freunde wieder im Wald verschwunden waren, und ging dann zu der Stelle zurück, an der sie ihr Holz abgelegt hatte. Sie dachte jetzt nicht mehr daran, es irgendwie zusammenzubinden, sondern häufte sich die Arme voll, so hoch sie konnte. Was sie hatte, musste eben reichen. Sie würde morgen wiederkommen und einen Korb mitbringen.

Oder auch nicht, denn als sie sich so hoch mit Feuerholz beladen dem Tor näherte, dass sie gerade noch über das oberste Reisigbündel hinwegsehen konnte, vertrat ihr einer der Wächter den Weg.

»Was hast du da?«, fuhr er sie an.

»Nur ein bisschen Feuerholz«, antwortete sie. »Es ist so kalt, und ...«

»Du hast Holz gestohlen?«, wurde sie grob unterbrochen. »Und dann glaubst du auch noch, du könntest einfach so damit an uns vorbeimarschieren, als wären wir blind? Was fällt dir ein, du dreiste Diebin?«

»Gestohlen?«, wiederholte Gerda verdattert. »Aber ich habe nicht gestohlen!«

»Du hast es aus dem Wald, oder?«

»Ich habe nichts abgebrochen!«, verteidigte sich Gerda. »Ich habe nur aufgehoben, was sowieso auf dem Boden gelegen hat, und ...«

»Aber du hast es aus dem Wald, und der Wald gehört dem Grafen!«, fiel ihr der Mann abermals ins Wort. »Also hast du es gestohlen!«

»Aber ich ...«, begann Gerda, und dann schrie sie erschrocken auf und wäre um ein Haar gestürzt, als der Mann ihr warnungslos das Reisigbündel aus den Händen schlug. Holz und trockene Zweige flogen in alle Richtungen davon wie in einer lautlosen Explosion. Ein scharfer Splitter traf sie an der Wange und hinterließ einen blutigen Kratzer darauf.

»Verdammtes Bettlergesindel!«, polterte der Soldat. »Schlimm genug, dass ihr überall herumlungert und das Stadtbild verschandelt. Jetzt fangt ihr auch noch an zu stehlen! Du wirst die Nacht im Kerker verbringen! Sehen wir doch einmal, wie dir das gefällt!«

Er streckte den Arm aus, wohl um sie zu ergreifen und seine Ankündigung augenblicklich in die Tat umzusetzen. Doch wieder kam ihr der zweite Soldat zu Hilfe, indem er seinem Kameraden in den Arm fiel.

»Lass sie«, sagte er. »Sie weiß es nicht besser.«

»Dann wird ihr eine Nacht Karzer vielleicht dabei helfen, sich in Zukunft zweimal zu überlegen, auf Diebestour zu gehen!«

»Und willst du sie ins Schloss bringen und dem Hauptmann alles erklären?«, fragte der andere Soldat. »Unsere Wache ist gleich um, und ich für meinen Teil habe keine Lust, den ganzen Weg zum Schloss zu laufen, nur um ein kleines Bettelmädchen einzusperren!«

Gerda wollte sich verteidigen und dem unverschämten Burschen Bescheid geben, dass sie kein *Bettelmädchen* war, wie er es ausgedrückt hatte. Doch dann fing sie einen warnenden Blick aus seinen Augen auf und schwieg. Das war wahrscheinlich auch gut so, denn der andere Soldat überlegte kurz und nickte dann zornig.

»Du hast recht, das ist sie nicht wert«, sagte er grob. »Dann verschwinde, du kleine Diebin! Und lass dich ja nicht wieder hier blicken! Das nächste Mal kommst du mir nicht so glimpflich davon!«

❄

Gerda hatte ihrer Großmutter nichts von dem hässlichen Zwischenfall erzählt, auch nichts von dem seltsamen Adler, den sie gesehen hatte. Aber sie hatte es auch nicht gewagt, am nächsten Morgen noch einmal in den Wald hinauszugehen. Und so waren die nächsten Tage vor allem durch eines bestimmt gewesen: Kälte.

Natürlich sprach Großmutter sie auf die blutige Schramme auf ihrer Wange an. Sie behauptete, nach Kay gesucht und ihn zwar nicht gefunden, dafür aber eine unerquickliche Begegnung mit einem Brombeerstrauch gehabt zu haben. Sie konnte ihrer Großmutter ansehen, dass sie ihr nicht glaubte, doch diese beließ es dabei.

Überhaupt war sie den ganzen Tag über auffallend still und einsilbig. Gerda schrieb es der hässlichen Szene vom Morgen zu, aber auch der Kälte, die die kleine Dachkammer inzwischen fest in ihrem unbarmherzigen Griff hatte. Ganz wie sie es gesagt hatte, drängte Großmutter auch an diesem Abend darauf, früh zu Bett zu gehen. Gerda hatte nichts dagegen einzuwenden, denn unter der dünnen Decke fand sie wenigstens ein bisschen Wärme.

Unnötig zu sagen, dass sie in dieser Nacht nicht besonders gut schlief. Immer wieder musste sie an ihr böses Erlebnis am Stadttor denken, aber auch an den weißen Adler. Von so einem Tier hatte sie noch nie gehört. Außerdem ging ihr das Gespräch mit ihrer Großmutter nicht aus dem Sinn. Die gute alte Frau ging schon seit Jahren frühmorgens aus dem Haus und kam manchmal erst lange nach Dunkelwerden und sehr müde zurück. In letzter Zeit blieb sie aber häufiger zu Hause, wohl weil ihr die Arbeit zunehmend schwerer von der Hand ging – und sie deshalb auch kaum noch jemanden fand, der ihre Dienste in Anspruch nehmen wollte.

Während Gerda also frierend unter ihrer Decke lag und darauf wartete, dass die Nacht endlich zu Ende ging, nahm sie sich fest vor, sich gleich am nächsten Morgen irgendeine Arbeit zu suchen. Sie musste Großmutter unbedingt unterstützen. Natürlich ohne ihr etwas davon zu sagen.

Gesagt, getan. Noch bevor ihre Großmutter am nächsten Morgen wach wurde, schlich sie bereits aus dem Haus und machte sich daran, irgendwo eine Arbeit zu finden.

❄

Es kam ganz genau so, wie sie insgeheim befürchtet hatte: Niemand wollte einem Mädchen von zwölf oder dreizehn Jahren eine Arbeit geben. Die meisten Türen, an die sie klopfte, wurden nicht einmal aufgemacht. Ein paar Mal wurde sie schlichtweg davongejagt, bevor sie ihr Anliegen auch nur vorbringen konnte. Und die wenigen Menschen, die überhaupt mit ihr sprachen, waren ausnahmslos unfreundlich und harsch zu ihr.

Währenddessen fiel ihr die Kälte auf, die von der ganzen Stadt Besitz ergriffen hatte. Auf allen Dächern lag Schnee. Gleichzeitig schien die eisige Kälte auch Einzug in die Herzen der Menschen gehalten zu haben. Niemand schien mehr zu lachen. Die wenigen Leute, die überhaupt auf der Straße unterwegs waren, taten es mit gesenktem Blick und sehr schnell und gingen einander aus dem Weg. Nicht einmal Kay sah sie an diesem Tag.

Bevor ihre Großmutter zurückkehrte, stieg Gerda die vielen Stufen zu der Dachkammer hinauf, in der er mit seiner Tante wohnte, und klopfte an die Tür. Aber auch dort wurde ihr nur ungewohnt grob beschieden, dass Kay nicht da war und seine Tante nicht wisse, wann er zurückkam.

Sie ging auch an diesem Abend mit knurrendem Magen und frierend zu Bett. Als sie am nächsten Morgen aufwachte, da war es genau andersherum: Ihre Großmutter musste schon vor Sonnenaufgang aufgewacht und so leise gegangen sein, dass sie es nicht einmal gemerkt hatte. Auf dem Tisch fand sie eine Nachricht, dass sie zu Hause bleiben und auf ihre Rückkehr warten sollte und vor allem den *Unsinn von gestern* nicht wiederholen.

Gerda gehorchte, auch wenn sie lieber zu Kay hinübergegangen wäre, um mit ihm zu sprechen. Doch noch mehr wollte sie mit ihrer Großmutter reden. Sie musste wissen, was es mit all diesen sonderbaren Ereignissen der zurückliegenden Tage auf sich hatte und was eigentlich mit der ganzen Stadt los war. So zurückgezogen und bescheiden, wie sie lebten, kannte sie außer ihren direkten Nachbarn nicht sehr viele Menschen. Dennoch wusste sie, dass die Einwohner dieser Stadt von eher fröhlicher Natur waren und im Allgemeinen auch sehr freundlich. Von alledem war in den letzten Tagen nichts mehr zu spüren gewesen.

Und so blieb es auch. Ihre Großmutter kam erst lange nach Dunkelwerden zurück, mit blutig gearbeiteten Händen und so müde, dass sie sich beinahe sofort zu Bett legte und wie ein Stein einschlief. Aber sie hatte auch ein kleines Körbchen mit Lebensmitteln und einem bescheidenen Vorrat an Brennholz mitgebracht.

Der Anblick brach Gerda schier das Herz. Zugleich wusste sie jedoch, dass es vollkommen sinnlos sein würde, mit ihrer Großmutter über dieses Thema reden zu wollen.

Der nächste Tag verlief ganz genauso und auch der danach und der danach. Die Großmutter blieb von Sonnenauf- bis lange nach Sonnenuntergang fort und kam mit zerschundenen Händen und einem Gesicht zurück, das jedes Mal ein bisschen grauer und eingefallener wirkte. Sie beantwortete keine einzige Frage und sprach überhaupt kaum noch mit Gerda, weil sie so müde war, dass sie praktisch sofort einschlief. Aber ihre Kraft reichte allemal, um ihr einzuschärfen, dass sie das Haus auf gar keinen Fall verlassen dürfte. Auch nicht, um Kay zu sehen.

Nachdem auf diese Weise beinahe eine Woche ins Land gegangen war, nahm Gerdas Sorge um Großmutter überhand. Sie hatten nun zwar wieder – halbwegs – satt zu essen und wenigstens genug Brennholz, um nicht in ihren Betten zu erfrieren. Doch Gerda begriff auch, dass ihre Großmutter allen Ernstes im Begriff stand, sich zu Tode zu arbeiten.

Mindestens genauso bitter erschien es Gerda, dass sie Kay in all diesen Tagen kein einziges Mal sah. Großmutter hatte ihr verboten, das Haus zu verlassen, aber nicht, dass Kay sie hier besuchte. Doch er kam nicht. Obwohl sie Abend für Abend eine Kerze ins Fenster stellte und auf ihren verschneiten Dachgarten hinausstarrte, zeigte er sich auch dort nicht. Hatte sie ihm etwas getan, ohne es auch nur selbst zu ahnen, sodass er sie deshalb mied?

Viele Gedanken konnte sie sich darum nicht machen. Sie musste ihre Großmutter unterstützen.

Am nächsten Morgen wachte Gerda frierend auf und tat nur noch so, als ob sie schliefe. Als Großmutter wie üblich vor Sonnenaufgang aufstand und aus dem Haus ging, zog sie sich rasch an und folgte ihr.

Sie hatte geglaubt, dass es schwer sein müsste, das heimlich zu tun. Doch das war es nicht. Großmutter war so müde und erschöpft, dass sie es wohl nicht einmal gemerkt hätte, wäre Gerda direkt neben ihr gegangen. Sie blieb jedoch auf der Hut und folgte ihr mit einigem Abstand bis ans andere Ende der Stadt. Dort verschwand Großmutter in einem düsteren Haus, das mit nur wenigen schmalen Fenstern, dafür aber umso mehr qualmenden Schloten wie entkräftet an der Stadtmauer lehnte.

Gestank und Lärm drangen heraus und manchmal zornige Rufe und andere und noch unangenehmere Geräusche, deren Ursprung sie gar nicht so genau kennen wollte. Gern wäre Gerda Großmutter auch hineingefolgt, wurde aber schon in der Tür von einem unfreundlichen Burschen grob abgewiesen, der sie schließlich sogar drohend verscheuchte.

Gerda verbrachte den ganzen Tag in der Nähe des Hauses. Bald war sie sicher, dass darin Stoffe gewoben wurden, denn manchmal kamen Wagen, die hoch mit Säcken voller Hanf oder Baumwolle beladen waren, und andere holten große Ballen fertiger Stoffe ab. Die Menschen, die nach endlosen Stunden herauskamen, sahen ausnahmslos müde und verdreckt aus. Gerda bekam Hunger und Durst, doch sie hielt tapfer durch, bis es endlich zu dämmern begann und auch ihre Großmutter auf die Straße trat.

Gerda erschrak, als sie sie sah. Großmutter wankte vor Erschöpfung, sodass sie sich an der grauen Hauswand festhalten musste, bevor sie weitergehen konnte. Sie war über und über mit grauem Staub bedeckt, sodass sie fast wie ein dünnes Gespenst aussah, das in der Dämmerung flackerte.

Als sie weiterging, trat ein pickfeiner Herr hinter ihr aus der Tür, dem sie wohl nicht schnell genug war. Er stieß sie so grob aus dem Weg, dass sie wohl gestürzt wäre, wäre Gerda nicht rasch hinzugesprungen, um sie aufzufangen.

Im allerersten Moment seufzte ihre Großmutter erleichtert und klammerte sich so fest an ihren Arm, dass es beinahe schon wehtat. Doch dann erkannte sie Gerda und prallte so heftig zurück, dass diese schon wieder zugreifen musste, damit sie nicht endgültig das Gleichgewicht verlor.

»Was tust du hier?«, fuhr Großmutter sie an, in einem Ton, wie Gerda ihn noch nie von ihr gehört hatte. »Habe ich dir nicht verboten, das Haus zu verlassen?«

Gerda war so perplex, dass sie sie um ein Haar schon wieder losgelassen hätte. »Aber ich wollte doch nur …«, begann sie.

»Unsinn!«, fiel ihr Großmutter ins Wort. »Ich habe dir befohlen, im Haus zu bleiben. Und was tust du, du dummes Kind? Was ist, wenn sie dich sehen?«

»Wer?«, fragte Gerda.

Der Blick ihrer Großmutter wanderte nach oben. Gerda tat es ihr gleich und erschrak. Am Himmel glaubte sie einen dunklen Schatten zu sehen, der auf sie zuschoss. Zuerst hielt sie ihn für einen riesigen Raubvogel. Doch dann löste er sich in purer, grellweißer Helligkeit auf und war verschwunden, bevor sie ihn ganz mit ihrem Blick einfangen konnte.

Jetzt verstand sie gar nichts mehr. Aber der Schrecken in den Augen ihrer Großmutter war so groß, dass ihr jedes weitere Wort im Hals stecken blieb.

Der Zorn der alten Frau verrauchte allerdings auch so rasch wieder, wie er gekommen war. Zugleich schien alle Kraft aus ihr zu weichen. Es war, als schrumpfe sie vor Gerdas Augen ein gutes Stück zusammen und altere gleichzeitig um etliche Jahre.

»Du hättest nicht kommen dürfen«, sagte sie leise.

»Weil mich jemand sehen könnte?«, vermutete Gerda. »Aber was soll das bedeuten?«

»Das erzähle ich dir später. Jetzt müssen wir erst einmal los.«

Großmutter nahm ihr Kopftuch ab und reichte es Gerda. »Leg das an. Und geh nicht gerade, sondern gebeugt und mit kleineren Schritten.«

Das war nun gerade das genaue Gegenteil von dem, was Großmutter sonst nicht müde wurde, ihr einzuschärfen: dass der Stolz alles war, was auch den Ärmsten nicht genommen werden konnte. Aber es war auch eine Dringlichkeit in ihrer Stimme, die Gerda davon abhielt, noch einmal zu widersprechen. Hätte sie es nicht besser gewusst, sie hätte geglaubt, dass ihre Großmutter Angst hatte.

Aber wusste sie es eigentlich besser?

Gleichwie, sie gehorchte rasch, indem sie nicht nur das Kopftuch überstreifte und mit kleinen unbeholfenen Knoten unter dem Kinn festband und sich dann mit gebeugten Schultern und schlurfenden Schritten anschloss. Dafür schritt Großmutter jetzt deutlich energischer aus, als sie es gewohnt war. Gerda wollte instinktiv dasselbe tun, fing dann aber einen warnenden Blick auf und senkte den Kopf noch ein bisschen tiefer.

Trotzdem schielte sie immer wieder nach oben in den unnatürlich blau wirkenden Himmel. Aber da war nichts, sah man von einem Schwarm Krähen ab, der krächzend über sie hinwegzog.

Großmutter merkte davon nichts. Sie blickte immer wieder nach oben und spähte in jede Gasse und jeden Winkel. Nicht, dass da jemand gewesen wäre. Trotzdem schien sie zu befürchten, dass sie verfolgt – oder zumindest beobachtet – würden.

Erst als sie sich schon zwei oder drei Straßen weit entfernt hatten, wurde Großmutter wieder etwas langsamer. Sie wirkte nicht mehr ganz so nervös. Gerda war inzwischen fest entschlossen, sich nicht mit einer Ausrede abspeisen zu lassen.

»Warum musste ich mich verkleiden?«, fragte sie. »Was soll der ganze Unsinn?«

»Ach das.« Großmutter zuckte mit den Schultern. »Es sollte dich nur niemand sehen. Im Augenblick sind die Leute nicht so gut auf uns zu sprechen.«

Gerda sah ihre Großmutter scharf an. »Was haben die Leute denn gegen uns?«

Großmutter winkte ab und wieder schwankte sie und drohte das Gleichgewicht zu verlieren. Gerda wollte sie erneut stützen, aber die alte Frau wehrte sie ab.

»Es geht schon wieder, mein Kind«, behauptete sie.

Dabei sah sie so mitleiderregend schwach aus, dass es Gerda schier das Herz brach. Ihr entgingen auch nicht die vielen frischen Wunden an ihren Händen.

»Du hast Flachs versponnen«, sagte sie vorwurfsvoll. Sie bekam keine Antwort, was aber als Zustimmung vollkommen reichte, und so fuhr sie fort: »Das ist keine Arbeit für eine alte Frau.«

»Aber zugleich auch die einzige, die man mir überhaupt noch gibt«, antwortete Großmutter. »Die paar Schrammen heilen schon wieder, mach dir keine Sorgen. Aber wir müssen essen. Außerdem steht der Winter vor der Tür und du willst doch nicht erfrieren, oder?«

Nein, das wollte Gerda nicht, aber noch viel weniger wollte sie Großmutter zu früh ins Grab legen müssen. Sie setzte zu einer entsprechenden Antwort an. Doch da hatten sie das Haus auch schon fast erreicht und mussten einem groß gewachsenen Mann ausweichen, der gerade aus der Tür trat.

Gerda hatte ihn schon einmal gesehen. Es war der Dunkelhaarige, mit dem Großmutter vor ein paar Tagen aneinandergeraten war. Sie musste daran denken, dass sie gerade gesagt hatte, die Leute seien nicht so gut auf sie zu sprechen.

Als wollte der Mann die Worte ihrer Großmutter bestätigen, stürmte er unübersehbar zornig auf sie zu. »Meine Geduld ist am Ende«, schimpfte er. »Wir müssen reden.«

»Über was?«, fragte Gerda.

Ihre Großmutter, die gerade hatte antworten wollen, drehte sich stattdessen zu ihr um und maß sie mit einem strengen Blick. Aber Gerda las zugleich auch Angst in ihren Augen.

»Geh nach oben und mach schon einmal ein Feuer im Herd, mein Kind«, sagte sie. »Ich habe mit diesem Herrn noch etwas zu besprechen, aber es dauert nicht lange.«

»Aber …«

»Jetzt gleich«, sagte Großmutter in einem Ton, dass Gerda keinen Widerspruch mehr wagte.

Rasch ging sie an beiden vorbei ins Haus und eilte die steile Treppe hinauf. Sie war viel zu aufgeregt, um den Ofen anzuheizen, und stapfte stattdessen ruhelos im Zimmer auf und ab. Endlich hörte sie die schlurfenden Schritte ihrer Großmutter auf der Treppe. Es hatte nur wenige Augenblicke gedauert, doch in ihrer Aufregung kamen sie ihr vor wie Stunden.

Und so sprudelte sie schon los: »Wer war das? Und was wollte dieser unmögliche Mensch von dir?«

Großmutter brachte sie mit einer Bewegung ihrer blutigen Hand zum Verstummen.

Gerda zuckte betroffen zusammen. Rasch führte sie ihre Großmutter zum Tisch und holte eine Schüssel Wasser und ein sauberes Tuch, um ihre Wunden zu versorgen. Ihre Finger waren mit Schrammen und blutigen Kratzern nur so übersät, jede für sich genommen gar nicht einmal so schlimm oder gar gefährlich, aber gewiss äußerst schmerzhaft. Ihre Großmutter verbot sich tapfer jeden Klagelaut und zwang sich sogar ein Lächeln ab. Es brach Gerda fast das Herz, sie so zu sehen.

»Wenn wir so große Sorgen haben, warum hast du mir dann nie etwas gesagt?«, fragte sie schließlich.

»So groß sind sie nicht«, behauptete Großmutter in einem Tonfall, der nur bewies, was für eine schlechte Lügnerin sie war. »Ich muss nur ein paar Dinge klären.«

»Zum Beispiel, wovon wir künftig leben sollen, wenn du keine vernünftige Arbeit mehr findest?«, fragte Gerda bitter.

»Ach Kind«, seufzte Großmutter. »Eine vernünftige Arbeit habe ich in dieser Stadt noch nie gefunden.« Sie machte eine rasche Handbewegung, als Gerda etwas einwenden wollte. »Es wird nicht einfacher, wenn man älter wird. Aber das ist es nicht. Die Menschen werden … merkwürdig. Sie reden kaum noch miteinander und jeder denkt nur noch an seinen eigenen Vorteil.«

»Und deswegen darf ich mich nicht mehr auf der Straße sehen lassen?«, fragte Gerda.

»Auch das.« Großmutters Blick wanderte nach oben zur Zimmerdecke. Sie starrte eine ganze Weile auf die Holzbalken, als gebe es dort etwas ungemein Spannendes zu sehen. Schließlich senkte sie den Blick wieder und sagte sehr leise: »Ich will nur vorsichtig sein.«

Vorsichtig, aha. »Und weswegen? Hast du etwa Angst, man könnte mich entführen?«

Großmutter schrumpfte weiter in sich zusammen. »Rede doch keinen Unsinn, Kind. Dich will doch niemand entführen …« Ihre Stimme versagte und sie holte ein Taschentuch hervor und schnäuzte sich umständlich. »Aber irgendetwas passiert in dieser Stadt. Wir müssen uns nur eine Zeit lang unauffällig verhalten. Dann wird alles wieder gut.«

Sie schaffte es sogar, diese Worte mit einem aufmunternden Lächeln zu sagen.

Aber die Dachstube war zu klein, als dass Gerda nicht gehört hätte, wie sie sich in dieser Nacht in den Schlaf weinte.

❄

Am nächsten Morgen ging Großmutter nicht schon vor Sonnenaufgang weg, sondern bereitete ihnen ein reichliches Frühstück, wie sie es sich schon lange nicht mehr gegönnt hatten. Sie heizte die Stube auch kräftig ein, sodass sie zum ersten Mal seit etlichen Tagen ohne Mantel am Tisch sitzen und ihr Mahl genießen konnten. Gerda versuchte sogar noch ein- oder zweimal behutsam, das Gespräch vom gestrigen Abend wiederaufzunehmen. Doch Großmutter antwortete entweder gar nicht oder nur mit einem traurigen Lächeln, sodass sie es schließlich aufgab.

Schon lange bevor vor dem mit Eisblumen bedeckten Fenster ein weiterer eisiger Tag heraufzog, war das Feuer im Ofen heruntergebrannt. Sie zündeten es nicht neu an, sondern hüllten sich in ihre Mäntel und verließen das Haus. Kalter Schnee empfing sie, der absurderweise aus einem strahlend blauen Himmel fiel. Großmutter hatte auch jetzt wieder darauf bestanden, dass sie sich ein Kopftuch anlegte und ihr Gesicht auch zum Großteil mit einem Schal verbarg. Warum sie dann allerdings noch den Blick senken musste, verstand sie nicht.

Und ihre Großmutter gab auch diesmal dazu kein Wort der Erklärung von sich.

Es schien noch einmal kälter geworden zu sein. Der Wind stach wie mit tausend winzigen Nadeln in ihre Augen und ihr Gesicht, weshalb sie beständig blinzeln musste, sodass auch ohne ihre Verkleidung keine Gefahr bestand, von jemandem erkannt zu werden. Die wenigen Menschen, die sich überhaupt aus dem Haus gewagt hatten, eilten mit gesenkten Köpfen und frierend dahin und hatten keinen Blick für irgendetwas anderes außer dem nächsten Schritt.

»Wohin gehen wir?«, fragte Gerda.

»Ich muss mit jemandem reden«, antwortete Großmutter. »Noch gibt es ein paar Menschen in dieser Stadt, die uns helfen können.«

Gerade als Gerda antworten wollte, fiel ein großer Brocken Schnee vor ihr vom Dach und so dicht vor ihre Füße, dass sie ganz in eine einzig weiße Schneewolke gehüllt wurden. Großmutter schien das wohl lustig zu finden, denn zum ersten Mal seit viel zu vielen Tagen erschien ein Lächeln in ihren Augen. Doch dann fiel noch mehr Schnee vom Dach. Als Gerda nach oben blickte, um nach dessen Ursprung zu sehen, machte ihr schüchternes Lächeln einem verwirrten Stirnrunzeln Platz, meinte sie doch ganz kurz eine Gestalt zu erblicken, die über das weiß überzuckerte Dach balancierte. Wer immer das war, musste wohl lebensmüde sein.

»Ist das nicht Kay?«, wunderte sich Großmutter.

»Kay?« Gerda schüttelte heftig den Kopf. »Aber warum sollte er dort oben ...« Doch dann sprach sie nicht weiter, denn sie sah, dass Großmutter recht hatte: Es war tatsächlich Kay, der dort oben herumbalancierte.

»Vielleicht solltest du zu ihm gehen und mit ihm sprechen, bevor der dumme Junge sich den Hals bricht«, riet ihre Großmutter.

Das ließ sich Gerda nicht zweimal sagen. So schnell sie konnte, eilte sie die Treppe hinauf und in die Stube und riss das Fenster auf, und das gerade rechtzeitig, um zu sehen, wie Kay neben dem winterlich kahlen Rosenstrauch in ihrem Dachgarten in die Hocke ging. Er hatte etwas in der Hand, das sie nicht genau erkennen konnte. Vor allem aber fiel ihr auf, wie schrecklich dünn er trotz der grausamen Kälte angezogen war. Er trug nur ein dünnes Hemd, zerschlissene Sommerhosen und nicht einmal Strümpfe, sondern nur Sandalen, in denen die Zehen schon ganz blau gefroren waren.

»Aber was tust du denn da?«, entfuhr es Gerda. »Bist du verrückt? Du wirst erfrieren oder dir den Hals brechen, wenn du nicht aufpasst!«

Kay winkte nur großspurig ab. »Ich passe schon auf«, sagte er angeberisch. »Und kalt ist mir schon gar nicht.«

»Aha«, machte Gerda.

Kay zitterte vor Kälte nicht nur am ganzen Leib, sie sah jetzt, dass nicht nur seine Zehen, sondern auch seine Fingerspitzen und die Nasenspitze blau gefroren waren, und sogar in seinen Haaren glitzerte Eis. Es musste wohl wirklich so sein, wie ihre Großmutter immer behauptete: In einem gewissen Alter waren Jungen eben … nun ja: Jungen.

»Und was genau tust du hier?«, erkundigte sie sich. »Außer nicht zu frieren?«

Kay tat so, als hätte er diese Bemerkung gar nicht gehört. Er betrachtete den Rosenstrauch, und Gerda erkannte jetzt auch, was er da in der Hand hielt: Es war nichts anderes als ein Vergrößerungsglas, das er sich wohl bei seiner Tante ausgeliehen hatte. Aber was wollte er denn hier damit?

»Meine Tante sagt, dass ihr vielleicht ausziehen müsst«, antwortete Kay. Dabei sah er sie nicht einmal an, sondern betrachtete weiter den blattlosen Rosenstrauch, zuerst mit unbewehrtem Auge, dann durch das Vergrößerungsglas.

Was redete er denn da für einen Unsinn?, dachte Gerda. Der Scherz war so schlecht, dass sie sich darüber ärgerte. Aber sie würde ihm gewiss nicht den Gefallen tun und darauf eingehen.

»Was machst du da?«, fragte sie stattdessen. Obwohl erst wenige Augenblicke vergangen waren, setzte ihr die Kälte bereits so zu, dass sie Mühe hatte zu sprechen.

»Wenn ihr ausziehen müsst, dann können wir vielleicht den Dachgarten übernehmen«, antwortete Kay. »Meine Tante meint, dass wir die Kräuter und den Kohl im Sommer gut brauchen können.«

Im ersten Moment fragte sich Gerda ganz ernsthaft, ob sie das wirklich gehört hatte oder nicht vielmehr noch träumte, doch dann wurde ihr klar, dass Kay sie nur auf den Arm nahm, um sie zu foppen. Manchmal hatte er schon einen seltsamen Sinn für Humor. Aber da konnte sie mithalten, wenn es sein musste.

»Den Kasten könnt ihr haben«, antwortete sie, »aber mehr auch nicht. Meine Großmutter hat schon ein Säckchen Salz besorgt. Wenn wir ausziehen, streuen wir es über die Erde, damit nichts mehr darauf wächst.«

Kay nickte so ruhig, als wäre das das Selbstverständlichste von der Welt, und sah weiter durch sein Vergrößerungsglas auf die Rose hinab. »Um dieses Ding hier wäre es jedenfalls nicht schade«, höhnte er. »Sieh dir nur an, wie schmutzig es ist. Ganz krumm und schief gewachsen, und ich wette, dass im Sommer mehr Ungeziefer darauf herumkrabbelt, als es Blätter hat. Wahrscheinlich wird man krank, wenn man ihm nur zu nahe kommt.«

»Ja, man kommt auf ganz komische Gedanken und am Ende redet man sogar Unsinn.« Allmählich ging ihr der Scherz doch zu weit und außerdem war ihr erbärmlich kalt. Der Winter war längst durch das offene Fenster in die Stube gekrochen und hatte das bisschen Wärme vertrieben, für das sie nahezu ihren gesamten Vorrat an Feuerholz verbraucht hatten.

Kay blieb jedoch ernst. »Dieses Unkraut reiße ich sowieso raus. Und alles andere wohl auch. Es ist so hässlich. Und schmutzig.«

»Allmählich übertreibst du es«, sagte Gerda. »Bist du nur hier, um dich über mich lustig zu machen?«

Nun ließ Kay endlich sein Vergrößerungsglas sinken und sah sie einen Herzschlag lang verwirrt an, aber dann wirkte er nicht nur ehrlich betroffen, sondern stand auch sehr schnell auf und kam auf sie zu.

»Natürlich nicht«, sagte er hastig. »Bitte entschuldige. Ich wollte dir etwas zeigen. Etwas Wunderschönes. Hier!«

Damit ging er in die Hocke, hob eine halbe Handvoll Schnee auf und hielt ihn ihr auf der ausgestreckten Handfläche hin. Mit der anderen reichte er ihr das Vergrößerungsglas. »Nimm«, sagte er auffordernd, fast schon befehlend.

Gerda griff ganz automatisch zu und sah auf seine Handfläche hinab. Sie erkannte Schnee. Nur größer. »Und?«

»Aber siehst du es denn nicht?«, ereiferte sich Kay.

»Schnee«, bestätigte sie. »Was ist denn damit?«

»Aber er ist perfekt«, sagte Kay begeistert. »Jede einzelne Flocke! Sie sind rein und sauber. Keine ist wie die andere und jede einzelne ist wunderbar, rein und weiß.«

»Und kalt«, fügte Gerda hinzu.

Kay wurde zornig. »Du willst es nicht sehen, und deshalb kannst du es auch nicht sehen!«, behauptete er, während er ihr das Vergrößerungsglas aus der Hand riss.

Gerda war wie vor den Kopf geschlagen. Sie konnte Kay nur mit offenem Mund anstarren. Zuerst versuchte sie sich noch einzureden, dass sich Kay nur einen besonders dummen Scherz mit ihr erlaubte. Doch der Zorn in seinen Augen war echt, und darunter und viel schlimmer noch glaubte sie eine Kälte zu erkennen, die nun gar nichts mehr mit dem fröhlichen Jungen zu tun hatte, den sie schon so lange kannte.

Sie versuchte, all das in Worte zu kleiden, um Kay in seine Schranken zu verweisen, doch er kam ihr zuvor, indem er das Vergrößerungsglas zornig in die Hosentasche rammte und sie noch zorniger anfunkelte. Schnee und winzige glitzernde Eiskristalle glitzerten in seinen Augenbrauen, und als er sprach, schien sein Atem wie grauer Rauch aus Nase und Mund zu quellen, wie ein übel gelaunter Drache aus einem Märchen Feuer speit. »Dann werdet doch glücklich mit eurem Kasten voller Dreck!«, stieß er hervor. »Ihr werdet schon sehen, was ihr davon habt, deine Bettelgroßmutter und du!«

Und damit fuhr er auf dem Absatz herum und stapfte so wütend durch den Schnee davon, dass seine Beine in einer glitzernden Wolke verschwanden. Gerda rief ihm noch ein paar Mal hinterher. Doch er reagierte gar nicht, sondern balancierte mit halb ausgebreiteten Armen und traumwandlerischer Sicherheit über das spiegelglatt gefrorene Dach auf der anderen Seite und war nur einen halben Atemzug später ganz verschwunden.

Gerda sah ihm noch etliche Augenblicke lang nicht anders als fassungslos hinterher. Doch dann packte auch sie der blanke Zorn. Wenn Kay sich nur einen Spaß machen wollte, dann hatte er aber kräftig übertrieben. Und wenn er diesen Unsinn wirklich ernst meinte, nun, dann …

… wusste sie auch nicht, was sie davon halten sollte.

Aber so einfach würde sie ihn nicht davonkommen lassen. Oh nein, ganz bestimmt nicht!

Mit Fingern, die vor Kälte schon fast wehzutun begannen, schloss sie das Fenster, blies ein paar Mal in ihre hohlen Hände, um das Prickeln daraus zu vertreiben, und hüllte sich schließlich in Mantel und Schal, um die Treppe hinabzueilen.

Als sie die Straße jedoch überquerte, kam ihr Kays Tante entgegen. Gerda nickte ihr freundlich zu und wollte in einem Bogen um sie herumgehen, doch sie hob rasch die Hand und vertrat ihr auch zugleich den Weg.

»Wo willst du hin?«, fuhr sie sie an.

»Ich … wollte zu Kay«, antwortete Gerda stockend und ein bisschen verdattert wegen des unfreundlichen Tons.

Normalerweise war Kays Tante eine sehr freundliche Frau, die gerne lachte und immer Zeit für ein kleines Schwätzchen zu haben schien. Gerda hatte sie überhaupt noch nie schlechter Laune erlebt.

Heute war wohl das erste Mal.

»Er ist nicht da«, sagte sie.

»Aber ich habe doch gerade erst …«

»Er ist weggegangen, um mit seinen Freunden am Fluss zu spielen«, wurde sie roh unterbrochen. »Aber auch wenn es nicht so wäre, könntest du ihn nicht sehen.«

»Warum?«, fragte Gerda verdutzt.

»Weil ich es nicht möchte«, antwortete Kays Tante. »Es ist mir schon lange ein Dorn im Auge, dass ihr ständig zusammensteckt.«

»Aber … aber warum denn?«, stammelte Gerda.

»Weil es gefährlich ist und du einen schlechten Einfluss auf ihn hast!«, lautete die barsche Antwort. »Irgendwann wird einer von euch zu Tode kommen, nur weil du ihn ständig verleitest, in eurem dreckigen Blumenkasten auf dem Dach herumzutollen.«

»Aber … aber das …«, stammelte Gerda, nur um sofort und in sogar noch schärferem Ton unterbrochen zu werden.

»Und auch sonst haben du und deine Großmutter einen schlechten Einfluss auf ihn. Kay ist nun kein Kind mehr. Wir müssen uns langsam Gedanken über seine Zukunft machen, und da können wir Bettler wie dich und deine Großmutter nicht gebrauchen.«

Gerda hätte es bis vor einer Sekunde nicht für möglich gehalten, dass sie sogar noch fassungsloser sein könnte. Ihre Großmutter und Kays Tante waren mehr als gute Nachbarn, schon fast so etwas wie Freundinnen. Und jetzt das!

»Aber … aber warum?«, konnte sie nur noch einmal stammeln.

»Weil wir euch Bettlervolk und Hungerleider jetzt lange genug durchgefüttert haben«, schimpfte Kays Tante. »Jeder ist seines eigenen Glückes Schmied, und es wird allmählich Zeit, dass auch solche wie ihr das verstehen.«

Und damit drehte sie sich nicht nur auf dem Absatz herum und stürmte ins Haus zurück, sondern knallte die Tür obendrein so heftig hinter sich zu, dass sich ein ganzes Schneebrett vom Dach löste und so dicht neben Gerdas Füßen aufschlug, dass sie ganz in einer stiebenden Wolke aus glitzernder Kälte verschwand.

Als Gerda wieder sehen konnte, blinzelte sie ein paar Mal und biss sich auch noch kräftig auf die Zunge, um endlich aufzuwachen. Aber es blieb dabei: Sie erlebte all das wirklich. Es war kein böser Traum.

Ihre Augen begannen zu brennen und wollten sich mit heißen Tränen füllen, doch zugleich erwachte auch ihr Trotz. Sie verstand immer weniger, was mit dieser ganzen Stadt und ihren Menschen geschah. Sie nahm sich fest vor, es herauszufinden. Und sie wusste auch schon, wo sie anfangen würde.

So schnell, dass sie allein deshalb schon wieder den einen oder anderen neugierigen Blick auf sich zog, eilte sie zur Stadtmauer und dem Tor. Sie bemerkte nicht einmal, dass dieselben beiden Wächter dort standen und sie misstrauisch beäugten, nur heute in dicke Fellmäntel eingewickelt, die von dem immer noch fallenden Schnee mehr und mehr weiß gefärbt wurden. Der unfreundlichere von beiden sah sie regelrecht hasserfüllt an. Immerhin schien es ihm zu kalt zu sein, um sein Wachhäuschen zu verlassen. Und selbst wenn, wäre Gerda sicher gewesen, ihm einfach davonlaufen zu können.

Gottlob erwies sich das jedoch nicht als notwendig. Gerda beschleunigte ihre Schritte dennoch, als sie vor sich lachende Kinderstimmen hörte. Sie kamen vom Bach, der nun endgültig zugefroren war, und es hätte die Spuren zahlreicher kleiner Füße nicht mehr gebraucht, um sie ihr Ziel finden zu lassen. Es mussten mindestens ein Dutzend Kinder unterschiedlichen Alters sein, die am Ufer und auch auf der spiegelnden Eisfläche herumtollten. Aber nicht nur sie.

Inmitten der fröhlich tobenden Kinderschar gewahrte sie einen prachtvollen, ganz in strahlendes Weiß gestrichenen Schlitten, der von vier ebenfalls weißen, riesengroßen Tieren gezogen wurde, die sie zunächst für Hirsche hielt, bis ihr auffiel, dass sie dafür viel zu kräftig gebaut waren. Außerdem hatten sie lange, zottige Felle wie Bären, nur eben so weiß wie frisch gefallener Schnee. Ihre Geweihe waren ebenso groß wie prachtvoll, sahen aber aus wie aus hundert gekrümmten Eisdolchen gemacht, und sie hatten Zähne wie blitzende Messer und Augen wie Splitter aus Eis.

Und sogar noch viel unheimlicher war die Gestalt, die auf der großen Bank des Schlittens saß. Sie trug einen weißen zottigen Mantel aus Fell samt Kapuze, die das Gesicht fast vollkommen verbarg und nur die eisfarbenen Augen frei ließ, sowie dicke Handschuhe.

Und es war ganz ohne Zweifel dieselbe unheimliche Gestalt,

die vor einer Woche am Marktplatz mit ihren beiden unheimlichen Begleitern erschienen war und zu ihr hochgeblickt hatte!

Noch bevor Gerda ihren ersten Schrecken überwinden konnte, schlitterte Kay jauchzend und mit ausgebreiteten Armen über das Eis, klammerte sich an den Schlitten und ließ sich mitziehen.

»Kay!«, rief Gerda erschrocken, um dann noch einmal und so laut sie nur konnte zu schreien: »*Kay! Nicht! Erkennst du denn nicht, wer das ist?*«

Wenn Kay sie überhaupt hörte, dann reagierte er nicht darauf. Er jubelte und jauchzte nur noch lauter, während der Schlitten schneller und immer schneller wurde, bis es gerade so war, als sprühten Funken unter den Hufen der gewaltigen Reittiere hervor.

Und dann war der Schlitten auch schon fast verschwunden, zusammen mit Kay, der sich immer noch daran festklammerte und wie auf Schlittschuhen hinter ihm über das Eis schoss.

Aber nicht, ohne dass sich die Gestalt auf der Sitzbank noch einmal halb umgedreht und Gerda einen durchdringenden Blick aus ihren eisfarbenen kalten Augen zugeworfen hätte.

Und dann, endlich, begriff Gerda auch, wer sie war.

3. Kapitel

»Aber wenn ich es doch sage!«, beharrte Gerda später und nicht zum ersten Mal, als sie zusammen mit ihrer Großmutter in der behaglich geheizten Stube der Wachsoldaten saß.

»Es war die Schneekönigin! Ich bin ganz sicher! Sie hat genauso ausgesehen wie in deiner Geschichte, und man konnte auch spüren, wie kalt ihr Herz war!«

»Aber mein Kind«, seufzte ihre Großmutter. Sie sah sehr traurig aus und sie war noch immer ein bisschen außer Atem; wahrscheinlich, weil sie die ganze Strecke hierher gelaufen war, was für eine Frau in ihrem Alter sicherlich eine enorme Anstrengung darstellte.

Sie war nicht allein gekommen. Kays Tante war da, noch einige weitere Soldaten der Stadtwache, und sogar der Bürgermeister war gekommen, als ihn die Kunde von dem verschwundenen Jungen erreicht hatte. Und nicht einer von all diesen Menschen schien ihr zu glauben. Nicht einmal ihre Großmutter, was für Gerda am bittersten war.

»Aber ich habe sie doch gesehen!«, beharrte sie.

»Mein Kind, es gibt keine Schneekönigin«, mischte sich nun auch der Bürgermeister ein. Er war ein großer, Respekt einflößender Mann, dem man auch ohne seine schwere Amtskette ansah, welch wichtiges Amt er innehatte. »Deine Großmutter hat dir eine Geschichte erzählt, wie man sie Kindern nun einmal erzählt. Solche Geschichten sind gut und wichtig und wir alle hören sie gern, aber am Ende sind es eben doch nur Geschichten. Es gibt keine Schneekönigin, so wenig, wie es Drachen oder Zauberer gibt.«

»Aber Ihr habt sie doch sogar selbst gesehen!«, protestierte Gerda. »Vor einer Woche, auf dem Markt!«

»Vor einer Woche?«, wiederholte der Bürgermeister. »Was soll da gewesen sein?«

»Die drei Fremden!«, antwortete Gerda. »Ihr müsst Euch doch an sie erinnern! Sie waren ganz in Weiß gekleidet und haben bei der Reiterstatue auf dem Marktplatz gestanden! Die ganze Stadt ist zusammengekommen, um sie zu sehen! Ihr habt selbst mit ihnen gesprochen!«

Der Bürgermeister sah Gerda nur verwirrt an. Wenn er ihr etwas vormachte, dann perfekt. Nach einem weiteren Augenblick seufzte er nur tief und bedachte sie mit einem traurigen Lächeln.

»Da war niemand auf dem Marktplatz«, sagte er. »Es sind schon seit langer Zeit keine Fremden mehr in der Stadt gewesen. Wie könnten sie auch? Alle Flüsse sind zugefroren und die Pässe in den Bergen verschneit, sodass seit Wochen kein Durchkommen mehr ist. Der Winter ist so hart, wie es schon seit Jahren keiner mehr war.«

Jetzt sah Gerda ihn fassungslos an. »Aber es schneit doch erst seit ein paar Tagen. Vor einer Woche waren die Bäume noch grün und auf den Feldern haben die Krähen gepickt!«

Der Bürgermeister tauschte einen langen Blick mit ihrer Großmutter und beide wirkten mit einem Mal sehr traurig. »Du bist durcheinander, du armes Kind. Und das kann ich auch gut verstehen, nachdem dein kleiner Freund vor deinen Augen so frech entführt worden ist. Aber es war gewiss keine Zauberei im Spiel, denn so etwas gibt es nicht.«

»Ich weiß, was ich gesehen habe«, beharrte Gerda.

»Dreiste Räuber, die einen unschuldigen Jungen entführt haben, und das vor den Augen seiner Freunde und der Stadtwache.« Der Bürgermeister unterließ es dabei nicht, den beiden Soldaten neben der Tür einen strafenden Blick zuzuwerfen, unter dem sie ein gehöriges Stück zusammenzuschrumpfen schienen. »So etwas ist schlimm. Aber leider geschieht es manchmal dennoch, denn die Welt da draußen ist voller schlechter Menschen.«

»Und es ist deine Schuld«, mischte sich Kays Tante ein. »Ich war schon immer dagegen, dass er sich mit dir abgibt. Solche wie ihr seid kein Umgang für einen guten Jungen wie meinen Kay! Ich wusste, dass es ein schlimmes Ende nimmt.«

Gerda sah, dass ihre Großmutter auffahren wollte, doch der Bürgermeister brachte auch sie mit einer raschen Geste zum Schweigen. »Das hilft niemandem weiter.« Er wandte sich wieder direkt an Gerda. »Wir werden deinen kleinen Freund schon wiederfinden, hab keine Angst. Und die frechen Räuber, die ihn mitgenommen haben, werden ihrer gerechten Strafe nicht entgehen, das verspreche ich dir.«

»Es waren keine Räuber«, antwortete Gerda. »Es war die Schneekönigin!«

Als hätte sie gar nichts gesagt, fuhr der Bürgermeister fort: »Sobald der Schneesturm vorbei ist, sende ich gleich Männer in alle Richtungen, die nach deinem Freund suchen.«

Was für ein Schneesturm?, wollte Gerda fragen, doch bevor sie dazu kam, sagte Kays Tante: »Verhört lieber dieses Bettelmädchen und seine Großmutter. Wahrscheinlich stecken sie ja mit den Räubern unter einer Decke! Es sollte mich nicht wundern!«

Spätestens jetzt, so dachte Gerda, war doch wohl der rechte Zeitpunkt gekommen, in dem sich ihre Großmutter gegen diese frechen Vorwürfe verteidigen sollte. Doch sie senkte nur traurig den Kopf und faltete die Hände auf der Tischplatte zusammen.

»Bewahren wir doch die Ruhe«, sagte der Bürgermeister. »Ein jedes Kind in dieser Stadt ist wichtig, ganz gleich ob arm oder reich. Wir werden nach dem Jungen suchen, sobald es das Wetter zulässt.«

»Aber das kann bis zum Frühjahr dauern!«, protestierte Kays Tante. »Und alles wegen dieser alten Hexe und ihrer missratenen Enkeltochter!«

Diesmal beließ es der Bürgermeister sogar nur bei einem mahnenden Stirnrunzeln, und auch die Großmutter sah nur noch niedergeschlagener aus, während es Gerda kaum auf ihrem Stuhl hielt. Was ging denn hier nur vor? Hatte jedermann in dieser Stadt denn plötzlich den Verstand verloren, einschließlich des Bürgermeisters und Kays Tante?

»Dann sollten wir jetzt alle nach Hause gehen und uns erst einmal beruhigen«, fuhr der Bürgermeister fort. »Sobald sich der Schneesturm gelegt hat, suchen wir nach dem Jungen und seinen Entführern.«

»Aber …«, begann Gerda noch einmal und sprach dann gar nicht mehr weiter, weil ihr sowieso niemand mehr zuhörte, nicht einmal ihre Großmutter. Der Bürgermeister ließ sich von einem seiner Soldaten in einen mit Pelz gefütterten Mantel helfen und wandte sich zur Tür, sagte aber dann noch: »Und bis dahin schließen wir die Stadttore und lassen keine Fremden mehr in die Stadt.«

Damit ging er, und eine heulende Sturmböe trug eisigen Schnee herein, als er die Tür öffnete. Der Himmel war so dunkel wie am späten Abend und es war noch einmal kälter geworden; selbst als sich die Tür wieder hinter dem Bürgermeister und seinen Soldaten geschlossen hatte.

»Ich hätte niemals zulassen dürfen, dass sich Kay mit einer wie dir einlässt«, sagte Kays Tante noch einmal verächtlich, bevor sie aufstand und ebenfalls ging, und schließlich waren Gerda und ihre Großmutter allein in der Wachstube.

»Warum lässt du dir das gefallen?«, wunderte sich Gerda. »Du hast ihr nichts getan und ich auch nicht!«

»Du musst sie verstehen«, antwortete ihre Großmutter. »Sie hat Angst um Kay, und dass er verschwunden ist, bricht ihr fast das Herz. Menschen sagen manchmal Dinge, die sie gar nicht so meinen, wenn sie großen Kummer haben.«

»Das gibt ihr nicht das Recht, dich zu beleidigen«, antwortete Gerda zornig.

Ganz kurz überlegte sie sogar, ihrer Großmutter zu erzählen, was Kay am Morgen gesagt hatte. Doch dann verzichtete sie darauf. Warum sollte sie ihr noch mehr wehtun?

»Aber wenigstens du glaubst mir, nicht wahr?«, fragte sie. »Du weißt, dass sie es war.«

»Die Schneekönigin?«, fragte ihre Großmutter.

Gerda nickte und Großmutter schüttelte traurig den Kopf. »Wünsche dir nur nie, dass Märchen wahr werden, mein Kind. Was deinem Freund widerfahren ist, ist schlimm. Aber es hat nicht viel mit Zauberei zu tun, wenn ein Junge leichtsinnig ist und das Abenteuer sucht wie dein Freund Kay.«

»Aber ich bin doch nicht …«, begann Gerda, sprach aber auch dieses Mal nicht weiter, sondern schwieg nur einige Sekunden und stand dann auf.

»Dann lass uns tun, was der Bürgermeister sagt, und nach Hause gehen«, sagte sie. »Vielleicht beruhigt sich Kays Tante ja auch wieder, und es tut ihr leid, was sie gesagt hat.«

Ihre Großmutter maß sie mit einem traurigen Blick. »Wir haben kein Zuhause mehr, mein Kind.«

Gerda starrte sie an. »Wie bitte?«

»Kaum warst du weg, da tauchte der Hausbesitzer noch einmal auf«, sagte Großmutter. »Erinnerst du dich an den Mann, der mich vor dem Haus abgefangen hat?«

Gerda nickte und ihre Großmutter fuhr fort: »Er sagt, dass er die Kammer jetzt für sich selbst braucht und wir nicht mehr umsonst dort wohnen können.«

»Wir … wir müssen ausziehen?«, vergewisserte sich Gerda ungläubig. »Aber ich habe gedacht, der Hausbesitzer sei so nett!«

Die Großmutter entgegnete: »Menschen ändern sich. Außerdem sind wir ihm zu großen Dank verpflichtet. Immerhin hat er uns jahrelang umsonst in der Dachkammer wohnen lassen.«

»Aber dass er jetzt plötzlich auftaucht …« Gerda brach ab und musste plötzlich wieder an den schlechten *Scherz* denken, den Kay am Morgen gemacht hatte. Ihr Herz begann zu klopfen, als sie begriff, dass es gar kein Scherz gewesen war.

»Wann?«, fragte sie.

Großmutter schien immer kleiner zu werden. »Als ich ging, haben seine Männer gerade unser Hab und Gut aus dem Haus getragen.«

»Aber er kann uns doch nicht einfach auf die Straße setzen!«, protestierte Gerda.

»Das Haus gehört ihm«, flüsterte ihre Großmutter. »Ich fürchte, er kann es.«

»Und wo … wo sollen wir dann jetzt wohnen?«

»Es wird sich schon etwas finden«, antwortete Großmutter ohne rechte Überzeugung. »Selbst in dieser Stadt gibt es noch ein paar Menschen, deren Herzen noch nicht ganz zu Eis geworden sind.« Sie kam Gerdas Wiederspruch zuvor, indem sie müde die Hand hob und dann genauso matt aufstand. »Aber das ist jetzt nicht wichtig, Was zählt ist, dass wir deinen Freund finden.«

»Du weißt doch, wo er ist!«, sagte Gerda.

Fast schon wie sie es erwartete, ignorierte ihre Großmutter die Worte einfach. »Der Bürgermeister ist ein Mann von Ehre. Sobald der Schneesturm aufhört, wird er alle seine Männer ausschicken, um nach ihm zu suchen.«

»Aber was denn für ein Schneesturm?« Diesmal stellte Gerda die Frage laut, aber sie erntete nur einen verstörten Blick von ihrer Großmutter. Statt etwas zu sagen, kam sie mit kleinen Schritten um den Tisch herum, der zusammen mit einem halben Dutzend unbequemer Hocker beinahe die gesamte Einrichtung der Wachstube bildete, und zog ihren dünnen Mantel enger um die Schultern, ehe sie die Hand nach der Tür ausstreckte.

Gerda erinnerte sich nicht mehr rechtzeitig an das, was sie gerade erlebt hatte, und so kam ihre Warnung auch zu spät. Der Sturm schien nur darauf gewartet zu haben, dass jemand leichtsinnig genug war, die Tür aufzumachen. Er riss sie der Großmutter nicht nur aus der Hand, sondern hätte sie um ein Haar auch gleich noch von den Füßen gefegt, und er überschüttete sie auch mit eisigem Schneegestöber und dem zornigen Heulen wie von tausend losgelassenen Wölfen. Selbst als Gerda rasch hinzusprang, reichten ihre vereinten Kräfte kaum aus, um herauszugelangen. Alles war weiß. Das Heulen des Sturmes steigerte sich zu einem wahrhaft ohrenbetäubenden Getöse und die Kälte schlug wie mit gläsernen Krallen nach ihrem Gesicht und trieb ihr sofort die Tränen in die Augen.

Aber noch vor kurzer Zeit hatte es doch nur ganz sacht geschneit. Woher kam plötzlich dieser ausgewachsene Schneesturm?

Dicht an die Wand gepresst, um vom Wind nicht doch noch von den Füßen gerissen zu werden, näherten sie sich dem Tor, hinter dem die Stadt ebenfalls schon fast zur Gänze unter einer weißen Schneedecke verschwunden war. Aber zumindest würde die Mauer sie vor dem schneidenden Wind schützen.

Trotzdem blieb Gerda noch einmal stehen und sah zum Fluss zurück; oder doch wenigstens in die Richtung, in der sie ihn vermutete. Sehen konnte sie ihn nicht mehr, denn der tobende Schnee verschlang alles, was weiter als vier oder fünf Schritte entfernt war.

»Komm aus der Kälte, mein Kind«, sagte ihre Großmutter, »bevor du am Ende noch krank wirst.«

Als ob sie das jetzt interessierte. Aber ihre Großmutter tat ihr leid, wie sie so zitternd vor Kälte unter dem halb geschlossenen Tor stand, und so sagte sie: »Geh schon mal irgendwohin, wo es wärmer ist. Ich komme gleich nach.«

Sie musste noch einmal zum Fluss. Vielleicht fand sie ja doch noch eine Spur, die die anderen übersehen hatten. Jetzt einfach zu gehen, wäre ihr so vorgekommen, als würde sie Kay im Stich lassen.

Sie konnte ihrer Großmutter ansehen, wie wenig ihr diese Idee gefiel. Doch dann obsiegte wohl die Kälte über ihre Sorge, denn sie nickte nur noch einmal knapp und ging davon. Gerda aber raffte all ihren Mut zusammen und trat mit gesenktem Haupt in den wirbelnden Schnee hinein.

Etwas Sonderbares geschah: Im ersten Moment war es so kalt, dass sie kaum noch atmen konnte, und sie war so gut wie blind. Doch kaum war sie ein paar Schritte weit gegangen, da hörten Schneegestöber und Sturm auf wie abgeschaltet und vor ihr lagen der Fluss und der Wald. Und noch unheimlicher: Als sie über die Schulter zurücksah, da ragte der Schneesturm wie eine kochend weiße Wand hinter ihr auf, die die Stadt und die gesamte Welt verschlungen hatte.

Gerda verscheuchte diesen unheimlichen Gedanken (und vor allem die Angst, die in seinem Geleit heranschleichen wollte) und ging weiter. Noch ein halbes Dutzend Schritte und es hörte ganz auf zu schneien, und – noch erstaunlicher – als sie auf der Brücke ankam, da war auch der kleine Fluss nicht mehr zugefroren. Sein Wasser plätscherte fröhlich zwischen den Ufersteinen dahin und hier und da lugte sogar noch eine einzelne Blume aus der Erde.

Wie schade, dass Großmutter jetzt nicht hier war, dachte Gerda, denn dann würde sie ihre Einstellung ja vielleicht doch noch einmal überdenken, was Märchen, Zauberei und andere unheimliche Dinge anging.

Doch dann bedauerte sie schon fast, diesen Gedanken gedacht zu haben, spürte sie doch mit einem Mal, dass sie angestarrt wurde, und nicht aus freundlichen Augen. Erschrocken sah sie sich um, bemerkte zuerst nichts Außergewöhnliches und legte dann den Kopf in den Nacken.

Über ihr kreiste der weiße Adler.

Diesmal war er so niedrig, dass sie dem Blick seiner eisfarbenen Augen begegnen konnte, und was sie darin las, das ließ sie bis ins Mark erschauern. Sie hätte mit dem lauernden Blick eines Raubvogels gerechnet oder vielleicht auch purer Bosheit, doch in diesen Augen war … gar nichts, und das erschien ihr irgendwie schlimmer als alles andere, was sie sich auch nur hätte vorstellen können.

Der Adler stieß ein schrilles Krächzen aus, und Gerda fuhr auf dem Absatz herum und rannte los, so schnell sie konnte. Ohne innezuhalten, stürmte sie den ganzen Weg zurück, den sie gekommen war und auch noch in den heulenden Sturm hinein, der die Stadt immer noch belagerte. Und sie hatte sogar Glück und fand das Tor auf Anhieb, statt sich in dem weißen Gestöber zu verirren, wie sie schon halbwegs befürchtet hatte.

Doch damit hörte ihr Glück dann auch endgültig auf, denn gerade, als sie erleichtert aufatmen wollte, begannen sich die beiden Torflügel knarrend zu schließen.

Gerda schrie nun doch auf – allerdings vor Schrecken – und verdoppelte ihre Anstrengung, sodass ihre Füße den Schnee kaum noch zu berühren schienen. Wahrscheinlich hätte sie es sogar geschafft, denn sie konnte wirklich schnell laufen. Doch dann erschien eine schlanke Gestalt in dem rasch schmaler werdenden Spalt zwischen den beiden großen Torhälften, die sie auf den ersten Blick für ihre Großmutter hielt, die aus Sorge um sie zurückgekommen war.

Aber es war nicht ihre Großmutter. Es war Kays Tante, und sie machte eine rasche Handbewegung, und das Tor schloss sich mit einem Mal viel schneller. Nur einen halben Atemzug, bevor Gerda sie erreichte, schlugen die beiden riesigen Torflügel mit einem gewaltigen Krachen zu, und sie konnte hören, wie von innen ein schwerer Riegel vorgelegt wurde.

Sie hatte so lange gegen das große Tor gehämmert und aus Leibeskräften geschrien, bis ihre Fäuste ganz blutig und ihre Kehle so wund war, dass sie keinen Ton mehr herausbekam und selbst das Luftholen schon fast wehtat.

Niemand hatte geantwortet. Das große Tor war verschlossen geblieben, und das Heulen des Schneesturms hatte sich noch einmal gesteigert, bis es in ihren Ohren wie pures Hohngelächter klang, und so hatte sie sich mit blau gefrorenen Lippen und zitternd vor Kälte und mit schmerzenden Fingern abgewandt und wieder auf den Weg zur Wachstube gemacht. Im Kamin brannte ja noch ein Feuer und vielleicht konnte sie dort wenigstens noch ein bisschen Wärme ergattern.

Sie fand die Wachstube auf Anhieb wieder – was fast schon einem kleinen Wunder gleichkam, denn der Schnee wirbelte mittlerweile so dicht um sie, dass sie selbst ihre Hände kaum noch erkennen konnte, wenn sie die Arme ausstreckte –, und da wurde es richtig unheimlich. Die Tür stand offen, und der Sturm hatte den Schnee hereingeweht, sodass die Möbel wie weiße Bergspitzen aus einer überzuckerten Hügellandschaft ragten. Das Feuer im Kamin war erloschen. Aber nicht nur das.

Als Gerda in der Hoffnung die Stube betrat, von den vor sich hin glühenden Holzscheiten wenigstens noch ein bisschen Wärme zu ergattern, da waren diese so kalt und hart wie gefrorene Kohle. Wo der Schnee nicht hingelangt war, da lag der Staub fingerdick und unter dem frischen Geruch des Schnees verbarg sich ein Odem von Moder und Fäulnis. Als sie gegen einen der Hocker stieß, da zerfiel dieser zu Staub und Splittern aus faulendem Holz. Die Wachstube sah aus, als wäre seit Jahren niemand mehr hier gewesen, wenn nicht noch viel länger.

Aber wenigstens war sie aus dem eisigen Wind heraus. Gerda beschloss, noch eine Weile hierzubleiben, zumindest bis sie nicht mehr vor Kälte mit den Zähnen klapperte und ihr Herz vor Angst so heftig schlug, als versuche es aus ihrer Brust zu springen. Vielleicht hörte der Schneesturm ja auch auf, während sie hier saß und wartete.

Aber vielleicht wütete er ja auch bis zum nächsten Frühjahr weiter. Nach allem, was sie bisher erlebt hatte, sollte es sie nicht wundern, wenn der nächste Frühling erst in hundert Jahren kam – oder vielleicht auch gar nicht.

Eine Zeit lang saß sie einfach nur da, haderte mit dem Schicksal und tat sich selbst leid, aber das war im Grunde gar nicht ihre Art und irgendwann wurde es auch schlichtweg langweilig. Sie sah ein, dass sie wohl kaum hier sitzen und abwarten konnte, bis sie erfroren oder verdurstet war. Das hieß: Natürlich konnte sie das, aber damit wäre weder ihr noch Kay gedient und Großmutter schon gar nicht.

Bei diesem Gedanken musste sie lachen, und so erbärmlich und zitternd vor Kälte dieser Laut auch war, brach er doch den Bann, der sich wie eine unsichtbare Last auf ihre Gedanken gelegt hatte. Gerda wurde wieder zu dem gewitzten und fröhlichen Mädchen, das sie eigentlich immer gewesen war, und vor allem einem Mädchen, das sich nicht so leicht unterkriegen ließ, schon gar nicht von einer dahergelaufenen bösen Hexe und ein bisschen Schnee.

Gut, der Schnee lag mittlerweile so hoch vor der Tür, dass er ihr bis zu den Hüften reichte. Und die *dahergelaufene Hexe* war wohl eher eine Zauberin von so großer Macht, dass sie ein ganzes Land zu Eis erstarren lassen konnte. Aber auch das würde sie nicht davon abhalten, nach Kay zu suchen und dieser weißen Hexe das Handwerk zu legen!

Wäre Gerda nicht vor Kälte schon halb erstarrt gewesen, dann hätte sie über diesen größenwahnsinnigen Gedanken gelächelt, aber sie fragte sich zugleich auch ganz ernsthaft, ob ihr Gesicht nicht wie dünnes Glas einfach zerspringen würde, wenn sie den Fehler beging, die Lippen zu verziehen.

Das war natürlich völliger Blödsinn, half ihr aber zugleich auch, endgültig in die Wirklichkeit zurückzufinden. Es war immer noch kälter in der Wachstube geworden, und wenn sie noch lange hierblieb, dann lief sie tatsächlich Gefahr, einzuschlafen und womöglich nie wieder aufzuwachen. Also ging sie hinaus, stapfte mit zusammengebissenen Zähnen und gesenktem Haupt durch den pulverfeinen Schnee und schneidenden Wind und schickte gleich ein halbes Dutzend Stoßgebete zum Himmel, dass sich der Sturm nicht inzwischen über das ganze Land ausgeweitet hatte.

Ihre Gebete wurden erhört, aber das war dann auch schon alles. Der Winterzauber hielt an, und der Schneesturm beschränkte sich auch jetzt wieder nur auf einen schmalen Bereich direkt vor der Mauer, hatte die Stadt aber dennoch zur Gänze umschlossen, sodass sie nur noch als grauer Schatten dahinter zu erkennen war. Doch Zauberei hin oder her, so leicht wollte sich Gerda nicht geschlagen geben. Deshalb machte sie sich auf den mühseligen Weg, die ganze Stadt einmal zu umrunden, ob sie nicht eine andere Möglichkeit fand hineinzukommen.

Es war eine ziemlich große Stadt. Während Gerda frierend durch den Schnee stapfte und immer wieder in ihre Hände hauchte, damit sie nicht einfach abfielen, kam sie ihr sogar noch einmal um etliches größer vor, und so brauchte sie viele Stunden. Die Sonne befand sich schon wieder auf halbem Weg hinab zum Horizont, als sie endlich wieder auf ihrer eigenen Spur und damit genau an dem Punkt ankam, an dem ihre Suche begonnen hatte. Zurück in die Stadt konnte sie also nicht mehr, und wenn sie ehrlich zu sich selbst war, dann hatte sie das auch gar nicht wirklich vorgehabt. Sie musste Kay finden, und wenn ihr das gelang, dann mochte vielleicht doch alles andere ganz von selbst wieder gut werden.

Zum dritten Mal an diesem Tag machte sie sich auf den Weg zum Fluss. Auch hier war alles verschneit. Doch der Fluss selbst plätscherte immer noch fröhlich dahin. Es waren keine Spuren des schlimmen Geschehens von heute Morgen mehr zu sehen – und natürlich auch nicht von dem Schlitten, mit dem Kay verschwunden war. Aber was konnte sie schon anderes tun, als einfach in die Richtung weiterzugehen, in der sie das Schloss der Schneekönigin vermutete?

Sie hatte vielleicht nur zwei oder drei Stunden Tageslicht, und auch wenn sie besser nicht darüber nachdachte, wo sie denn die bevorstehende Nacht verbringen sollte, war ihr jedoch auch klar, dass sie sich sputen musste, denn in ihrer dünnen Kleidung würde eine Nacht im Wald alles andere als angenehm sein.

Falls sie sie überhaupt überlebte.

Gerda hatte die Stadt zeit ihres Lebens noch nicht über Nacht verlassen. Aber sie wusste, dass es im Norden etliche kleine Weiler und Ortschaften gab, in denen sie übernachten konnte, und sei es schlimmstenfalls in einem Hühnerstall oder auf einem Dachboden. Und da der Fluss ohnehin in diese Richtung floss, folgte sie ihm, auch wenn sie dadurch von der Straße heruntermusste und nicht mehr so rasch vorankam, wie es ihr lieb gewesen wäre.

Sie war schon eine Weile unterwegs, als sie erneut das Gefühl hatte, beobachtet zu werden. Alarmiert sah sie in den Himmel hinauf. Es war kein weißer Adler zu sehen und auch sonst kein Vogel und keine Wolke. Doch das Gefühl blieb.

Gerda beschleunigte ihre Schritte noch ein bisschen und sah sich dabei unauffällig in alle Richtungen um. Sie bemerkte immer noch nichts Verdächtiges, aber sie spürte immer deutlicher, nicht mehr allein zu sein. Und schließlich gewahrte sie einen Reiter, einen riesigen Burschen mit schwarzem Bart und langem schmutzigem Haar, der auf einem gewaltigen Ross saß, das genauso struppig und schmutzig aussah wie er selbst. An seinem Gürtel prangte ein gewaltiges Schwert, und auf seinem Rücken trug er einen riesigen Knüppel, der fast so lang war wie Gerda groß.

Sie wollte die Hand heben und ihm zuwinken. Doch da war eine Finsternis in seinem Blick, die sie davon abhielt. Seine ganze Erscheinung war überhaupt düster. Er trug abgerissene schwere Kleidung, und an seinem Sattelzeug hingen zahlreiche Beutel und Säckchen, in denen es klimperte und klirrte, wenn sich das Pferd bewegte.

War er ein Räuber? Jedenfalls sah er ganz genau so aus, wie Gerda sich einen solchen vorgestellt hätte.

Aber eigentlich hatte sie gar keine Lust, das herauszufinden.

Rasch drehte sie sich wieder um, machte einen schnellen Schritt und blieb auch gleich wieder stehen, denn nur ein kleines Stück hinter ihr war ein zweiter Reiter aufgetaucht.

Um genau zu sein, war es eine Reiter*in*, und sie war auch sonst das genaue Gegenteil des ersten. Ihr Pferd war gerade einmal halb so groß und genau genommen auch gar kein Pferd, sondern ein struppiges Rentier. Sie selbst musste noch einmal ein oder zwei Jahre jünger sein als Gerda und von sehr schlanker Statur, das konnte man trotz des dicken Fellmantels sehen, den sie trug. Sie hatte langes, bis weit über die Schultern fallendes glattes Haar und in ein paar Jahren würde sie gewiss eine sehr schöne junge Frau sein. Im Moment kam sie Gerda jedoch eher vorwitzig vor; und nicht besonders freundlich. Statt eines Schwertes trug sie ein langes Messer im Gürtel und auf dem Rücken ebenfalls einen Knüppel, wenn auch einen viel kleineren.

»Hallo Kleine«, sagte sie.

Kleine? Gerda schluckte die Antwort herunter, die ihr dazu auf der Zunge lag. Es war schon ein bisschen komisch, von einem Mädchen *Kleine* genannt zu werden, das jünger war als sie und fast einen Kopf kleiner. Aber es hatte ein Messer. Und einen Knüppel. Besser sie sagte gar nichts.

»Was tut ein kleines Mädchen wie du so ganz allein im Wald?«, fuhr das Mädchen fort. »Und noch dazu allein? Hast du denn gar keine Angst vor wilden Tieren oder Räubern?«

Gerda sagte auch dazu nichts, und sie widerstand sogar der Versuchung, sich nach dem anderen Reiter umzusehen. Aber sie konnte hören, wie das Pferd langsam näher kam. Damit konnte sie weder vor noch zurück. Rechterhand war der Wald, dessen Unterholz an dieser Stelle so dicht war, dass es kein Durchkommen gab, und auf der anderen Seite der Fluss. Sie saß in der Falle.

»Redest du einfach nicht gern?«, fuhr das Räubermädchen fort und legte wie lauernd den Kopf auf die Seite. »Aber das ist vielleicht auch ganz gut so. Meine Mutter sagt immer, dass ich nicht mit Fremden reden soll.«

Auch darauf sagte Gerda nichts, und wozu auch? Wenn die beiden wirklich Räuber waren, dann war es sowieso egal, was sie sagte. Sie würden sie gewiss ausrauben und wenn sie nicht genug fanden, um ihre Gier zu befriedigen, ihr etwas noch Schlimmeres antun.

»Jetzt wirst du allmählich unhöflich, Mädchen«, fuhr das Räubermädchen fort. »Willst du uns nicht wenigstens deinen Namen verraten?«

»Gerda.« Sie versuchte einen unauffälligen Schritt nach rechts zu machen, und sofort lenkte das Räubermädchen sein Pferd in dieselbe Richtung und versperrte ihr den Weg.

»Gerda«, wiederholte sie. »Ein schöner Name. Und was tust du so ganz allein im Wald, Gerda?«

»Ich suche jemanden«, antwortete sie.

»Und wen?«

»Kay«, sagte sie. »Meinen Freund Kay. Er ist weg. Die Schneekönigin hat ihn geholt.«

Das Räubermädchen sah sie eine Weile lang aus großen Augen an, dann begann es prustend zu lachen, und auch hinter Gerda ertönte ein dunkles Glucksen, als der andere Räuber darin einstimmte.

»Die Schneekönigin, ja, das ist lustig«, sagte das Mädchen. Seine Hand landete klatschend auf dem Messergriff, der aus seinem Gürtel ragte, und das Lächeln in seinen hübschen Augen verschwand genauso schnell, wie es gekommen war. Jetzt sah es fast schon ein bisschen gemein aus.

»Hübsche Schuhe hast du da an, Gerda«, sagte es, »und auch einen schönen Mantel. Hast du darunter auch so schöne Sachen an oder sogar hübschen Schmuck, wie es die vornehmen Leute aus der Stadt tun?«

»Ich bin kein vornehmes Mädchen«, antwortete Gerda. Und rannte los.

Zuerst sah es sogar fast so aus, als könnte sie es schaffen, denn ihre plötzliche Flucht überraschte die beiden ungleichen Räuber vollkommen. Haken schlagend flitzte sie an dem Mädchen und seinem Rentier vorbei und auf den Waldrand zu. Gerade als sie sich den ersten Büschen näherte, donnerten harte Pferdehufe hinter ihr auf dem Boden.

Sie konnte sich gerade noch zur Seite werfen, um nicht einfach über den Haufen geritten zu werden. Rasch sprang sie wieder auf und musste schon wieder einen hastigen Schritt in die andere Richtung machen, denn nun war es das Mädchen, das auf seinem Rentier auf sie zusprengte, als wollte es sie einfach in den Boden stampfen. Dabei schwang es lachend sein Messer, das in seinen schmalen Händen nun wirklich wie ein Schwert aussah und nur so durch die Luft pfiff. Gerda musste immer verzweifeltere Sprünge machen, um nicht getroffen zu werden.

Sie wandte sich zum Fluss und stolperte die Böschung hinunter. Sie schöpfte sogar noch einmal neue Hoffnung, weil die Hufe der Pferde auf dem abschüssigen Boden ja gewiss keinen Halt finden würden und ihre Verfolger es nicht riskieren konnten, dass ihre Tiere stürzten und sich am Ende vielleicht noch ein Bein brachen.

Aber das mussten sie auch gar nicht, denn es gab rein gar nichts mehr, wohin sich Gerda noch wenden konnte. Vor ihr war nur der Fluss, dessen Wasser so eisig war, dass sie an Schwimmen nicht einmal zu denken wagte.

Doch gerade, als sie schon fast zu verzweifeln drohte, sah sie einen kleinen Kahn im Schilf liegen, nur noch ein Dutzend Schritte entfernt. So schnell, dass sie einen Schuh verlor und um ein Haar doch noch gestürzt wäre, rannte sie auf ihn zu, sprang mit einem beherzten Satz hinein und fiel auf Hände und Knie. Allein ihr Schwung reichte aus, dass sich das Boot losriss und schaukelnd in die Flussmitte hinaustrieb, wo es von der Strömung erfasst und rasch schneller wurde.

Über ihr schrien der Räuber und das Mädchen vor Enttäuschung laut auf und begannen ihr Flüche und allerlei Verwünschungen nachzurufen. Doch das musste Gerda nicht mehr kümmern. Zumindest im Moment konnten sie ihr nicht mehr gefährlich werden.

Wobei sie vielleicht nur eine Gefahr gegen eine andere getauscht hatte. Denn kaum hatte sie sich auch nur weit genug wieder beruhigt, um sich aufzusetzen, da entdeckte sie gleich zweierlei: In dem Boot gab es kein Ruder. Und es hatte wohl einen Grund gegeben, aus dem man es so achtlos im Schilf zurückgelassen hatte, denn zwischen den Planken drang überall Wasser ein. Schon musste sie die Beine auf der Sitzbank anziehen, um keine nassen Füße zu bekommen, und das Wasser sprudelte immer nur noch schneller herein. Vielleicht würde es sinken. So eisig, wie der Fluss war und so reißend die Strömung in der Flussmitte, bestand durchaus die Gefahr, dass sie ertrank. Oder erfror. Oder beides gleichzeitig.

Sie versuchte, mit den Händen zu rudern, doch es nutzte rein gar nichts, außer dass ihre Finger von dem eisigen Wasser bald taub waren. Als wäre das alles noch nicht schlimm genug, begann es jetzt auch noch zu dämmern. Gerda sah sich schon zu Tode gefroren und steif wie ein Eiszapfen am nächsten Morgen in diesem Boot sitzen, falls sie nicht gleich bis zum Meer hinausgetrieben wurde. Doch gerade, als das Licht über ihr schwächer wurde, sah sie ein Stück vor sich ein helles Funkeln.

Zuerst konnte sie rein gar nichts damit anfangen, außer sich zu fragen, ob dort vielleicht nur eine weitere böse Überraschung auf sie wartete, denn das Schicksal schien es an diesem Tag wirklich auf sie abgesehen zu haben. Es war jedoch etwas viel Erstaunlicheres, wie sie beim Näherkommen erkannte: Vor ihr machte der Fluss eine sanfte Biegung, und genau in ihrer Mitte erhob sich eine kleine Halbinsel, auf der ein zweistöckiges, weiß gestrichenes Haus mit einem Türmchen stand. Obwohl der Tag jetzt immer rascher erlosch, lag es im hellen Sonnenlicht da. Noch erstaunlicher allerdings war der blühende Garten, der sich rings um das Haus erstreckte, wie um das allgegenwärtige Weiß zu verspotten.

Als sie noch näher kam, erkannte Gerda eine alte Frau in schwarzer Kleidung, die am Ufer stand und sich schwer auf einen knorrigen Krückstock stützte, während sie ihr entgegensah. Völlig unpassend zu diesen Kleidern hatte sie einen großen Strohhut mit einer breiten Krempe auf, der mit schreiend bunten Sommerblumen bemalt war. Das alles erschien Gerda angesichts der verblassenden Dämmerung und des allgegenwärtigen Schnees vollkommen verrückt. Aber seit jenem Tag vor einer Woche, an dem die drei sonderbaren Fremden in Weiß in die Stadt gekommen waren, war ja nichts mehr so, wie sie es einmal gekannt hatte.

Und das galt auch für sie selbst. Es wurde ihr erst bei diesem unglaublichen Anblick wirklich klar, und die Erkenntnis erfüllte sie mit einer Mischung aus Zorn und tiefer Trauer: Bis zu diesem Tag waren Fremde immer so etwas wie Freunde für sie gewesen, die sie nur noch nicht kennengelernt hatte und denen man so lange vertraute, bis man Grund für das Gegenteil hatte. Jetzt war es genau andersherum. Sie kannte diese alte Frau gar nicht, aber sie betrachtete sie dennoch mit Argwohn. Vielleicht war vom heutigen Tag an ja jeder Fremde automatisch ein Feind, bis sie sich vom Gegenteil überzeugt hatte.

Wenn das das Werk der Schneekönigin war, dann nahm sie ihr das wirklich übel.

Gerda sah noch einmal hinter sich und entdeckte die beiden

Reiter, die ihr nach wie vor am Ufer folgten, jetzt aber einen größeren Abstand einhielten. Ihr war, als ob das Mädchen ihr zuwinkte und auch etwas rief, aber das Boot war schon viel zu schnell und der Abstand viel zu groß, um es zu verstehen. Dennoch kam es ihr so vor, als wirkte es jetzt gar nicht mehr zornig oder auch nur spöttisch, sondern eher … erschrocken?

Aber eigentlich war das egal. Ihr Boot lief immer schneller voll, und die Landzunge und die alte Frau waren vielleicht alles, was noch zwischen ihr und einem Bad im eisigen Wasser stand.

Gerda versuchte, den Kurs in Gedanken zu verlängern, den das Boot nahm, und erschrak, als ihr klar wurde, dass sie die Landzunge möglicherweise verfehlen würde. Sie wurde immer nur noch schneller. Vor ihr ragten zahlreiche spitze Steine und Felsen aus dem Wasser, zwischen denen sich gefährliche Wirbel und kleine Strudel bildeten, sodass der Kahn immer heftiger auf und ab hüpfte und sich zu allem Überfluss auch noch zu drehen begann.

Manchmal war es, als schrammten harte Raubtierkrallen über seinen Rumpf, und das Wasser sprudelte immer schneller herein. Längst stand es ihr bis zu den Knöcheln, und es war abzusehen, dass der kleine Kahn endgültig volllaufen und sinken würde. In ihrer Verzweiflung tauchte sie die Hände ins eisige Wasser und begann zu paddeln, aber das half nichts. Das Boot begann immer heftiger zu schaukeln und bockte nun auch noch wie ein ungezähmtes Wildpferd, das seinen Reiter abzuwerfen versuchte. Gerda musste sich jetzt mit beiden Händen und aller Kraft am Rand festhalten, um nicht im Wasser zu landen.

Aber sie sah jetzt, dass sie das Ufer knapp verfehlen würde, ganz gleich, was sie tat.

Doch gerade, als es so weit zu sein schien, trat die alte Frau einen großen Schritt in die eisigen Fluten hinein und dann noch einen und sogar noch einen, bis sie bis zu den Knien im Wasser stand. Dann streckte sie die Hand mit dem Stock aus, hakte den Griff hinter dem Bootsrand ein und zog den kleinen Kahn ohne die geringste sichtbare Mühe aus der Strömung, bis sie ihn auch mit der anderen Hand ergreifen und an Land ziehen konnte.

»Na, mein liebes Kind, da haben wir aber noch mal Glück gehabt, wie?«, fragte sie lächelnd. »Das war aber ein bisschen leichtsinnig von dir, meinst du nicht? Weißt du denn nicht, dass es gar nicht weit entfernt gefährliche Stromschnellen gibt, die dein kleines Bötchen wie eine Nussschale zerbrechen können?«

Gerda war inzwischen so kalt, dass sie gar nicht mehr antworten konnte, selbst wenn sie es gewollt hätte. Die Frau zog das Boot samt seiner Insassin ein gutes Stück weit auf das Ufer hinauf, als wöge es gar nichts, und das, obwohl sie mindestens so alt sein musste wie Gerdas Großmutter. Sie hatte gütige Augen, das war das Erste, was Gerda auffiel, und sie empfand eine tiefe Dankbarkeit. Aber ihre Kraft reichte nicht mehr, um das auszusprechen. Als sie aufstehen wollte, versagten ihr die Beine den Dienst und sie fiel auf Hände und Knie in das eisige Wasser, das das Boot füllte.

Bevor sie gänzlich untertauchen konnte, griff die alte Frau mit beiden Händen zu und hob sie so mühelos auf die Arme, wie ein Erwachsener einen Säugling tragen würde. »Oh, du armes Kind. Du bist ja halb erfroren. Warte, ich bringe dich ins Haus und mache ein Feuer im Kamin, an dem du dich wärmen kannst!«

Gerda konnte auch dazu nichts sagen. Dafür klapperten ihre Zähne inzwischen so laut, dass es sich wie der Versuch einer Antwort anhörte. Die alte Frau trug sie vollkommen mühelos durch den Garten, an dem irgendetwas sonderbar war, auch wenn Gerda nicht hätte sagen können, was. Höchst angenehm hingegen war der warme Sonnenschein, der ihr Gesicht wie eine zärtliche Hand liebkoste. Aber war es denn nicht gerade noch dunkel gewesen?

Mit diesem Gedanken schlief sie ein.

❄

Helles Sonnenlicht war es auch, das sie am nächsten Morgen wach kitzelte. Sie lag in dem weichsten Bett, in dem sie je gelegen hatte, mit Kissen, in denen sie zu versinken schien wie in einer Wolke, die vom Himmel gefallen war, und alles duftete nach Rosen und frisch gebackenem Kuchen. Gerda hatte keine Ahnung, wie lange sie geschlafen hatte. Doch es mussten viele Stunden gewesen sein, denn sie fühlte sich ausgeruht und frisch wie schon lange nicht mehr, und vor dem großen Fenster in der Dachschräge über ihrem Bett schien schon wieder die Sonne.

Wie kam sie hierher, und vor allem, wo war sie? Gerda kramte angestrengt in ihrem Gedächtnis. Aber die Erinnerungen purzelten nur so hinter ihrer Stirn durcheinander, und sie hatte Mühe, echte Erinnerungen und Träume auseinanderzuhalten. Da war irgendetwas mit einem weißen Reiter gewesen, mit Schnee und einem weißen Adler, der sie an einem Flussufer entlanggejagt hatte. Aber auch Zauberei hatte in diesem ziemlich verrückten Traum eine wichtige Rolle gespielt und ein verschwundener Junge, der …

… Kay war.

Und was sie zuerst für die Erinnerung an einen Traum gehalten hatte, das waren die Erinnerungen an die letzten Tage, in denen ihr Leben so gründlich durcheinandergeraten war.

Kay war verschwunden, und die Stadt, in der sie aufgewachsen war, befand sich fest im Würgegriff eines magischen Winters, der vielleicht nie wieder aufhören würde. Und sie lag in einem weichen Bett, wie es sich sonst nur die feinen Leute in ihren Schlössern leisten konnten, und ließ es sich gut gehen!

Ganz plötzlich von schlechtem Gewissen geplagt, schlug Gerda mit einem Ruck die Daunendecke zurück. Sie schwang die Beine aus dem Bett und hielt mitten in der Bewegung inne, als ihr Blick auf ihre nackten Füße fiel und dann weiter nach oben wanderte. Jemand hatte ihre Füße gewaschen. Und sie trug jetzt auch nicht mehr das zerschlissene Unterkleid, sondern ein seidenes Nachthemd, das sich auf ihrer Haut anfühlte, als trüge sie gar nichts.

Auch ihre übrigen Kleider waren verschwunden. Auf einem zierlichen Stuhl neben dem Bett hing ein einfaches, aber hübsches Kleid, das ganz so aussah, als wäre es eigens für ihre Größe geschneidert. Daneben befanden sich Unterkleid und Socken und sogar ein Paar glänzender roter Schuhe, die irgendwie seltsam wirkten.

Ebenso verwirrt wie erfreut stand sie auf, schlüpfte aus dem seidenen Nachthemd und in die bereitgelegten Kleider und staunte nicht schlecht, als alles wie angegossen passte, selbst die Schuhe. Der Stoff des Kleides schmeichelte ihrer Haut, und als sie sich bewegte, da raschelte er wie teure Seide, wie sie es sonst nur von vornehmen Leuten kannte, wenn sie auf der Straße oder dem Marktplatz an ihr vorübergingen.

Auf der anderen Seite des behaglich eingerichteten Zimmers gab es einen großen Spiegel, vor dem sie eine ganze Weile stand und sich bewunderte. Dabei drehte sie sich immer wieder im Kreis und strich so vorsichtig mit den Händen über das Kleid, als hätte sie Angst, dass es bei der leisesten Berührung einfach verschwinden würde. Noch nie zuvor hatte sie so kostbare Kleider getragen, ja, nicht einmal davon zu träumen gewagt, jemals etwas so Wundervolles zu besitzen. War sie jetzt endgültig in einem Märchenland angekommen, in dem Wünsche wahr wurden, oder träumte sie noch immer?

Das war eine Frage, die sich nicht beantworten ließ. Also versuchte sie es auch erst gar nicht, sondern bewunderte ihr eigenes Spiegelbild noch eine Zeit lang, dann ging sie zum Fenster und stellte sich auf die Zehenspitzen, um hinauszusehen.

Der Anblick war erstaunlich. Unter ihr breitete sich der prachtvollste Blumengarten aus, den sie jemals gesehen hatte. Da waren Rosen, Nelken, Hyazinthen und Rittersporn und Tulpen und Osterglocken, Veilchen und Immertreu und hundert andere Blumen, die sie zum Teil noch nie im Leben gesehen hatte. Sie alle standen in voller Blüte, als lieferten sie sich einen Wettstreit, wer die leuchtendste Farbe hätte.

Und als wäre das noch nicht erstaunlich genug, wanderte ihr Blick zum Rand des Gartens, und dort sah sie nichts als Schnee, aus dem blattlose Bäume und kahle Büsche emporwuchsen. Sie meinte die Kälte regelrecht sehen zu können, während der Garten in goldenem Sonnenschein dalag, wie an einem warmen Sommertag. Wenn das keine Zauberei war, dann wusste sie nicht, was dieses Wort bedeutete!

Nachdem sie lange genug dagestanden und gestaunt hatte, wollte sie sich gerade umwenden und gehen, um all die anderen Geheimnisse zu ergründen, die dieses Haus noch bergen mochte, als sie eine Bewegung ganz am anderen Ende des Gartens wahrnahm und den Hals reckte, um besser sehen zu können. Dort stand die alte Frau, die sie aus dem Boot gerettet hatte, und –

verrückt oder nicht – es sah aus, als unterhalte sie sich mit ihren Blumen. Aber schließlich hieß es ja auch, dass alte Leute manchmal etwas seltsam wurden.

Gerda machte sich erneut auf den Weg, verließ das Zimmer und eilte eine Treppe hinab, deren Stufen mit einem flauschigen Teppich belegt waren. Auch das war etwas, das sie bisher nur aus den Häusern der Reichen kannte.

Die Stube, in die sie kam, erschien ihr größer als das ganze Haus, in dem sie aufgewachsen war. Sie war behaglich eingerichtet, wenn auch eher einfach. Überall standen Vasen mit frischen Blumen, lebendiges Grün in zahllosen Töpfen auf Fensterbänken und Tischen und Regalen. An den Wänden hingen zahlreiche kostbar gerahmte Bilder, die ausnahmslos Blumen zeigten.

Ihre Lebensretterin musste Gärtnerin sein. In jedem Fall musste sich Gerda bei ihr bedanken und die eine oder andere Frage stellen. Und vielleicht hatte sie am Ende ja sogar etwas von Kay gehört oder von der Schneekönigin.

Der Sonnenschein war so warm. Ein lauer Sommerwind schlug ihr entgegen, wie um die weiße Einöde und den verschneiten Wald dahinter zu verspotten, und der Duft von tausend verschiedenen Blumen stieg ihr in die Nase. Die alte Frau stand immer noch an derselben Stelle und schien mit ihren Blumen zu reden. Doch als Gerda näher kam, drehte sie sich um, und ein so erfreutes Lächeln erschien auf ihrem Gesicht, dass es ihr ganz warm ums Herz wurde.

»Guten Morgen, Gerda«, sagte sie. »Ich hoffe, du hast gut geschlafen.«

»Das habe ich«, antwortete Gerda, »und …« Dann stockte sie mitten im Wort und legte die Stirn in tiefe Falten. »Woher wissen Sie, wie ich heiße?«

»Ganz einfach, weil du im Schlaf sprichst, mein Kind«, sagte die alte Frau lächelnd. »Aber sei unbesorgt, du hast keine großen Geheimnisse ausgeplaudert. Und selbst wenn es so wäre«, sie blinzelte ihr verschwörerisch zu, »wären sie bei mir sicher. Mit wem sollte ich schon darüber reden?«

Den letzten Satz verstand Gerda nicht. »Wie komme ich hierher? Warum haben Sie mir geholfen und wer sind Sie und …?«

»So viele Fragen«, unterbrach sie die alte Frau und schüttelte mit einem gutmütigen Lachen den Kopf. »Ich werde sie alle beantworten, aber jetzt lass uns erst einmal ins Haus gehen und frühstücken. Ich habe einen Zuckerkuchen gebacken. Du magst doch Zuckerkuchen?«

Zuckerkuchen war Gerdas Lieblingskuchen, schon weil es der einzige Kuchen war, den sie jemals gegessen hatte. So nickte sie rasch, sagte aber trotzdem: »Aber ich muss wissen, was mit meinem Freund geschehen ist.«

»Mit Kay?«

»Habe ich das auch im Schlaf gesagt?«, fragte Gerda. Anscheinend hatte sie doch das eine oder andere Geheimnis ausgeplaudert.

»Ja«, sagte die alte Frau. »Und so, wie du von ihm gesprochen hast, musst du ihn wirklich gernhaben. Du hast dich ganz allein in den Immerwinter hinausgewagt, um nach ihm zu suchen. Das war wirklich sehr tapfer von dir.« Sie nickte anerkennend, hob aber dann auch schon wieder die Hand, um ihr spöttisch mit dem Zeigefinger zu drohen. »Aber auch ein ganz kleines bisschen dumm, meinst du nicht auch?«

Zu widersprechen wäre ziemlich sinnlos gewesen, weshalb Gerda es bei einem schüchternen Achselzucken beließ, aber trotzdem fragte: »Und Kay?«

»Lass uns ins Haus gehen, mein Kind«, sagte die alte Frau. »Es redet sich besser mit vollem Bauch, und du musst doch hungrig sein. Und nur keine Hast. Wir haben so viel Zeit, wie du willst.«

Sie vielleicht, aber Kay nicht, dachte Gerda bei sich, aber auch das sprach sie nicht aus. Sie war in großer Sorge um ihren Freund, denn wer wusste schon, wie es ihm in der Gefangenschaft der Schneekönigin erging. Aber sie musste auch noch mehr über ihre geheimnisvolle Helferin erfahren, und so folgte sie ihr gehorsam zurück ins Haus.

Drinnen duftete es nach Kuchen und frisch aufgebrühtem Tee, sodass ihr das Wasser im Mund zusammenlief und ihr Magen hörbar knurrte. Das war ihr ein bisschen peinlich. Aber die alte Frau sah sie nur über die Schulter hinweg an und lächelte, und so ging sie gehorsam zum Tisch und nahm Platz. Es war bereits eingedeckt. Duftender Kuchen war aufgetragen und in zwei zierlichen Tässchen aus feinstem Porzellan dampfte heißer Tee.

Gerda griff beherzt zu und tat sich an beidem gütlich. Die alte Frau hatte recht gehabt: Sie war so hungrig, als hätte sie seit einer Woche nichts gegessen, und musste sich beherrschen, um nicht zu schlingen. Ihre Helferin betrachtete sie unübersehbar amüsiert, aber auch gutmütig und tat ihr so lange neuen Kuchen auf, bis sie zu platzen meinte und nur noch müde abwinken konnte.

»Das war wirklich gut«, sagte sie zufrieden. »Danke.«

»Und du warst wirklich hungrig.« Die alte Frau nahm endlich ihren Strohhut ab, und Gerda sah, dass sie graues Haar hatte, das sie zu einem strengen Knoten hochgesteckt trug. Genau wie Großmutter. »Und du hast geschlafen wie ein Stein. Du musst ja zu Tode erschöpft gewesen sein. Willst du mir erzählen, was ein Mädchen wie du ganz allein im Wald gesucht hat?«

Das tat Gerda, auch wenn ihr nicht ganz wohl dabei war –

schließlich kannte sie diese alte Frau ja gar nicht. Sicher, sie hatte ihr geholfen und ihr möglicherweise sogar das Leben gerettet. Aber bedeutete das auch, dass sie ihr vorbehaltlos trauen konnte?

Immerhin hörte sie ihr schweigend zu. Als Gerda mit ihrem Bericht zu Ende gekommen war, sah sie sie noch eine ganze Weile schweigend an und nickte dann langsam.

»Das ist eine sehr schlimme Geschichte«, meinte sie. »Aber auch eine Geschichte über großen Mut und wahre Freundschaft. Nicht viele hätten die Kraft gehabt, das zu tun, was du getan hast, Gerda. Und du willst dich tatsächlich ganz allein der Schneekönigin entgegenstellen, um deinen Freund zu retten?«

Gerda nickte, aber sie war auch wirklich überrascht. »Sie ... glauben mir?«

»Natürlich glaube ich dir«, antwortete ihre Retterin. »Wer würde sich schon eine so verrückte Geschichte ausdenken und wozu? Außerdem ist es noch niemandem gelungen, mich zu belügen. Ich bin eine alte Frau, mein Kind. Ich weiß, wenn mich jemand belügt, und auch, wenn jemand die Wahrheit sagt.«

»Und die Schneekönigin?«

»Du meinst, ob ich an sie glaube?« Sie nickte und begann an einem Stück Kuchen zu knabbern. »Ich weiß, dass es sie gibt. Die meisten halten sie nur für eine Märchengestalt. Aber ich bin ihr schon begegnet.«

»Und Sie haben gar keine Angst vor ihr?«

Die Alte lächelte, als hätte Gerda einen besonders guten Scherz gemacht. »Angst? Oh nein. Niemand kann mir in meinem Garten etwas tun. Und dir auch nicht. Solange du hierbleibst, bist du sicher. Und du kannst bleiben, solange du willst.«

»Das täte ich gerne«, antwortete Gerda, schüttelte zugleich aber auch den Kopf. »Aber ich muss nach Kay suchen.«

»Wenn er wirklich bei der Schneekönigin ist, dann gibt es nichts mehr, was du noch für ihn tun kannst, fürchte ich«, antwortete die alte Frau. »Niemand, der ihr Eisschloss im Norden jemals betreten hätte, ist je wieder herausgekommen.«

»Dann sind sie alle … tot?«, fragte Gerda erschrocken.

»Tot?« Die alte Frau schien eine Weile angestrengt über diese Frage nachzusinnen, doch dann schüttelte sie den Kopf. »Nein. Es sind nicht die Leben der Menschen, nach denen sie trachtet. Es sind ihre Seelen. Jetzt aber genug von diesem traurigen Thema. Erzähl mir von deinem Leben. Wo bist du aufgewachsen? Was hast du erlebt und welche Menschen hast du getroffen?«

»Das würde ich gerne, aber ich muss …«

»Du musst dich vor allem ausruhen, mein Kind«, unterbrach sie die Alte. »So erschöpft, wie du bist, kannst du deinem Freund nicht helfen. Du brauchst Ruhe, mindestens noch einen Tag und besser sogar zwei.«

»Das ist unmöglich«, protestierte Gerda. »Ich muss Kay finden.«

»Du hilfst deinem Freund nicht, wenn du blindlings losrennst und zu Schaden kommst oder gar zu Tode. Ich mache dir einen Vorschlag: Du bleibst noch bis morgen und ruhst dich aus, bis du zu Kräften gekommen bist, und dann helfe ich dir, den Weg zur Schneekönigin zu finden.«

Ganz automatisch wollte Gerda auch dieses Ansinnen ablehnen, denn sie wäre sich ziemlich schäbig dabei vorgekommen, hier im Warmen zu sitzen und Kuchen zu essen, während Kay im Kerker der Schneekönigin saß.

Aber dann lauschte sie in sich hinein und musste zugeben, dass ihre Retterin recht hatte. Ihr war nicht mehr kalt, und der Kuchen und der heiße Tee hatten ein Übriges dazu getan, ihr Wohlbefinden zu steigen. Darunter allerdings verbarg sich noch immer eine tiefe Erschöpfung, die sich wohl nicht mit einer Nacht Schlaf und einer warmen Mahlzeit besänftigen ließ. Ein Tag Ruhe würde ihr sicher guttun, und schließlich kam es am Ende auch Kay zugute, wenn sie sich ausgeruht und frisch auf die Suche nach ihm machte.

Gerda nickte, wenn auch ein bisschen widerwillig.

»Das ist klug von dir«, sagte die Alte. »Aber ich will ehrlich sein: Ich freue mich, endlich wieder ein bisschen Gesellschaft zu haben. Ich bekomme hier nur selten Besuch, musst du wissen.«

»Obwohl dieser Garten so wundervoll ist?«

»Das ist er«, bestätigte die Alte. »Meine Blumen sind wie meine Kinder für mich. Ich habe hier alles, was ich brauche. Aber manchmal fehlen mir doch die anderen Menschen und die Geschichten und Neuigkeiten, die sie aus der großen Welt da draußen bringen.«

»Ich kann wirklich nicht länger bleiben«, versuchte es Gerda ein letztes Mal, wenn auch jetzt schon fast in dem Bemühen, sich selbst zu überzeugen. Wenn sie ehrlich war, dann *wollte* sie hierbleiben, und nicht nur für eine Nacht.

»Unsinn«, widersprach ihre Gastgeberin denn auch prompt. »Auf einen Tag kommt es nicht an oder zwei. Schau dich doch nur an, wie du ausgesehen hast, als ich dich gefunden habe! Deine Hände und Füße waren ganz zerschunden und deine Kleider hingen in Fetzen, gar nicht davon zu reden, dass du halb erfroren warst. Und dein Haar sieht aus wie Stroh, mit Verlaub.«

Das alles stimmte, und Gerda kam sich schon wieder undankbar vor, vor allem, als sie an sich hinabsah und erneut die prachtvollen Kleider bewunderte, die sie trug. Kleider, die für eine Prinzessin gut gewesen wären oder doch zumindest einer Edelfrau angemessen.

Schon wieder hatte sie das Gefühl, dass es vor allem mit den Schuhen eine Besonderheit hatte. Und es dauerte auch nur noch einen Moment, bis sie darauf kam: Es waren prachtvolle rote Lackschuhe, wie sie sie sich insgeheim immer gewünscht hatte, wenn auch ohne die geringste Hoffnung, etwas so Prachtvolles jemals zu besitzen. Und nun funkelten sie wie zwei kostbare rote Edelsteine an ihren Füßen.

Die alte Frau stand auf und hielt wie durch Zauberei plötzlich eine kleine goldene Bürste in der Hand. Während sie um Gerda herumging, erschien vor ihr auf dem Tisch ein dazu passender Spiegel.

Anfangs tat es ein bisschen weh, doch mit jedem Bürstenstrich wurde das Gefühl angenehmer, und schon bald genoss sie es, wie die alte Frau ihr Haar bürstete, nämlich ganz wie es ihre Großmutter immer getan hatte. Es vergingen nur wenige Augenblicke, bis sie im Spiegel sehen konnte, wie aus den schmutzigen Strähnen voller Dornen und abgebrochener Zweige und klumpigem Eis eine prachtvolle Lockenfrisur geworden war, die aussah wie versponnenes Gold.

Und dabei geschah etwas noch viel Erstaunlicheres: Mit jedem neuen Strich der Bürste war es, als fiele auch eine schlimme Erinnerung von ihr ab und als wögen auch die Sorgen plötzlich weniger schwer, die bisher wie eine unsichtbare Last auf ihren Schultern gelegen hatten. Sie vergaß sie nicht wirklich. Aber die Erinnerungen waren mit einem Mal nicht mehr so schlimm, dass sie ihr schier den Atem abschnürten.

»Was ist das«, fragte sie schließlich. »Zauberei?«

»Ja.« Die alte Frau nickte, aber sie machte auch sogleich eine besänftigende Geste, als sie sah, wie Gerda erschrak. »Ich bin eine Zauberin, das ist wahr. Aber du musst keine Angst vor mir haben. Ich tue niemandem etwas zuleide und ich bin schon gar keine böse Hexe. Ich zaubere nur so ein bisschen für mich. Und für meine Blumen, natürlich.«

»Natürlich«, antwortete Gerda ganz automatisch. Und trotzdem hatte sie nun doch wieder ein bisschen Angst. Immerhin hatte die alte Frau gerade zugegeben, eine Zauberin zu sein, und mit Zauberei und finsterer Magie hatte all dieses Unglück ja schließlich erst angefangen.

»Ich verstehe«, sagte ihre Helferin, fast als hätte sie ihre Gedanken gelesen. »Ja, seit die Schneekönigin ihr Unwesen treibt, fürchten die Menschen die Zauberei und alles, was damit zu tun hat. Ich kann es ihnen nicht einmal verdenken.«

»Nein, so ist das nicht«, widersprach Gerda hastig und kam sich dabei so albern vor, dass sie gar nicht erst weitersprach.

»Doch, das ist es.« Die alte Frau wiegte traurig den Kopf. »Umso mehr freue ich mich, wenn doch manchmal jemand kommt, dem ich zeigen kann, dass Zauberei nicht schädlich sein muss oder gar böse. Komm, mein Kind, ich zeige dir meine Blumen.«

Gerda hatte eigentlich gar keine Lust, sich jetzt Blumen anzusehen. Aber ihre Gastgeberin ergriff sie bereits am Arm und zog sie so aufgeregt hinter sich her, dass sie gar nicht mehr dazu kam zu protestieren.

Sie war auch ziemlich sicher, dass es sowieso nichts genutzt hätte.

4. Kapitel

Gerda hätte nicht geglaubt, dass es überhaupt möglich war, doch der Garten schien tatsächlich noch einmal schöner geworden zu sein, als sie das Haus verließen. Die Sonne stand direkt über ihnen an einem wolkenlosen Himmel – es musste Mittag sein – und es war warm wie an einem schönen Frühlingstag. Die Blumen wetteiferten noch immer um die schönsten Farben, und in der Luft lag ein so betörender Duft, dass ihr fast schwindelte. Überall rings um den Garten lag Schnee, und selbst der Fluss war zur Gänze eingefroren, während sie geschlafen hatte. Doch das schien die leuchtenden Farben dieses Märchengartens sogar noch zu unterstreichen.

»Das ist ja wirklich wie Zauberei«, sagte sie.

»Nicht *wie*, mein Kind«, verbesserte sie die alte Frau lächelnd. »Es *ist* Zauberei. Meine Zauberei. Aber keine Angst. Es ist keine schwarze Magie, sondern weiße. Obwohl«, sie sah zum Fluss hin und zog eine Grimasse, »dieser Begriff in letzter Zeit vielleicht doch ein bisschen missverständlich ist.« Sie lachte. »Komm, Gerda. Ich stelle dir meine Kinder vor.«

»Ihre Kinder?«

»Meine Blumen«, antwortete die Alte. »Ich nenne sie meine Kinder, weil ich sie genauso liebe, als wären sie es. Und du? Magst du Blumen?«

»Natürlich!«, antwortete Gerda. Was für eine Frage!

»Dann stelle ich sie dir vor. Komm. Sie freuen sich schon darauf, dich kennenzulernen.«

Gerda bedachte sie mit einem schrägen Blick und die Augen der alten Frau funkelten spöttisch. »Du hältst mich für verrückt, nicht wahr? Eine seltsame Alte, die zu lange allein gewesen ist und mit ihrem Gemüse spricht.«

»Bestimmt nicht!«, versicherte Gerda hastig.

»Ich an deiner Stelle würde es denken«, fuhr die Alte fort. »Aber ich spreche wirklich mit meinem Blumen, weißt du? Und sie mit mir.«

»Aha«, sagte Gerda.

»So, und spätestens jetzt musst du mich endgültig für ein bisschen plemplem halten«, sagte ihre Retterin schmunzelnd. »Komm, ich stelle dich der Rose vor. Sie ist die schönste von meinen Blumen, aber auch ein kleines bisschen eingebildet. Sag Guten Tag zu unserem Gast, Rose.«

Gerda versuchte ein Grinsen zurückzuhalten, aber es gelang ihr nicht ganz, und die Rose sagte mit der sanften Stimme einer Königin: »Guten Tag, Gerda.«

Gerda japste nach Luft, riss die Augen auf und wäre um ein Haar in Ohnmacht gefallen, und ihre Retterin versuchte gar nicht erst zu verhehlen, wie sehr sie sich darüber amüsierte. »Glaubst du mir jetzt?«

»Das solltest du«, fügte die Rose hinzu. »Sie spricht mit uns. Sie ist eine Zauberin. Hat sie dir das nicht gesagt?«

»Doch.«

»Aber sie hat mir nicht geglaubt«, sagte die alte Blumenfrau.

»Das … das tut mir leid«, stotterte Gerda. »Aber ich konnte ja nicht wissen, dass … dass Blumen reden können.«

»Alles redet, Dummchen«, belehrte sie die Rose. »Blumen, Tiere, sogar die Berge, aber sie sprechen schrecklich langsam. Sie brauchen ein Jahr für ein Wort und ein Menschenalter für einen Satz. Es macht keinen Spaß, sich mit ihnen zu unterhalten.«

»Siehst du, mein Kind?«, sagte die Blumenfrau. »Sie reden jetzt auch mit dir.«

»Weil Ihr sie verzaubert habt.«

»Nein«, antwortete die alte Frau. »Das ist zu viel der Ehre. Sie sprechen nicht, weil ich sie verzaubert hätte. So mächtig bin ich nicht. Niemand ist das. Ich habe nur dafür gesorgt, dass du sie jetzt auch verstehst. Wenigstens solange du in diesem Garten bleibst.«

»Und was … was soll ich sagen?«, fragte Gerda.

»Du kannst ihnen Fragen stellen. Was immer du willst. Sie sind sehr freundlich, meine Kinder, musst du wissen.«

»Ich könnte von Kay erzählen«, schlug die Rose vor.

Gerda riss die Augen auf. »Du kennst Kay?«

»Du und dein Freund, ihr habt eine meiner Schwestern gepflanzt und euch gut um sie gekümmert. Dafür danke ich dir. Auch wenn er am Schluss recht gemein zu ihr war.«

»Das weißt du?«, wunderte sich Gerda.

»Wir sind Schwestern«, antwortete die Rose. »Was eine von uns weiß, dass wissen auch alle anderen.«

»Dann weißt du auch, wo Kay jetzt ist?«, fragte Gerda hoffnungsvoll.

Die Rose verneinte. »Keine meiner Schwestern hat ihn gesehen, seit er die Stadt verlassen hat.«

»Aber er ist doch nicht tot?«, fragte Gerda erschrocken.

»Nein«, antwortete die Rose. »Das wüsste ich. Unsere Wurzeln reichen tief in die Erde, bis dahin, wo die Toten wohnen, und bei ihnen ist er nicht.«

»Aber ihr müsst doch wissen, wo er ist. Es gibt doch überall Rosen!«

»Nicht im Winter«, antwortete die Rose. »Und nicht überall.«

Dann musste sie eine der anderen Blumen fragen. »Wisst ihr, wo Kay ist?«, wandte sie sich an einen Busch aus leuchtenden Narzissen.

»Ich kann mich selbst sehen, in den Augen der Menschen, die meine Farben bewundern und meinen herrlichen Duft«, antwortete die Narzisse. »Siehst du auch, wie wundervoll ich bin?«

»Sicher, ja, aber …«

»Keine ist schöner als ich«, sagte die Narzisse und die alte Blumenfrau schüttelte seufzend und mit einem verzeihenden Lächeln den Kopf. »Ja, so sind sie, die Narzissen. Sie mögen am meisten sich selbst und haben kaum Augen für irgendetwas anderes.«

»Und du?«, wandte sich Gerda an ein Schneeglöckchen. »Hast du ihn vielleicht gesehen?«

»Nein, aber wir haben zwei kleine Mädchen auf einer Schaukel gesehen, die …«

Und so ging es weiter. Gerda fragte sicherlich ein Dutzend Blumen, wenn nicht hundert, und jede einzelne hatte ihre eigene, spannende und lustige oder auch einfach nur unsinnige Geschichte zu erzählen. Doch keine von ihnen hatte Kay auch nur gesehen. Schließlich gab sie es niedergeschlagen auf, so enttäuscht und traurig, dass sie am liebsten geweint hätte.

»Ich hätte dich warnen müssen«, sagte die Blumenfrau mitfühlend. »Aber so sind sie nun einmal, meine Kinder. Sie interessieren sich wenig für uns Menschen, so wie sich die meisten Menschen nicht wirklich für sie interessieren.«

»Aber die Rose wusste etwas«, beharrte Gerda.

»Rosen sind etwas Besonderes«, bestätigte die Blumenfrau. »Man nennt sie nicht umsonst die Königin der Blumen.«

»Dann muss ich noch einmal mit ihr reden!«

»Gewiss«, sagte ihre Lebensretterin. »Aber nicht mehr heute. Es ist spät geworden und du musst doch immer noch müde von dem anstrengenden Weg hierher sein.«

»Aber es sind doch gerade erst …«, begann Gerda, und die alte Frau machte eine ganz sachte Bewegung mit der Hand, woraufhin sie nicht nur den Rest ihrer Frage vergaß, sondern auch, dass sie überhaupt eine solche hatte stellen wollen. Sie war mit einem Mal tatsächlich müde und auch schon wieder hungrig.

»Ja«, sagte sie matt. »Das ist wohl wahr. Morgen ist auch noch ein Tag.«

Am nächsten Morgen erwachte sie wieder wie aus einem sehr tiefen traumlosen Schlaf. Sie erinnerte sich kaum noch, wie sie überhaupt hierhergekommen war oder warum. Es gab auch wieder ihren Lieblingskuchen und dazu so viel süßen Tee, wie sie nur wollte, und die Blumenfrau bürstete auch jetzt wieder ihr Haar so lange, bis es wie gesponnenes Gold glänzte. Danach ging es hinaus in den Garten.

Auch heute stand die Sonne hoch oben am Himmel. Doch als sie die Blumenfrau darauf ansprach, schüttelte sie nur den Kopf und machte ein beruhigendes Gesicht.

»Nein, nein, das liegt nicht an dir«, sagte sie. »Hier ist immer Mittag, musst du wissen.«

»Warum?«

»Weil es mir so gefällt«, antwortete die Blumenfrau. »Gibt es eine schönere Zeit für einen Blumengarten als einen Frühlingsmittag?«

»Und deshalb haben Sie die Zeit angehalten?«, ächzte Gerda. Wie mächtig war denn diese alte Zauberin?

»Nein, so etwas kann ich nicht«, antwortete die Blumenfrau kopfschüttelnd. »Es ist nur ein kleiner Zauber, kaum mehr als ein Taschenspielertrick. Aber er ist hübsch, nicht wahr?«

Und das war er. Dieser ganze Garten war so schön, als wäre er direkt aus den Seiten eines Märchenbuchs herausgefallen. Gerda hatte noch nie mehr und leuchtendere Blumen gesehen, und sie freute sich schon darauf, jede einzelne kennenzulernen und sie zu fragen ...

Aber wonach eigentlich?

»Willst du mit meinen Blumen reden?«, erkundigte sich die Alte. »Sie haben schon nach dir gefragt. Ich glaube, sie mögen dich.«

»Zuallererst möchte ich die Rose sehen«, sagte Gerda.

»Eine Rose habe ich nicht«, antwortete die Blumenfrau bedauernd.

»Aber hier gibt es alle Blumen!«

»Bis auf eine Rose«, antwortete die Alte. »Ich hatte einmal einen Rosenstrauch, aber das ist lange her. Sie sind die schönsten unter den Blumen, das ist wahr, aber sie wissen es auch, und manchmal benehmen sie sich wirklich wie verwöhnte Prinzessinnen, glaube mir. Dieser Garten ist besser dran ohne eine Rose.«

Und was war mit ...?, dachte Gerda, blinzelte ein paar Mal und fragte sich dann: ... wem eigentlich? Dann wusste sie nicht einmal mehr, dass sie überhaupt eine Frage hatte stellen wollen. Sie ging zurück zu den Blumen und lauschte ihren Geschichten.

Und ebenso wahrscheinlich hätte sie es noch den ganzen Tag über getan, hätte sie nicht einen krächzenden Schrei über sich in der Luft gehört.

Erschrocken sah sie hoch und entdeckte einen winzigen weißen Punkt, der wie eine einzelne Schneeflocke an einem strahlend blauen Himmel schimmerte. Doch er verlor rasch an Höhe. Schon bald erkannte sie ein Paar weit ausgebreiteter Schwingen und blitzende Raubvogelkrallen und begegnete dem Blick eisfarbener, gnadenloser Augen.

»Hab keine Angst, mein Kind«, sagte die Blumenfrau. »Er kann dir nichts tun, solange du in meinem Garten bist.«

»Aber er gehört zur Schneekönigin«, wandte Gerda ein.

»Er dient ihr als Augen und Ohren«, bestätigte die alte Frau. »Aber er kann dir nichts zuleide tun. Niemand kann das, solange du in meinem Garten bist.«

»Nicht einmal die Schneekönigin?«, vergewisserte sich Gerda.

»Nicht einmal die Schneekönigin«, bestätigte nicht nur die alte Frau, sondern auch alle ihre Blumen wie mit einer Stimme.

»Du bist hier in Sicherheit«, fügte die Blumenfrau dann noch – allein – hinzu. »Und du kannst so lange bei mir bleiben, wie du willst. Ich würde mich freuen, ein bisschen Gesellschaft zu haben. Wenn du möchtest, dann bleib für immer.«

Der Gedanke hatte etwas Verlockendes, fand Gerda. Aller Schrecken hätte ein Ende, niemand würde ihr noch etwas Übles wollen. Und war dies nicht der wundervollste Ort, den sie jemals erblickt hatte, und die alte Frau der freundlichste Mensch, dem sie jemals begegnet war, abgesehen vielleicht von ihrer Großmutter?

Der Gedanke versetzte ihr einen dünnen, aber schmerzhaften

Stich. Hier an diesem wundervollen Ort zu sein, während Großmutter vielleicht im Armenhaus war und fror und darbte, das kam ihr nicht richtig vor. Es war ein bisschen so, als hätte sie ihr diese Wärme und all das Wohlbefinden gestohlen.

Und da war ja auch noch Kay.

»Und Kay?«, fragte sie.

»Mach dir keine Sorgen um deinen Freund«, antwortete die Blumenfrau. »Natürlich musst du dich kümmern, das bist du ihm schuldig und auch dir selbst. Aber du hilfst ihm nicht, wenn du blindlings in dein Verderben rennst.«

»Ich kann ihn nicht im Stich lassen«, protestierte Gerda schwächlich.

»Und das sollst du auch nicht«, beruhigte sie die alte Frau. »Aber du musst erst einmal wieder selbst zu dir kommen. Wenn du dich richtig ausgeruht hast und wieder bei Kräften bist, dann kannst du losziehen und nach deinem kleinen Freund suchen.«

Das war eine wirklich verlockende Vorstellung. Aber sie hatte immer noch das Gefühl, dass es nicht richtig wäre. Schließlich schüttelte sie den Kopf. »Ich kann Kay nicht im Stich lassen.«

»Ja, das verstehe ich«, sagte die Blumenfrau traurig. »Dann musst du wohl gehen, um nach Kay zu suchen. Aber nicht jetzt. Ich schlage vor, du schläfst dich noch eine Nacht ordentlich aus und gehst dann gleich morgen früh los.«

»Und warum nicht gleich?«

»Hast du den Adler vergessen?«, fragte die Blumenfrau und deutete mit der Hand nach oben. »Er ist bestimmt noch irgendwo in der Nähe, und alles, was er weiß, das weiß auch die Schneekönigin. Solange du in meinem Garten bleibst, kann sie dir nichts antun. Aber außerhalb seiner Grenzen kann ich dich nicht mehr beschützen.«

Gerda wusste nicht, was sie darauf sagen sollte. Ein Teil von ihr wollte nichts mehr, als dieses freundliche Angebot annehmen und für immer hierbleiben. Zugleich plagte sie aber auch ihr schlechtes Gewissen. Wer wusste schon, welchen Schrecken Kay gerade jetzt durchlebte, während sie an diesem wunderschönen Ort war und eine Frühjahrssonne genoss, die vielleicht die ganze Welt nie wieder erleben würde?

Auf der anderen Seite – was machte schon ein halber Tag?

»Komm«, sagte die Blumenfrau, »ich zeige dir meine Lieblingsblumen, die Feuerlilien.«

Gerda wollte auffahren, doch dann machte die Blumenfrau schon wieder jene kleine, kaum sichtbare Bewegung mit der Hand, und sie dachte, dass sich *Feuerlilien* vielleicht doch sehr spannend anhörte.

Gerda schlief schlecht in dieser Nacht. Sie träumte von Blumen und einem immerwährenden Sommer, und in diesem Traum war auch Kay wieder bei ihr. Sie tollten lachend über eine Wiese mit Sommerblumen, die sich in einem niemals endenden Frühling über die ganze Welt erstreckte.

Zwei- oder dreimal wachte sie auf und schlief wieder ein, und der Traum begann von Neuem, wie ein Bilderbuch, das man zuschlägt und auf der ersten Seite wieder zu lesen beginnt. Jedes Mal schrak sie mit demselben bangen Gefühl hoch, dass etwas nicht so war, wie es sein sollte. Etwas kitzelte auf ihrer Wange, wie ein Haar, das sich gelöst haben mochte.

Aber es war nicht ihr Haar, und als sie das begriff, da wurde ihr auch endgültig klar, dass …

… jemand unter ihrer Decke lag, direkt hinter ihr!

Gerda wollte mit einem Schrei auffahren, doch noch bevor

sie auch nur einen Laut herausbekam, presste sich eine schmale, aber ungemein kraftvolle Hand auf ihren Mund und etwas bohrte sich dünn und schmerzhaft in ihren Rücken.

»Was du da fühlst, das ist mein Messer, Kleines«, flüsterte eine Stimme an ihrem Ohr. »Und wenn du auch nur muckst, dann fühlst du es gleich noch viel deutlicher. Verstehst du, was ich damit meine?«

Gerdas Herz klopfte bis zum Hals und sie hatte schreckliche Angst. Trotzdem zwang sie sich zu einem Nicken, und nach einer kurzen Pause fuhr die Stimme fort: »Steh auf und zieh Schuhe und Mantel an. Und keinen Mucks oder es geht dir schlecht.«

Sie bewegte sich so vorsichtig wie auf rohen Eiern, als sie sich aufsetzte und die Beine aus dem Bett schwang, wobei sie zugleich auch in ihre roten Schuhen schlüpfte, die davor auf dem Boden bereitstanden. Hinter ihr raschelte es, und dann trat eine kleine Gestalt mit langem schwarzem Haar in ihr Blickfeld, die sie nicht zum ersten Mal sah.

Es war das Räubermädchen.

»Du?«, fragte sie erstaunt.

»Nicht so laut!«, sagte das schwarzhaarige Mädchen. »Wenn die Hexe wach wird und uns entdeckt, dann ergeht es uns beiden schlecht. Dir schlechter als mir, darauf hast du mein Wort!«

»Aber was soll denn das?«, fragte Gerda, vorsichtshalber aber im Flüsterton. »Wenn du mich ausrauben willst, dann bist du dumm. Ich habe nichts, was du stehlen könntest.«

»Hast du doch, Kleines«, antwortete das Mädchen. »Dich.«

»Wie?« Gerda blickte sie mit offenem Mund an. »Bist du verrückt geworden?«

»Nein, aber du, immer noch hier zu sein.« Das Räubermädchen fuchtelte so ungeduldig mit seinem Messer herum, dass die Schneide durch die Luft zischte. »Und jetzt bloß keinen Laut oder …«

»Oder es ergeht mir schlecht, ich weiß«, sagte Gerda.

Jetzt, wo sie wusste, mit wem sie es zu tun hatte, hatte sie schon nicht mehr ganz so große Angst. Das Räubermädchen gab sich alle Mühe, möglichst bedrohlich auszusehen, und fuchtelte immer noch wild mit seinem Messer herum. Aber Gerda konnte sich einfach nicht vorstellen, dass es ihr wirklich etwas antun würde. Es war ja selbst kaum mehr als ein Kind.

Trotzdem zog sie sich gehorsam an, legte auch den Mantel um die Schultern und setzte dann ein fragendes Gesicht auf. »Und jetzt?«

Das Räubermädchen deutete mit seinem Messer heftig fuchtelnd zum Fenster hin. »Kannst du klettern?«

»Nein«, sagte Gerda entsetzt.

»Dann wollen wir hoffen, dass du fallen kannst«, sagte das Mädchen.

»Aber warum nehmen wir denn nicht die Treppe?«

»Damit die Hexe uns in einen Blumenkohl verwandelt?« Das Räubermädchen machte ein abfälliges Geräusch. »Das könnte dir so passen. Und jetzt mach schon, bevor ich nachhelfen muss.«

Gerda glaubte immer noch nicht, dass das Räubermädchen ihr wirklich etwas antun würde, aber sie wollte es auch nicht darauf ankommen lassen, also ging sie zum Fenster, öffnete es und stieg hinaus.

Es war leichter, als sie befürchtet hatte, denn direkt unter ihrem Fenster gab es ein stabiles Blumengitter, an dem die Blumen nach oben rankten und sie nach unten klettern konnten. Das Räubermädchen folgte ihr so dicht, dass es ihr ein paar Mal fast auf die Finger getreten wäre. Es stellte sich zu Gerdas Verdruss dabei sehr viel geschickter an als sie selbst und hatte sogar noch die Zeit, weiter drohend mit seinem Messer herumzufuhrwerken.

Unten angekommen, wies es in Richtung des Gartenzauns. »Los!«, befahl es. »Und keinen Laut!«

»Oder?«, fragte Gerda herausfordernd.

Das Räubermädchen sagte nichts dazu, aber es stocherte so heftig mit seinem Messer in ihre Richtung, dass Gerda es nun doch eilig hatte, auf dem Absatz herumzufahren und loszugehen.

Erst als sie sich schon ein ganzes Stück vom Haus entfernt hatten, sah sie über die Schulter zurück und fragte: »Sagst du mir wenigstens, warum du mich entführst? Wenn du auf ein Lösegeld aus bist, dann bist du noch dümmer, als ich dachte. Ich bin arm. Es gibt niemanden, der auch nur einen roten Heller für mich bezahlen würde.«

»Sei still und beeil dich«, befahl ihr das Räubermädchen. »Du hast ja keine Ahnung.«

»Das stimmt«, sagte Gerda. »Und wovon?«

»Ja, das würde mich auch interessieren«, sagte eine Stimme.

Gerda blieb stehen und ihre Entführerin fuhr mit einem erschrockenen Zischen herum und stieß mit ihrem Messer ein paar Mal sinnlos durch die Luft. Aber sie ließ die Waffe sofort sinken, als die Blumenfrau hinter ihnen aus der Nacht trat.

»Also, mein Kind«, sagte sie lächelnd. »Dann erkläre uns doch, warum du dieses unschuldige Mädchen entführen willst. Sie hat nämlich recht. Sie ist ein sehr armes Mädchen, das niemand mehr auf der ganzen Welt hat und niemand, der sich um sie kümmert. Und auch niemand, der ein Lösegeld für sie bezahlen würde.«

»Komm mir nicht zu nahe, du alte Hexe!«, drohte das Räubermädchen und unterstrich seine Worte gleich noch mit einem weiteren wilden Messergefuchtel.

Die Blumenfrau machte ein trauriges Gesicht. »Du solltest mich nicht so nennen, mein Kind. Ich bin keine Hexe, und das müsstest du eigentlich auch wissen. Wer, wenn nicht du?«

»Das bist du wohl!«, antwortete das Räubermädchen. »Und komm mir bloß nicht zu nahe, sonst …«

»Sonst?«, fragte die Blumenfrau und machte eine kaum merkliche Handbewegung. Etwas raschelte in der Dunkelheit hinter dem Räubermädchen, und dann schnellte eine dünne, grüne Ranke wie eine Peitschenschnur in die Höhe und wickelte sich um sein Handgelenk. Gleich darauf folgten eine zweite und eine dritte und vierte, und so ging es weiter, bis nach nur wenigen Augenblicken das Mädchen wie in ein grünes Netz eingesponnen dastand, sodass es sich kaum noch rühren konnte.

»Ja, mein Kind?«, fragte die Blumenfrau freundlich lächelnd. »Was genau wolltest du sagen?«

»Lass mich los!«, verlangte das Räubermädchen. »Ich habe keine Angst vor dir!«

Dass es das mit einer Stimme sagte, die vor Angst bebte, hätte Gerda beinahe ein Lächeln entlockt. Aber nur beinahe.

»Das musst du auch nicht, mein Kind«, sagte die alte Frau. »Ich habe in meinem ganzen Leben noch niemandem etwas angetan, weißt du das denn nicht?«

»Dann mach mich los!«, verlangte das Räubermädchen zornig.

Sofort fielen die Ranken von ihm ab, was es so zu verblüffen schien, dass es um ein Haar das Messer fallen gelassen hätte.

»Und nun solltest du gehen, mein Kind«, fuhr die Blumenfrau fort, als wäre gar nichts gewesen. »Es ist unhöflich, ungefragt in ein fremdes Haus einzudringen. Noch dazu mit einem Messer. Und pass auf, dass du dich nicht schneidest.«

»Du musst sie gehen lassen«, verlangte das Räubermädchen. »Du hast kein Recht, sie festzuhalten!«

»Ich halte niemanden fest, mein Kind«, sagte die Alte. »Außer vielleicht dich, wenn du jetzt nicht gehst. Möchtest du eine Nacht in meinem Keller verbringen? Es ist sehr dunkel dort und kalt. Und es gibt Spinnen und anderes ekliges Getier.«

»Du hast kein Recht, sie festzuhalten«, sagte das Räubermädchen nur noch einmal. »Das sagt meine Mutter auch!«

»Dann geh zu deiner Mutter und sag ihr, dass hier niemand festgehalten wird«, antwortete die Blumenfrau, »und richte ihr aus, sie könne gerne herkommen und sich selbst davon überzeugen.«

Das Räubermädchen sah sie noch eine Weile lang wütend an, aber dann rammte es sein Messer in die Scheide am Gürtel zurück und wandte sich um und ging. Zu Gerdas Erstaunen folgte ihm die alte Frau.

Da konnte und wollte sie nicht zurückbleiben. Vorsichtig schlich Gerda den beiden durch den Garten nach, bis sie eine schmiedeeiserne Einzäunung erreichten. Das kunstvoll geschnörkelte Schmiedeeisen trennte das Blumenmeer auf der einen von einer verschneiten Winterlandschaft auf der anderen Seite.

Gerda hätte es ja wissen müssen: Inmitten des Schnees und eingehüllt in Felle und eine dicke Pelzmütze, stand der bärtige Begleiter des Räubermädchens. Offensichtlich hatte er hier auf seine Komplizin gewartet.

Bevor irgendjemand etwas sagen konnte, wurde Gerda von dem Räubermädchen entdeckt. Es drehte sich zu ihr um und sah sie fast schon traurig an.

Die Blumenfrau folgte seinem Blick und ihr Gesicht verfinsterte sich. »Was hast du hier zu suchen, Gerda? Hast du nichts Besseres zu tun, als mir nachzuspionieren?«

Gerda war verwirrt. So zornig hatte sie die alte Frau noch nie erlebt, und sie fragte sich, was sie eigentlich getan hatte, um sie so wütend zu machen.

»Du hast kein Recht, das zu tun«, sagte der Räuber. »Das ist selbstsüchtig. Und hast du mir nicht immer gesagt, dass sich das nicht gehört?«

Zum ersten Mal war Gerda dem Räuber nahe genug, um ihn genauer in Augenschein zu nehmen. Er sah wirklich unheimlich aus, zugleich aber auch fast schon ein bisschen komisch. Sein schwarzer Bart war so dünn, dass er ihr irgendwie lustig vorkam, doch dafür hatte er zu buschige Augenbrauen, die zu beiden Seiten lang an seinem Gesicht herunterhingen, und dickes, glänzendes Haar von derselben Farbe wie die des Räubermädchens. Überhaupt fiel Gerda plötzlich auf, wie ähnlich sich die beiden trotz aller Unterschiede doch waren. Als wären sie …

»Das … das ist dein Vater?«, fragte sie erstaunt das Räubermädchen und wandte sich dann im vorwurfsvollen Ton an den Räuber: »Schämt Ihr Euch gar nicht, Eurer Tochter jetzt schon das Räuberhandwerk beizubringen?«

»Irgendetwas muss man tun, oder?«, fragte das Räubermädchen, während sein Vater Gerda nur stirnrunzelnd und mit schräg gehaltenem Kopf betrachtete.

»Aber doch nicht stehlen und brandschatzen und Leute entführen!«, protestierte Gerda.

Erstaunlicherweise lächelte der Räuber über diese Worte, während seine Tochter begann: »Also um genau zu sein, haben wir noch nie …«

»Das ist genug«, mischte sich die Blumenfrau ein. »Du wirst nicht mit ihnen reden, Gerda. Sie setzen dir nur Flausen in den Kopf. Und ihr«, sie spießte mit dem ausgestreckten Zeigefinger wie mit einem Dolch nach den beiden ungleichen Räubern, »geht jetzt besser, bevor ich die Geduld mit euch verliere.«

Wie sie so dastand, eine schmale, alte Frau, die sich schwer auf ihren knorrigen Stock stützte, hätten diese Worte angesichts der beiden bis an die Zähne bewaffneten Reiter lächerlich wirken sollen. Und doch sahen der Räuber und seine Tochter noch eine Weile stumm auf sie herab, bevor sie ihre Pferde wendeten und dann nebeneinander im weißen Schneegestöber verschwanden.

Hatte es diesen Schneesturm gerade schon gegeben? Gerda glaubte es nicht, doch als sie eine entsprechende Frage stellen wollte, seufzte die alte Frau tief und sah sie an, und auch dieser Gedanke entglitt ihr. Gehorsam drehte sie sich um und folgte der alten Frau. Das wäre es dann wohl endgültig gewesen, hätte sich das Räubermädchen nicht noch einmal im Sattel umgedreht und einen Schneeball nach ihr geworfen.

Er verfehlte Gerda, traf aber die Blumenfrau und fegte ihr den großen Strohhut vom Kopf. Statt jedoch ärgerlich darauf zu reagieren, lachte sie nur leise und bückte sich ächzend, um ihn wieder aufzuheben. Während sie das tat, sah Gerda noch einmal all die bunten Blumen, die auf dem Hut aufgemalt waren: die Feuerlilien, Narzissen und Schneeglöckchen, die Butterblumen und Nelken und Tulpen und noch hundert andere, und am Schluss und als prachtvollste von allen die einzige Blume, die ihren Weg in den Zaubergarten nicht gefunden hatte: die Rose.

Aber das stimmte nicht. Es *hatte* eine Rose hier gegeben und sie hatte sie gleich am ersten Tag gesehen und mit ihr gesprochen. Nur hatte sie sie vergessen, genau wie …

»Kay«, flüsterte sie.

Die Blumenfrau hielt mitten in der Bewegung inne und ihre Augen füllten sich mit Trauer. »Oh«, sagte sie. »Du erinnerst dich.«

»Die Rose«, antwortete Gerda.

Die Blumenfrau nahm den Strohhut wieder ab, betrachtete lange die kunstvoll gemalte Rose darauf und seufzte noch einmal. »Ja, das war dumm von mir. Dabei habe ich gewusst, wie klug du doch bist.«

»Du … du wolltest, dass ich Kay vergesse?«, stotterte Gerda. »Aber warum?«

»Weil ich selbstsüchtig und einsam bin«, gestand die alte Frau. »Ich war so lange allein und du bist ein so liebreizendes Mädchen, und ich wollte nicht, dass du gehst.«

»Aber du hast deine Blumen«, erwiderte Gerda. »Das hier ist der schönste Ort der Welt!«

»Das ist wohl wahr«, seufzte die Blumenfrau. »Doch was nutzen die schönsten Blumen und aller Reichtum der Welt, wenn es niemanden gibt, mit dem du all das teilen kannst? Ich war einsam, mein Kind, und es ist wahr: Ich wollte nicht, dass du wieder gehst. Deshalb hast du deinen Freund vergessen und auch den Grund, aus dem du hierhergekommen bist. Kannst du mir das verzeihen?«

Gerda antwortete nicht gleich, weil sie die Antwort auf diese Frage nicht kannte. Sie sollte zornig auf die alte Frau sein, und ein Teil von ihr war es auch, aber zugleich konnte sie sie auch gut verstehen. Gab es denn überhaupt etwas Schlimmeres auf der Welt, als ganz allein zu sein? Plötzlich tat ihr die alte Frau furchtbar leid.

»Ja«, sagte sie ehrlich. »Aber ich muss jetzt wirklich gehen.«

»Um deinen Freund zu suchen, ich weiß«, sagte die alte Frau. »Was ich getan habe, das tut mir aufrichtig leid. Ich hoffe, du kannst mir vergeben.«

Als hätte sie die Antwort auf ihre Frage bereits in Gerdas Augen gelesen, machte sie einen Schritt zurück, und in dem schmiedeeisernen Zaun erschien ein großes Tor, hinter dem wie durch Zauberei ein prachtvoll aufgezäumtes Pferd stand, nicht viel größer als das Rentier der Räubertochter, aber von der Farbe der Nacht und mit Zaumzeug und Geschirr, das ganz aus bunten Blumen geflochten war.

»Nimm das als Entschuldigung für alles, was du erdulden musstest«, sagte die Blumenfrau. »Das treue Tier wird dich überallhin bringen, wo du willst.«

»Das ist sehr nett«, sagte Gerda, »aber ich kann überhaupt nicht reiten.«

»Doch«, sagte das Pferd, »das kannst du. Du weißt es nur nicht.«

Gerda starrte das Pferd aus großen Augen an.

»Das soll mein Abschiedsgeschenk an dich sein«, fuhr die Blumenfrau fort, »dass du von nun an auch außerhalb meines Gartens die Sprache der Blumen und Tiere verstehst. Aber denk immer daran, dass sich die meisten nicht wirklich für die Geschicke der Menschen interessieren.«

Sie griff in die Kitteltasche und zog ein kleines Leinensäckchen hervor, das sie ihr hinhielt. »Ich würde dir gerne helfen, deinen Freund zu befreien, aber ich kann meinen Garten nicht verlassen. Das ist mein wertvollster Besitz. Es sind die Samen meiner Lieblingsblumen. Verwende sie gut. Sie sind sehr kostbar.«

»Und was soll ich damit anfangen?«

»Du wirst es wissen, wenn es so weit ist«, antwortete die alte

Frau. »Und nun geh, mein Kind. Du hast nicht mehr sehr viel Zeit.«

Gerda lagen noch so unendlich viele Fragen auf der Zunge. Doch sie wusste auch, dass sie auf keine einzige davon eine Antwort bekommen würde, und so ergriff sie den Beutel, steckte ihn ein und trat durch das Tor in den Schnee hinaus.

5. Kapitel

Die beiden ungleichen Räuber hatten am Waldrand auf sie gewartet. Gerda war zwar ein bisschen bang vor dem Augenblick gewesen, in dem sie dem Räubermädchen und seinem seltsamen Vater wieder begegnete. Aber das Pferd hatte sie beruhigt und ihr versichert, dass sie von ihnen nichts zu befürchten hätte. Irgendwie beruhigte sie das aber nicht wirklich. So erstaunlich sprechende Tiere ihr auch immer noch vorkamen – woher sollte sie denn wissen, ob es nicht auch *lügende* Tiere gab?

Die beiden Räuber warteten im Schutz der verschneiten Büsche auf sie, sagten aber kein einziges Wort, sondern bedeuteten ihr lediglich mit knappen Gesten, sich ihnen anzuschließen. Ein bisschen merkwürdig war es schon, dass sie sie dabei in die Mitte nahmen, genau wie sie es wohl mit einer Gefangenen tun würden. Gerda enthielt sich jeglichen Kommentars dazu. Aber ihr kamen nun doch die ersten Bedenken, ob sie wirklich klug beraten gewesen war, sich ihnen einfach so anzuschließen.

Eine Stunde lang ritten sie durch den Wald, dann noch eine weitere Stunde und auch noch eine dritte. Als es über den verschneiten Baumwipfeln zu dämmern begann, brach Gerda endlich das bange Schweigen, in dem sie die ganze Zeit zwischen dem ungleichen Paar geritten war.

»Wohin bringt ihr mich?«

Der Räuber maß sie nur mit einem seltsamen Blick, doch seine Tochter sagte: »In unsere Räuberhöhle, wo wir dich kochen oder am Spieß braten werden. Das haben wir noch nicht ganz entschieden.«

»Lass dich von ihr nicht auf den Arm nehmen«, sagte das Pferd. »Das findet sie lustig.«

»Ich nicht«, grummelte Gerda.

Das Räubermädchen sah sie verwirrt an, doch sein Vater schüttelte mit einem schmalen Lächeln den Kopf. »Sie spricht mit dem Pferd. Anscheinend hat sie ein kleines Abschiedsgeschenk bekommen.«

»Sie hat sie die Sprache der Tiere gelehrt?«, empörte sich seine Tochter. »Das können wir bis heute nicht!«

»Und das ist auch ganz gut so«, antwortete der Räuber. »Willst du wirklich immer wissen, was alle über dich denken?«

»Nein, das will sie nicht«, sagte Gerdas Pferd.

»Natürlich will ich das!«, protestierte das Räubermädchen. »Das ist nicht fair!«

»Hör lieber auf deinen Vater«, sagte Gerda.

Der Räuber warf ihr einen bösen Blick zu, und seine Tochter starrte sie so finster an, als hätte sie etwas wirklich Schlimmes gesagt. Aber beide schwiegen.

»Was?«, fragte Gerda.

Sie bekam auch darauf keine Antwort, doch nach einer kurzen Weile wiegte ihr Pferd ein paar Mal den Kopf und sagte dann: »Oh, oh, das war jetzt aber gar nicht klug.«

»Ach nein? Und warum nicht?«

»Weil es nicht ihr Vater ist«, antwortete das Pferd mit einem amüsierten Wiehern, »sondern ihre Mutter.«

»Aber sie hat …«

»Einen Bart. Ja, ja, ich weiß«, unterbrach sie das Pferd hastig. »Und du solltest jetzt besser nicht weitersprechen. Mich verstehen sie vielleicht nicht, aber dich schon, weißt du?«

Gerda beschloss, auf den Rat des Pferdes zu hören, zumal die Blicke des Räubermädchens zunehmend durchdringender und unangenehmer wurden.

Sie hatten ihr Ziel mittlerweile fast erreicht. Vor ihnen am Rand einer großen verschneiten Lichtung lag das, was das Mädchen wohl gerade gemeint hatte, als es von einer *Räuberhöhle* sprach: ein sehr großes Haus mit zahlreichen Erkern, Winkeln und Dachschrägen, das einmal prachtvoll gewesen sein musste, sich nun aber in einem Stadium fortgeschrittenen Verfalls befand. Ein guter Teil des Daches war eingesunken. Und es musste wohl auch ein Feuer gegeben haben, denn die Mauern waren brandgeschwärzt.

Innen angekommen, erwies sich das ehemals sicherlich beeindruckende Gebäude endgültig als Ruine. Es war kalt und zugig, die meisten Innenwände waren niedergebrochen, überall lag Schmutz und stapelten sich Unrat und zerbrochene Möbel. Durch das eingebrochene Dach war Schnee eingedrungen, der den allgegenwärtigen Schmutz und Verfall aber nicht wirklich zu überdecken vermochte. Es roch schlecht, und von der Räuberbande, mit der Gerda halbwegs gerechnet hatte, war nirgendwo eine Spur zu sehen.

Stattdessen dampfte in der Mitte des großen Raumes ein schmiedeeiserner Topf über einem schon halb heruntergebrannten Feuer. Dahinter und in einem Halbkreis häufte sich aller möglicher … Krempel, ein anderes Wort dafür fiel Gerda beim besten Willen nicht ein.

»Was ist das?«, fragte sie spöttisch, während sie vom Pferd stieg und dem Räubermädchen und seiner Mutter zu der kleinen Feuerstelle folgte. »Eure Beute?«

»Ja«, zischte das Mädchen. »Und in dem Topf kochen wir dich zu einer guten Suppe, wenn du nicht gleich die Klappe hältst.«

Gerda hatte schon wieder alle Mühe, ein breites Grinsen zurückzuhalten. Sie tat aber doch, wie ihr geheißen, und ging schweigend weiter, bis sie den Kessel erreicht hatten, in dem tatsächlich schon eine dünne Suppe vor sich hin köchelte. Was sich dahinter erhob, das sah bei genauerem Hinsehen wirklich aus wie die aufgestapelte Beute einer ganzen Räuberbande. Wenn auch einer, die vollkommen wahllos alles zusammengerafft zu haben schien, was ihr nur unter die Finger geriet. Und kaum etwas davon schien von irgendeinem Wert zu sein.

»Setz dich!«, sagte das Räubermädchen unfreundlich. »Und keinen Mucks! Meine Mutter und ich müssen beraten, was wir mit dir anfangen.«

»Du meinst, ob ihr mich kochen oder am Spieß braten wollt?«

Das Räubermädchen antwortete gar nicht, aber seine Mutter lächelte flüchtig. Sie zog sich einen dreibeinigen Schemel aus dem Berg aus Gerümpel, der daraufhin prompt ins Wanken geriet und mit gewaltigem Getöse in die andere Richtung umkippte. Unbeeindruckt davon ließ sie sich auf dem Schemel am Feuer nieder, um die Hände über die kümmerlichen Flammen auszustrecken.

Der Anblick erinnerte Gerda wieder daran, wie kalt ihr ebenfalls war, und sie tat es ihr gleich; mit Ausnahme des Teils mit dem Stuhl, denn sie hatte keine Lust, von einer Lawine aus Sperrmüll erschlagen zu werden.

Es half nicht viel. Die Flammen brannten kaum hoch genug, um gelb zu werden, und die eisige Kälte hatte auch diesen großen, leeren Raum fest im Griff. Nach all der Zeit, die sie in der behaglich geheizten Hütte der Blumenfrau und des immerwährenden Frühlings ihres verzauberten Gartens verbracht hatte, hatte sie fast vergessen, wie eisig der magische Winter war, den die Schneekönigin über das Land geworfen hatte. Und die Flammen waren wirklich kümmerlich. Ihre Wärme reichte kaum aus, um ihre Fingerspitzen prickeln zu lassen. Obwohl sie mittlerweile alle drei über das Feuer gebeugt dasaßen, erschien ihr Atem als grauer Dampf vor ihren Gesichtern.

Schließlich sah Gerda sich demonstrativ suchend um und sagte dann: »Wenn ihr wollt, hole ich euch gerne Holz für ein größeres Feuer.«

Die bärtige Räuberin bedachte sie nur mit einem traurigen Blick, doch ihre Tochter sagte scharf: »Wenn dir kalt ist, dann denk an was Warmes. Das Feuer muss reichen.«

»Und warum?«, wunderte sich Gerda mit einem schrägen Blick auf die Feuerstelle. Die dürren Zweige hätten kaum ausgereicht, die Dachkammer ihrer Großmutter zu wärmen. Dabei saßen sie in einem gewaltigen Saal, der größer sein musste als die Amtsstuben des Bürgermeisters ihrer Heimatstadt.

Bei diesem Gedanken fragte sie sich, wie es ihrer Großmutter jetzt wohl erging. Eine tiefe Trauer überkam sie. Aber sie spürte auch schon wieder das Nagen ihres schlechten Gewissens, hatte sie doch so lange nicht mehr an sie gedacht.

Genau wie an Kay, und bei diesem Gedanken füllten sich ihre Augen mit Tränen.

Da sie sich ihrer schämte, zog sie geräuschvoll die Nase hoch und fuhr sich mit dem Handrücken durchs Gesicht. Das Mädchen sah sie verächtlich an. Seine Mutter stand wortlos auf und ging, kehrte aber nur einen Augenblick später mit einem Arm voller trockener Holzscheite zurück, die sie sorgfältig ins Feuer stapelte.

»Was tust du denn da?«, empörte sich das Mädchen.

»Unserem Gast ist kalt«, antwortete die Räuberin. »Willst du, dass sie krank wird?«

»Aber Feuerholz ist kostbar!«, beschwerte sich ihre Tochter. »Du sagst selbst immer, dass …«

»Schweig still und genieß lieber die Wärme«, unterbrach sie ihre Mutter. »Wer weiß, wann du sie wieder zu spüren bekommst.«

Daraufhin verstummte die Räubertochter tatsächlich. Aber die Blicke, mit denen sie Gerda nun maß, waren wie kleine glühende Dolche.

Gerdas schlechtes Gewissen meldete sich sogar noch stärker zurück. »Ich gehe gleich in den Wald und hole neues Holz.«

»Da kannst du lange suchen«, schnaubte das Räubermädchen. »Es gibt kein Feuerholz mehr. Nicht im Wald und überhaupt nicht mehr unter freiem Himmel. Weißt du denn gar nichts?«

»Wieso?«, fragte Gerda. »Der Wald ist doch voller Holz!« Und wenn man es genau nahm, dann *bestand* der ganze Wald aus nichts anderem als Holz!

»Es ist der Zauber der Schneekönigin«, fügte die Räuberin hinzu, indem sie ihre Tochter mit einem tadelnden Blick maß. »Ihr Reich besteht nur aus Schnee und Eis und sie hasst nichts mehr als das Feuer, denn es ist das Einzige, was ihr etwas anzutun vermag. Also hat sie sogar die Wintersonne verzaubert. Nichts, was von ihren Strahlen berührt wird, kann noch brennen.«

»Manchmal finden wir noch etwas in einem leer stehenden Haus oder in einem Keller oder tief im Wald, wo das Licht der Sonne niemals hingelangt«, fügte ihre Tochter noch hinzu, »aber es wird immer schwerer, je weiter sich ihr Reich ausbreitet.«

Jetzt machte sich Gerdas Gewissen sogar noch deutlicher bemerkbar, war ihr doch plötzlich klar, wie kostbar das bisschen Holz sein musste, das die bärtige Räuberin ihretwegen geopfert hatte. »Das tut mir leid«, sagte sie ehrlich. »Das wusste ich nicht.«

»Du weißt so einiges nicht«, schnaubte das Mädchen.

»Mir sagt ja auch niemand etwas«, gab Gerda gereizt zurück.

»Ich erzähle dir alles, was du wissen willst«, mischte sich die Räuberin ein, wahrscheinlich nur, um den drohenden Streit zwischen den beiden Mädchen zu schlichten. »Aber nicht heute. Es ist spät. Lass uns die Wärme genießen. Später gehe ich noch auf die Jagd.«

Und wie auf ein Stichwort hin begann das ohnehin schwache Licht in der Halle noch weiter zu verblassen. Die Schatten wurden länger, und die Wärme, die das Feuer nun doch fühlbar abgab, ließ Gerda die Kälte in ihrem Rücken nur umso schmerzhafter fühlen.

Trotzdem begann die Wärme sie allmählich einzulullen, und die Anstrengung des langen Rittes tat ein Übriges, sodass sie am Feuer sitzend einschlief.

Vielleicht döste sie auch nur kurz ein. Als sie von einem Geräusch alarmiert aufschrak, hatte sie nicht das Gefühl, lange geschlafen zu haben oder gar ausgeruht zu sein. Alles tat ihr weh von der unbequemen Haltung, in der sie im Sitzen eingeschlafen war, und sie fror schon wieder so sehr, dass sie am ganzen Leib zitterte. Es war dunkel, sie war allein und das Feuer so weit heruntergebrannt, dass das blasse Rot der Glut sie eher zu verspotten als zu wärmen schien. Aber was war das für ein Geräusch gewesen, das sie geweckt hatte?

Gerda stand auf, wickelte sich fröstelnd in ihren viel zu dünnen Mantel und sah sich suchend um. Der Laut wiederholte sich und sie warf erschrocken den Kopf in den Nacken. Auf den verkohlten Dachbalken hoch über ihr hockte ein halbes Dutzend dräuender Schatten, die sie aus glühenden Augen beobachteten.

»Wer … seid ihr?«, fragte sie mit klopfendem Herzen. »Der Rest der Räuberbande? Wenn ihr gekommen seid, um mich auszurauben, spart euch die Mühe. Ich habe nichts.«

Wieder erklang der sonderbare Laut, den sie jetzt – endlich – als das Gurren von Tauben identifizierte, und sie hörte auch das Rascheln ihrer Flügel.

»Ja, ja, wir sind die Räuberbande.«

»Und du hast schon etwas, das wir dir stehlen können.«

»Du hast schönes Haar, das wir dir ausreißen können.«

»Und schöne Fingernägel zum Ausreißen.«

»Und weiche Lippen zum Blutigpicken.«

Jeder der Schatten hatte einen Satz gegurrt und Gerda zuckte bei jeder Drohung zusammen. Doch dann rief sie sich in Gedanken selbst zur Ordnung. Es waren nur ein halbes Dutzend Tauben, die da oben hockten, keine geflügelten Dämonen.

Auch wenn sie sich dafür zu halten schienen.

»Dann versucht es doch«, sagte sie herausfordernd.

Ein halbes Dutzend Flügelpaare raschelte lautstark. »Sie hat Mut, die Beute.«

»Oder sie ist dumm, die Beute.«

»Sie hält sich für stark, die Beute.«

»Aber sie muss schlafen, wie alle Beute.«

»Und dann kommt unsere Stunde, die Stunde der Beute.«

»Ich muss nicht mehr schlafen«, antwortete Gerda. »Ich bin ausgeruht. Und ich bleibe auch nicht mehr lange.«

»Das sagen alle.«

»Und dann bleiben sie doch.«

»Bis sie eingeschlafen sind.«

»Und wenn sie dann aufwachen, haben sie keine Haare mehr.«

»Oder Fingernägel.«

»Oder Lippen.«

»Hört mit dem Unsinn auf!«, befahl Gerda – was sie allerdings nicht daran hinderte, sich insgeheim nach irgendetwas umzusehen, mit dem sie sich schlimmstenfalls verteidigen konnte. »Und ich bin schon gar keine Beute.«

»Bist du doch.«

»Wenn auch keine fette.«

»Eher eine dürre.«

»Aber dein Haar gefällt uns trotzdem.«

»Und erst deine Fingernägel.«

»Oder gar die Lippen.«

»Wenn ihr so weitermacht, erzähle ich es der bärtigen Räuberin«, drohte Gerda. »Sehen wir doch mal, ob ihr dann immer noch so vorwitzig seid.«

Die Tauben schwiegen, offenbar eingeschüchtert von ihrer Drohung. Aber vielleicht hatte das ja auch einen anderen Grund, denn nun hörte Gerda Schritte hinter sich, und als sie sich umdrehte, trat das Räubermädchen aus der Dunkelheit.

»Was genau willst du meiner bärtigen Mutter sagen?«, fragte es mit einer Miene, die eindeutig noch finsterer war als die Schwärze, aus der es kam.

»Also das … das tut mir leid«, stotterte Gerda verlegen. Sie konnte selbst spüren, wie sie rote Ohren bekam.

»Tut es nicht.« Die Hand des Räubermädchen lag wie zufällig auf dem Messergriff, der aus seinem Gürtel ragte.

»Doch«, beteuerte Gerda. »Wirklich, es ist nur … also ich habe noch nie …«

»Eine so hässliche Frau gesehen?«, schlug das Räubermädchen vor.

»Eine Frau mit Bart«, entgegnete Gerda hastig.

Sie war nicht ganz sicher, ob das wirklich besser war. Die Lippen des Mädchens wurden jedenfalls noch schmaler und seine Augen funkelten drohend.

»Aber sie war nicht immer so hässlich«, gurrten die Tauben.

»Oh nein, sie war sehr schön.«

»Bis die böse Schneekönigin gekommen ist.«

»Und sie verflucht hat.«

»Und seither ist sie hässlich.«

»Und hat einen Bart.«

»Ist das wahr?«, fragte Gerda.

»Was?«, fragte das Mädchen lauernd.

»Was die Tauben über deine Mutter erzählen.«

»Was erzählen sie denn?«, wollte das Räubermädchen wissen. »Ich verstehe nämlich nicht, was sie sagen, weißt du?«

»Dass sie früher einmal eine sehr schöne Frau war.«

»Für mich ist sie das immer noch!«

»Ja, sicher, bestimmt«, sagte Gerda hastig. »Ich meine ja nur … also ohne den Bart und all das.«

Das Mädchen sah sogar noch zorniger aus und Gerda fuhr hastig fort: »Ist es denn wahr, dass die Schneekönigin ihr das angetan hat?«

»Ja«, antwortete das Mädchen. »Aber schuld ist die Hexe!«

»Welche Hexe?«, fragte Gerda, bekam keine Antwort und fügte dann vollkommen verwirrt hinzu: »Meinst du etwa die Blumenfrau? Aber warum nennst du sie eine Hexe? Sie ist doch sehr nett!«

»Sie ist eine Hexe«, antwortete das Mädchen aufgebracht. »Sie sitzt sicher und warm in ihrem schönen Garten und sieht tatenlos zu, wie die ganze Welt zu Eis erstarrt. Das nenne ich feige. Dabei hätte sie die Macht, die Schneekönigin zu vertreiben!«

»Sie ist doch nur eine alte Gärtnerin.«

»Sie ist ...«, begehrte das Mädchen auf und ihre Mutter trat hinter ihr aus der Dunkelheit und fuhr ihr streng über den Mund: »Sie ist deine Großmutter, mein Kind. Und es gehört sich nicht, so über sie zu reden!«

»Ist das wahr?«, fragte Gerda ungläubig. Aber das würde ja bedeuten, dass die Blumenfrau ... die *Mutter* der bärtigen Räuberin war!

»Ja«, antwortete sie knapp. »Und jetzt genug davon. Helft mir lieber, das Abendessen zuzubereiten.«

Ihre Tochter presste zwar trotzig die Lippen aufeinander, aber sie wagte es auch nicht, noch einmal zu widersprechen, und auch Gerda stellte keine einzige der hundert Fragen, die ihr plötzlich auf der Zunge brannten. Stattdessen half sie den beiden, aus den einfachen Vorräten, die es gab, so etwas Ähnliches wie eine Mahlzeit zuzubereiten. Das Ergebnis fiel entsprechend aus, was aber wohl eher an den kümmerlichen Zutaten lag, die sie zur Auswahl hatten, weniger an den Kochkünsten der Räuberin.

Und Gerda wollte sich nicht beschweren. Seit dem Frühstück im Haus der Blumenfrau hatte sie nichts mehr gegessen, und ihr Magen knurrte so laut, dass sie wohl selbst einen Stein verschlungen hätte. Dazu gab es auch keinen süßen Tee, sondern lauwarmes Wasser, das schon ein bisschen abgestanden schmeckte. Und auch als sie alles bis auf den letzten Krümel vertilgt und den letzten schalen Wassertropfen getrunken hatten, war keiner von ihnen wirklich satt.

»Dann lasst uns jetzt schlafen«, sagte die Räuberin. »Die Nacht ist kurz und wir müssen zeitig los.«

»Und wozu?«, fragte Gerda.

»Um zu rauben und zu plündern und zu brandschatzen«, antwortete das Räubermädchen patzig. »Was Räuber eben so tun.«

Ihre Mutter maß sie zwar mit einem tadelnden Blick, hinter dem sich aber ein Lächeln verbarg. »Wir gehen jeden Tag auf die Suche nach Holz oder Essen und anderen nützlichen Dingen.«

»Dann seid ihr gar keine richtigen Räuber«, stellte Gerda erleichtert fest.

»Plünderer schon eher«, antwortete die Räuberin mit einem traurigen Lächeln. »Tatsächlich haben die meisten Menschen ihre Häuser und Höfe verlassen, als der Winter der Schneekönigin über das Land gekommen ist. Wir durchsuchen die Ruinen nach Nützlichem. Aber es wird immer schwerer, noch etwas zu finden. Wir werden wohl bald weiterziehen müssen.«

»Ist es wahr, dass die alte Frau«, um ein Haar hätte Gerda *Hexe* gesagt, »… die Blumenfrau … Eure Mutter ist?«

»So nennst du sie?«, fragte die Räuberin. »Die Blumenfrau?«

Gerda musste sich eingestehen, dass sie nicht einmal den Namen der alten Frau kannte, obwohl sie doch so lange bei ihr gewesen war. Sie nickte ein bisschen verlegen.

»Ja, das ist wahr«, fuhr die Räuberin schließlich fort. »Und bevor du fragst: Als ich so alt war wie du jetzt und bevor der Immerwinter über das Land und die Menschen gekommen ist, habe ich mit ihr in unserem Zaubergarten gelebt. Doch dann kam die Schneekönigin und die Welt und die Städte der Menschen versanken in ewigem Weiß und Leid. Meine Tochter hat die Wahrheit gesagt, weißt du? Meine Mutter ist eine sehr mächtige Zauberin. Ich glaube, ihre Zauberkräfte sind genauso mächtig wie die der Schneekönigin. Wenn nicht stärker.«

»Ihr meint, sie hätte sie aufhalten können?«, fragte Gerda. Aber warum hat sie es dann nicht getan?

»Ich bin sogar sicher«, nickte die Räuberin. »Aber sie hat es nicht einmal versucht. Ich habe sie angefleht, es wenigstens zu versuchen, aber sie wollte es nicht. Sie war damit zufrieden, in ihrem verzauberten Garten zu bleiben, wohin die Macht der Schneekönigin nicht reicht.«

»Aber warum denn?«, fragte Gerda.

Sie konnte der Räuberfrau ansehen, wie weh ihr diese Frage tat, doch sie bekam trotzdem eine Antwort.

»Weil sie sagt, ihre Zauberkräfte wären ihr nicht gegeben worden, um zu kämpfen, sondern um Schönes zu erschaffen und zu bewahren.«

Das konnte Gerda sogar verstehen, auch wenn sie zugleich auch die Räuberin verstand. »Aber Ihr wart nicht dieser Meinung?«

»Nein«, erwiderte die Räuberin, und auch ihre Tochter schüttelte heftig den Kopf und ihre Augen füllten sich schon wieder mit schwarzem Zorn. »Ich habe von ihr verlangt, es trotzdem zu tun, und es kam zum Streit. Einem schlimmen Streit, wie du dir vielleicht vorstellen kannst. Am Schluss habe ich damit gedroht, dass ich weggehen und der Schneekönigin allein gegenübertreten würde, wenn sie mir nicht hilft.«

»Aber das hat sie nicht«, vermutete Gerda.

Die Räuberin schüttelte stumm den Kopf und Gerda fuhr ungläubig fort: »Und Ihr habt Euch ihr ganz allein entgegengestellt? Das war sehr mutig!«

»Es war dumm«, antwortete die Räuberin grob. »Ich war die Tochter einer Zauberin und ich war damals genauso jung und hübsch und naiv wie du heute. Ich hatte ein paar Zauberkräfte von meiner Mutter geerbt und fühlte mich unbesiegbar.«

»Aber das wart Ihr nicht«, mutmaßte Gerda traurig.

»Nein.« Ein bitteres Lächeln huschte über die bärtigen Züge der Räuberfrau. »Ich konnte von Glück sagen, mit dem Leben davongekommen zu sein. Ich glaube, die Schneekönigin verschonte mich nur, weil sie wusste, wer ich bin, und Angst vor meiner Mutter hatte. Aber sie nahm mir meine Zauberkräfte, und sie verwandelte mich in das, was du heute vor dir siehst. Lange Zeit irrte ich blind und verängstigt durch die Welt. Gerade als ich dachte, verhungern oder erfrieren zu müssen, fand mich eine umherziehende Räuberbande und nahm mich auf. Von all den ehrbaren und aufrechten Menschen auf der Welt waren es nur die Räuber, die sich eines hässlichen Mädchens annahmen und ihm zu essen und Unterkunft gaben.«

Das war eine sehr traurige Geschichte, fand Gerda, und sie sagte es auch, aber die Räuberin schüttelte sofort den Kopf. »Es waren die glücklichsten Jahre meines Lebens«, widersprach sie. »Sie waren freundlich zu mir, und sie haben mich behandelt wie ihresgleichen, nicht wie die Missgeburt, die ich in den Augen der anderen war.«

»Und wo sind sie heute?«, fragte Gerda, der das Gespräch zunehmend unangenehmer wurde, auch wenn sie gar nicht sagen konnte, warum.

»Sie sind nach und nach gegangen«, antwortete die Räuberin. »Das Reich der Schneekönigin kommt von Jahr zu Jahr näher, und je härter die Winter werden, desto mehr von ihnen sind fortgegangen. Jetzt sind nur noch meine Tochter und ich hier, und auch wir werden nicht mehr lange bleiben können. Bald finden wir nichts mehr. Dann müssen auch wir weiterziehen.«

Sie atmete tief ein, und ihr Blick verlor sich in einer Ferne, von der Gerda gar nicht wissen wollte, was sich darin verbarg. Dann gab sie sich einen sichtbaren Ruck und fuhr mit veränderter und nun wieder grober Stimme fort: »Jetzt habe ich alle Fragen beantwortet, die du wohl sowieso gestellt hättest. Noch einmal werde ich nichts davon erzählen und auch keine weitere Frage beantworten. Also such dir einen Platz zum Schlafen. Vielleicht ziehen wir morgen schon weiter. Du wirst alle deine Kräfte brauchen, wenn du mit uns mithalten willst.«

Gerda hatte sich noch nicht einmal entschieden, ob sie überhaupt bei diesem sonderbaren Räuberpaar bleiben wollte. »Und wohin zieht ihr?«

Die Räuberin sah sie unter ihren buschigen Augenbrauen hervor strafend an, wickelte sich in ihren Mantel und begann augenblicklich zu schnarchen, kaum dass sie sich neben dem Feuer zusammengerollt hatte.

»Irgendwohin, wo es wärmer ist«, sagte das Räubermädchen. »Solange es einen solchen Ort noch gibt. Wo kein Schnee liegt. Nach Süden, nehme ich an.«

»Dann kann ich nicht mit euch kommen«, sagte Gerda nach kurzem Überlegen. »Ich muss nach Norden.«

»Nach Norden?« Das Räubermädchen starrte sie aus aufgerissenen Augen an, als zweifle es an ihrem Verstand. Wahrscheinlich tat es das auch.

»Ich muss das Schloss der Schneekönigin finden.«

»Wozu?«

»Um meinen Freund zu befreien«, antwortete Gerda. »Sie hat ihn entführt.«

»Und du willst ihn befreien?«, fragte das Mädchen. »Und wie?«

»Das weiß ich nicht«, gestand Gerda. »Mir wird schon etwas einfallen.«

»Bist du verrückt?«, ächzte das Mädchen. »Willst du, dass es dir so ergeht wie damals meiner Mutter oder vielleicht sogar noch schlimmer?

Was konnte denn noch schlimmer sein als das, was die Schneekönigin der Räuberfrau angetan hatte? »Nein. Aber ich kann Kay nicht im Stich lassen.«

»Und warum nicht?«

»Weil er dasselbe für mich tun würde«, antwortete Gerda. Und selbst wenn nicht: »Und weil er mein Freund ist.«

»Aber du weißt ja nicht einmal, wo er ist!«

»Ich werde Kay schon finden«, beharrte Gerda, und es gelang ihr sogar, eine Überzeugung in ihre Stimme zu legen, die sie so gar nicht empfand.

»Wenigstens hast du Mut«, sagte das Räubermädchen, fügte aber sofort und mit einem heftigen Kopfschütteln hinzu: »Aber du bist dumm. Du wirst deinem Kay höchstens im Kerker der Schneekönigin Gesellschaft leisten. Wenn sie dich am Leben lässt, heißt das.«

»Kay«, gurrte eine der Tauben.

»Kay«, fügte eine zweite hinzu.

Gerda sah kurz zu ihnen hoch und wandte sich dann umso entschiedener wieder an das Räubermädchen. »Ich schaffe das schon«, sagte sie, auch wenn sich das sogar in ihren eigenen Ohren nicht anders als trotzig anhörte. Und vielleicht gerade deshalb fügte sie hinzu: »Und wenn ich bis zum Nordpol wandern muss, um ihn zu finden.«

»Kay«, sagte die dritte Taube, kurz darauf gefolgt von den anderen, dann begann der Chor von vorne: »Kay ist bei der Schneekönigin.«

»Der Schneekönigin.«

»Sie hat ihn in ihrem Schlitten mitgenommen.«

»In ihrem Schlitten.«

»Und jetzt ist er in ihrem Schloss.«

»In ihrem Schloss!«

»Ja, das weiß ich doch, verdammt«, sagte Gerda unwillig. »Haltet die Schnäbel!«

An das Räubermädchen gewandt fuhr sie fort: »Und du? Hast du auch Zauberkräfte?«

»Sehe ich so aus?«, schnaubte das Mädchen. »Und wenn ich sie hätte, dann würde ich sie dazu benutzen, um dich von diesem Unsinn abzuhalten. Weißt du denn nicht, dass aus dem Schloss der Schneekönigin noch niemand zurückgekommen ist?«

»Und?«, fragte Gerda. »Was kümmert es dich?«

»Da hast du natürlich recht«, polterte das Mädchen. »Nichts. Geh doch hin und renn in dein Verderben. So wie alle anderen vor dir.«

»Wenn sie alle so mutig gewesen sind wie du, dann können es ja nicht sehr viele gewesen sein«, gab Gerda zurück.

»Nein, nur ein komplettes Heer«, antwortete das Mädchen. »Als könnte dir gelingen, woran tausend Soldaten vor dir gescheitert sind.«

»Tausend Soldaten?«, wiederholte Gerda erstaunt. Fast hätte sie gelacht.

»Vielleicht auch mehr«, erwiderte das Mädchen. »Für jemanden, der es ganz allein mit der Schneekönigin aufnehmen will, weißt du ziemlich wenig über sie.«

»Was für ein Unsinn«, sagte Gerda verächtlich. »Tausend Soldaten! Ein so großes Heer gibt es auf ganzen Welt nicht!«

»Aber es hat es gegeben.« Das Räubermädchen deutete auf die schlafende Räuberin. »Meine Mutter hat mir davon erzählt, und sie weiß es von ihrer Mutter, die es mit eigenen Augen gesehen hat.«

»Ein Heer von tausend Mann?«

»Und vielleicht sogar mehr«, versicherte das Mädchen. »Das war noch vor meiner Geburt. Zwei große Städte haben sich zusammengetan, um der Schneekönigin zu trotzen. Sie haben ein gewaltiges Heer aufgestellt, das ihrem Vormarsch Einhalt gebieten sollte.«

»Angeführt von den beiden Königspaaren selbst, ich weiß«, sagte Gerda. »Diese Geschichte hat mir meine Großmutter auch schon erzählt. Aber ich habe sie nicht geglaubt.«

»Weil du dachtest, es wäre nur eine Geschichte«, sagte das Räubermädchen grimmig. »Aber das ist es nicht. Dieses Heer ist nach Norden gezogen, tausend Mann und zwei Königspaare. Und nicht einer wurde wiedergesehen. Na, willst du immer noch ganz allein dorthin?«

»Mehr denn je«, beharrte Gerda. »Ich werde dieses Schloss schon finden – und Kay auch, ob du mir nun hilfst oder nicht.«

»Kopfüber ins Verderben zu stürzen? Bestimmt nicht!«

»Kay ist bei der Schneekönigin«, gurrte die erste Taube.

»Er sitzt zu ihrer Rechten auf einem Thron aus Eis«, fügte die zweite hinzu.

»Und der Platz zu ihrer Linken ist noch leer«, sagte die dritte.

Und die vierte: »Es ist ein Thron aus Eis, und wer sich daraufsetzt …«

»… der fällt in einen ewigen Schlaf …«

»… und herrscht für alle Zeiten an ihrer Seite über den Winter«, setzten die fünfte und sechste hinzu.

»Habe ich nicht gesagt, ihr sollt die Schnäbel …?«, begann Gerda, bevor sie sich kerzengerade aufsetzte und zu den Tauben hochsah. »Woher wisst ihr das?«

»Weil wir ihn gesehen haben …«

»Die Schneekönigin …«

»… ist mit ihrem Schlitten an uns vorbeigefahren …«

»… und da hat er auf ihrem Schoß gesessen …«

»… und sie waren auf dem Weg zum Nordpol …«

»… wo ihr Schloss aus Eis und Schnee liegt!«

»Was sagen sie?«, fragte das Räubermädchen, dem Gerdas Erschrecken nicht entgangen war.

Gerda ignorierte sie. »Soll das heißen, ihr wisst, wo Kay ist? Und wie ich dorthin komme? Ihr könnt es mir zeigen?«

»Das könnten wir.«

»Aber wir tun es nicht.«

»Weil es uns nichts angeht …«

»… und wir uns nicht in Dinge mischen …«

»… die uns nichts angehen.«

»Niemals.«

»Was sagen sie?«, fragte das Mädchen noch einmal, und diesmal antwortete Gerda darauf und übersetzte, was die Tauben erzählt hatten.

Die Räubertochter schürzte jedoch nur abfällig die Lippen. »Tauben sind Tauben. Sie bleiben immer unter sich. Ich glaube nicht, dass sie sie gesehen haben.«

»Aber wir lügen nicht!«

»Wir sagen immer die Wahrheit! Nur Menschen lügen!«

»Sie sagt das nur, weil sie nicht will, dass du gehst.«

»Aber wir sagen dir trotzdem nicht, wie du dorthin kommst.«

»Weil niemand aus dem Schloss der Schneekönigin zurückkehrt.«

»Und wir nicht wollen, dass dir ein Unglück zustößt.«

»Und was sagen sie jetzt?«, fragte das Mädchen.

»Dass sie mir nicht helfen«, antwortete Gerda enttäuscht.

Das Räubermädchen lachte ganz leise. »Dann sind sie ja vielleicht doch nicht ganz so dumm, wie ich dachte.«

»Sie sagen auch, dass du nicht willst, dass ich gehe, weil du Angst um mich hast«, sagte Gerda.

»Blödsinn«, behauptete das Räubermädchen. »Renn doch in dein Unglück, wenn du unbedingt willst!«

Und damit sprang es auf und stapfte so wütend davon, dass Gerda sich fast ein bisschen wunderte, dass seine Mutter nicht wach wurde. Die bärtige Räuberfrau grunzte jedoch nur einmal im Schlaf und drehte sich auf die andere Seite, wo sie wie ein Holzfäller mit einer stumpfen Säge weiterschnarchte.

Gerda sah wieder zu den Tauben hoch, die sie immer noch aus ihren winzigen Knopfaugen anstarrten und jetzt fast schon ein bisschen feindselig wirkten. Zumindest aber schadenfroh. »Vielen Dank auch«, sagte sie verärgert. »Ihr wart mir ja wirklich eine große Hilfe.«

Diesmal antworteten die Tauben gar nicht mehr, sondern gurrten nur noch einen Moment lang sinnlos und breiteten dann eine nach der anderen die Flügel aus, um davonzufliegen.

»Na toll«, maulte Gerda. »Und was nutzt es mir jetzt, die Sprache der Tiere zu sprechen, wenn sie nicht mit mir reden?«

Hinter ihr raschelte es. Die Räuberin setzte sich auf und sah sie aus Augen an, die ganz klar waren, nicht wie die eines Menschen, der gerade aus tiefem Schlaf aufgewacht war. Sie hatte alles gehört.

»Du darfst ihnen nicht böse sein, Gerda«, sagte sie. »Sie mögen meine Tochter. Und meine Tochter will nun einmal nicht, dass du gehst.«

»Warum nicht?« Was ging es das Räubermädchen an, was sie tat?

»Weil sie sich um dich sorgt, mein Kind. Sie würde es niemals zugeben, aber ich glaube, sie mag dich. Und wenn es wahr ist, was die Tauben sagen, kannst du ohnehin nichts mehr für deinen Freund tun. Niemandem ist es je gelungen, in den Thronsaal der Schneekönigin vorzudringen.«

»Und woher wisst Ihr dann, wie es darin aussieht?«, fragte Gerda, nur um die bärtige Räuberfrau dann aus aufgerissenen Augen anzustarren. »Ihr habt sie auch verstanden? Ihr sprecht die Sprache der Tiere auch?«

»Nein«, sagte die Räuberin. »Ich spreche sie nicht. Aber ich verstehe sie noch. Ein bisschen Zauberkraft ist mir noch geblieben.«

»Dann wisst Ihr auch, wie ich zum Schloss der Schneekönigin komme?«

Die Räuberfrau nickte stumm. Sie sah noch ein bisschen trauriger aus als ohnehin schon.

»Aber Ihr verratet es mir nicht«, vermutete Gerda.

»Ich sollte es nicht tun«, antwortete die Räuberin, »schon um meiner Tochter willen, aber auch um deinetwillen. Was glaubst du zu erreichen, was einem ganzen Heer nicht gelungen ist?«

»Das weiß ich nicht«, gestand Gerda. »Aber ich muss es einfach versuchen.«

Lange Zeit herrschte Stille zwischen ihnen. Dann fragte die Räuberfrau: »Ich nehme auch nicht an, dass ich dich davon abbringen kann?«

Gerda schüttelte stumm den Kopf.

Die Räuberin seufzte noch tiefer und wandte sich dann mit einem traurigen Lächeln und einer einladenden Handbewegung um. »Dann komm mit mir, mein Kind.«

Gerda schloss sich ihr an, während sie mit traumwandlerischer Sicherheit durch die nahezu vollkommen dunkle Halle ging und dabei allen Hindernissen mühelos auswich.

Sie und ihre Tochter mussten schon seit vielen Jahren hier leben, begriff Gerda. Umso schwerer musste es ihnen fallen, ihre Heimat nun bald zu verlassen.

Sie durchquerten die große Halle. Die Räuberin bedeutete ihr mit einer stummen Geste zurückzubleiben, wuselte noch kurz irgendwo in der Dunkelheit herum und kam dann zurück. Sie hatte einen groben Leinensack in der einen und einen struppigen Fellmantel in der anderen Hand.

»Zieh das an«, befahl sie schon fast grob, sodass Gerda gar nicht anders konnte, als sich den schweren Mantel um die Schultern zu legen. Er war nicht nur so kratzig, als wäre er aus Disteln gemacht, sondern roch auch schlecht und war schwer wie Blei. Dennoch wagte sie es nicht, sich zu beschweren, sondern griff auch noch gehorsam nach dem Sack und sah hinein. Er enthielt zwei kleine Brotlaibe und einen halben Schinken. So wenig es war, vermutete sie doch, dass es sich um die gesamten Vorräte der kleinen Räuberfamilie handelte. Sie wollte ganz selbstverständlich ablehnen, doch das ließ die Räuberin nicht zu.

»Du wirst im Norden nichts zu essen finden«, beharrte sie. »Und ohne den Mantel erfrierst du. Ich gäbe dir mehr, wenn ich könnte. Aber das ist alles, was ich für dich tun kann … bis auf eines. Komm.«

Sie traten aus dem Haus in den Schnee hinaus. Es war bitterkalt, obwohl die Sonne im Osten schon wieder das erste Grau auf den Himmel malte, und der Wald lag so still da, als wäre er ausgestorben. Gerda kamen nun doch die ersten Zweifel an ihrem eigenen Mut. Doch jetzt noch einen Rückzieher zu machen, kam für sie nicht infrage.

Die Räuberin pfiff schrill auf den Fingern. Nur kurz darauf raschelte es im Unterholz und ihr Pferd trat heraus. Schon auf den zweiten Blick erkannte sie jedoch ihren Irrtum: Was im Halbdunkel wie ihr schwarzes Pony ausgesehen hatte, das hatte ein dichtes rostfarbenes Fell und ein Geweih, das ebenfalls rot und ein bisschen struppig war.

Es war das Rentier des Räubermädchens, auch wenn es nun das aus Blütenstängeln geflochtene Zaumzeug trug, das ihr die Blumenfrau mitgegeben hatte.

»Aber das ist das Rentier Eurer Tochter!«, protestierte sie.

»Und sein bester Freund«, bestätigte die Räuberin.

»Das kann ich nicht annehmen«, sagte Gerda

Aber sie bekam auch jetzt wieder nur ein heftiges Kopfschütteln zur Antwort. Von beiden.

»Dein Pferd würde erfrieren, dort wo du jetzt hingehst«, sagte die Räuberfrau. »Willst du das brave Tier umbringen?«

»Natürlich nicht«, sagte Gerda, fast schon ein bisschen empört. »Aber dieses Tier gehört Eurer Tochter!«

Das Rentier räusperte sich. »Also genau genommen *gehöre* ich nicht ihr. Ich bin sein Freund und sie meine Freundin. Niemand darf jemandem gehören.«

»So war das auch nicht gemeint«, versicherte Gerda hastig, obwohl sie insgeheim zugeben musste, dass es ganz genau so gemeint gewesen war.

»Doch«, behauptete das Rentier denn auch prompt, als hätte es ihre Gedanken gelesen, schüttelte aber zugleich mit einem leisen Schnauben den Kopf.

»Aber du musst dich nicht sorgen. Sie mag dich, weißt du? Sie hätte nichts dagegen, wenn du auf mir in den Norden reitest.«

»Hast du sie denn gefragt?«, fragte Gerda.

»Das muss ich nicht«, antwortete das Rentier. »Worauf wartest du noch? Ich will endlich wieder in den Norden. Mir ist es hier zu warm.«

6. Kapitel

Eine Woche später war sie sich nicht nur vollends sicher, dass es ein großer Fehler gewesen war, überhaupt hierherzukommen. Sie wünschte sich fast, selbst ein Rentier zu sein – obwohl sie allmählich bezweifelte, dass sich selbst ihr hartgesottenes Reittier hier noch wohlfühlte. Sie hatte längst vergessen, wie es sich anfühlte, *nicht* zu frieren. Und wie es war, die Finger zu bewegen, ohne dass sie wehtaten, und einen Fuß auf den Boden zu setzen, ohne Angst haben zu müssen, dass die Zehen wie Glas abbrachen. Ohne den warmen Mantel, den ihr die Räuberin mitgegeben hatte, wäre sie wohl längst erfroren. Und ohne die beiden Brote und den Schinken verhungert.

Nicht, dass ihr eines dieser beiden Schicksale (oder beide) nicht noch immer drohte. Das wenige Essen, das ihr die Räuberin mitgegeben hatte, war längst in ihrem Magen gelandet, der nun schon seit drei Tagen so laut knurrte und grummelte, dass man es bis in ihre Heimatstadt hören musste. Das Schlimmste aber war die Kälte, die mit jedem Schritt, den das treue Tier sie weiter nach Norden trug, immer noch zuzunehmen schien.

Seit einiger Zeit ritt sie durch eine Welt, die nur noch aus verschneiten Hügeln und zu Eis erstarrten Flüssen zu bestehen schien. Das Rentier war sogar noch wortkarger geworden. Es musste mindestens ebenso hungrig sein wie sie selbst, denn Gerda entging keineswegs, dass das genügsame Tier nicht einmal mehr die wenigen Halme unter dem Schnee fand, die es brauchte.

Vor drei Tagen hatten sie die letzte verschneite Ruine passiert, die vor langer Zeit einmal ein stolzes Haus gewesen sein musste. Vor zwei Tagen waren sie durch den letzten in ewiges Weiß erstarrten Wald geritten und vor einem Tag vorbei an dem letzten blattlosen Busch.

Und nun war es ihr, als hätten sie das Ende der Welt erreicht. Alles rings um sie herum war weiß. Selbst der Unterschied zwischen Himmel und Erde begann allmählich zu verschwinden; als befände sie sich auf direktem Weg in die Ewigkeit.

Schließlich blieb das Rentier stehen. »Sehr viel weiter kann ich dich nicht bringen«, sagte es.

»Und warum?«, brachte Gerda mühsam hervor, weil ihr Gesicht ganz taub vor Kälte war.

»Weil die Welt hier bald zu Ende ist«, antwortete das Tier. »Hinter diesen Bergen liegt das Schloss der Schneekönigin, wo selbst die Zeit zu Eis erstarrt. Nichts, was atmet, kann dort noch bestehen.«

Gerda hatte bisher noch gar keinen Berg gesehen und sammelte Kraft, um eine entsprechende Frage zu stellen.

Da kam Wind auf und ließ die weißen Schleier über dem Land vor ihnen verwehen, sodass sie tatsächlich die schroffen Gipfel eines Gebirgszuges erkennen konnte, der ganz so aussah, als höre die Welt dahinter einfach auf. Nur ein einzelner schmaler Pfad führte zwischen den verschneiten Gipfeln hindurch, und der sah eher so aus, als hätte selbst eine Bergziege ihre liebe Mühe, ihn zu erklimmen.

Dennoch machte sich das treue Tier klaglos an den Aufstieg. Gerda spürte, wie schwer ihm nun jeder einzelne Schritt fiel.

Vielleicht vergingen so noch einmal Stunden, vielleicht auch ein halber Tag oder ein ganzer. Es war, als hätte das Rentier die Wahrheit gesagt, und selbst die Sonne wäre am Himmel festgefroren, wo sie keine Wärme mehr spendete. Gerda konnte ja nicht wissen, dass so weit im Norden ein Tag manchmal fast ein halbes Jahr dauert, ebenso wie die darauffolgende Nacht.

Schließlich näherten sie sich dem Pass, noch immer weit von den schneebedeckten Gipfeln entfernt, aber trotzdem schon so weit oben, dass ihr das Atmen bereits schwerfiel. Ihr Herz begann bereits bei der leisesten Anstrengung zu klopfen, und dem Rentier fiel es immer schwerer, einen Fuß vor den anderen zu setzen. Obwohl es sich mit keinem Wort beschwerte, zitterten seine Flanken vor Erschöpfung.

Gerda traute dem treuen Tier durchaus zu, so lange weiterzugehen, bis es einfach tot umfiel. Deswegen ließ sie sich von seinem Rücken gleiten und sagte: »Du hast mich jetzt weit genug getragen. Das letzte Stück gehe ich allein.«

»Du kannst dort nicht hingehen«, erwiderte das Rentier traurig. »Auf der anderen Seite gefriert selbst die Luft, die du atmest.«

Das war bestimmt übertrieben, dachte Gerda und machte einen halben hastigen Schritt, um auf dem spiegelglatt gefrorenen Fels nicht auszurutschen. »Warum hast du mich denn überhaupt erst hierher gebracht, wenn das so ist?«

»Weil meine Freundin mich darum gebeten hat«, antwortete das Rentier.

»Deine Freundin? Du meinst das Räubermädchen?«

»Sie sind keine Räuber, sie und ihre Mutter«, antwortete das Tier. »Auch wenn sie sich selbst gern so nennen. Aber sie hat mich gebeten, dir das hier zu zeigen. Sie war ganz sicher, dass du es mit eigenen Augen sehen musst, bevor du aufgibst.«

»Ich gebe nicht auf«, sagte Gerda ernst.

»Dann stirbst du«, antwortete das Rentier nicht minder ernst.

»Ich bin zäh«, erwiderte Gerda. »Und ich kehre nicht um, bevor ich Kay nicht gefunden habe.«

Und damit ging sie weiter, schon damit es dem Rentier am Ende nicht doch noch gelang, sie umzustimmen.

Der Weg war auch nicht mehr weit. Noch einige wenige Schritte, und sie hatte den höchsten Punkt des Passes erreicht und konnte sehen, was auf der anderen Seite lag.

Es war ein sehr großes, lang gestrecktes Tal, das einst einen wirklich prachtvollen Anblick geboten haben musste, als es hier noch andere Farben außer dem Weiß von Schnee und Eis und dem Schwarz nackter Felsen gegeben hatte. Die Berge auf der anderen Seite, obwohl genauso hoch wie auf dieser, waren nur als graue Schemen zu erkennen, so weit waren sie entfernt. Ein zugefrorener Fluss schlängelte sich wie ein Band aus Silber im Tal entlang.

An seinem diesseitigen Ufer entdeckte sie etwas, das einmal eine ebenso gewaltige wie prachtvolle Stadt gewesen sein musste, nun aber fast zur Gänze vom allgegenwärtigen Weiß bedeckt war. Eine Brücke, breiter als die breiteste Straße, die sie jemals gesehen hatte, verband die beiden Flussufer miteinander. An ihrem jenseitigen Ende erhob sich ein prachtvolles Schloss mit zahllosen Erkern, Türmchen und spitzen Dächern. Einst musste es ein wahres Märchenschloss gewesen sein, prachtvoller, als sie es sich auch nur hätte vorstellen können. Nun aber bestand es ganz aus blitzendem Eis, und schon sein bloßer Anblick genügte, um Gerda zutiefst erschauern zu lassen.

»Das muss wohl das Schloss der Schneekönigin sein.«

»Und die Stadt ihrer Untertanen, als dies noch ein glückliches Land voller Menschen mit fühlenden Herzen war«, fügte das Rentier hinzu, das ihr trotz seiner Schwäche auch noch das letzte Stück den Pass hinauf gefolgt war. »Aber heute lebt dort nichts mehr.«

»Aber Kay ist dort«, beharrte Gerda.

Es war fast, als könne sie tief in sich hineinhören, wie seine Seele lautlos um Hilfe schrie. Sie musste ihm helfen, auch wenn sie zugleich wusste, dass sie es nicht konnte.

Das Rentier hatte die Wahrheit gesagt: War es auf dieser Seite des Passes schon so grausam kalt, dass das Atmen wehtat, so schien auf der anderen Seite selbst die Luft zu Eis erstarrt zu sein. Als sie einen vorsichtigen halben Schritt machte und dabei ausatmete, da wurde ihr Atem nicht mehr zu grauem Dampf vor ihrem Gesicht, sondern zu Schnee, der zu Boden rieselte. Und als sie den Arm ausstreckte, wurden ihre Finger sofort blau vor Kälte und der Stoff ihres Mantels hart wie Stein.

Hastig wich sie wieder ein Stück zurück. Ihre Augen füllten sich mit Tränen, die auf halbem Wege zu salzigem Eis erstarrten, als sie über ihre Wangen liefen. Jetzt war sie so weit gekommen und hatte so viele Hindernisse und Gefahren überwunden, nur um nun nicht weitergehen zu können! Sie wollte so nicht aufgeben!

Aber sie würde es wohl müssen.

Gerda stand so lange auf dem zugigen Pass, bis sie keine Tränen mehr hatte, die sie vergießen konnte, dann wandte sie sich niedergeschlagen ab und vergrub die Hände in den Manteltaschen, um sie aufzuwärmen.

Und ihre rechte Hand *wurde* warm. Ihre Fingerspitzen ertasteten etwas Kleines und Raues, das so warm war, dass es im ersten Augenblick schon beinahe wehtat, weil ihre Hände so steif gefroren waren. Verblüfft zog sie es aus der Tasche und betrachtete es.

Es war das kleine Leinensäckchen, das ihr die Blumenfrau mitgegeben hatte. Gerda zog es mit bebenden Fingern auf, lugte hinein und erblickte eine Handvoll kleiner Blumensamen. Und fast, als lenke die alte Blumenfrau aus der Ferne und unsichtbar ihre Bewegungen, griff sie hinein. Sie nahm einen einzelnen Feuerliliensamen heraus, um ihn in der linken Faust zu verbergen, während sie den Beutel mit der anderen Hand sorgsam wieder verschnürte und in die Manteltasche steckte.

Sofort wich alle Kälte aus ihren Gliedern, und zum ersten Mal seit vielen Tagen wusste sie wieder, wie es war, *nicht* zu frieren. Die alte Blumenfrau hatte die Wahrheit gesagt: Es waren magische Samen, und das war wohl auch der Grund, aus dem sie einfach gewusst hatte, was sie damit tun musste.

Ebenso sicher wusste sie aber auch, dass dieser Zauber nicht für immer anhalten würde. Und es war noch ein weiter Weg bis zum Schloss der Schneekönigin.

❄

Der Zauber des Feuerliliensamens hielt an, bis sie die Stadtgrenze erreichte. Und er hüllte sie nicht nur in einen unsichtbaren Mantel aus Wärme, sondern gab ihr auch die Kraft, einen Marsch durch das unwegsame Gelände zu bestehen, den sie ohne ihn niemals hätte bewältigen können.

Schließlich aber kam es so, wie sie schon befürchtet hatte: Gerade hatte sie die gewaltige Stadtmauer erreicht, als sie das erste

Mal wieder fröstelte. Die Zauberkraft des Samenkorns war aufgebraucht. Nun hatte sie ein ganzes Säckchen davon und wollte schon wie selbstverständlich nach einem weiteren Samen greifen, besann sich dann aber eines Besseren. Sie hatte noch einen weiten Weg vor sich und noch hatte sie Kay nicht gefunden. Wer wusste schon, wie lange es dauerte, ihn aus der Gewalt der Schneekönigin zu befreien? Bisher war ihr nur ein bisschen kalt und im Frieren hatte sie ja mittlerweile genug Übung.

Das Tor in der gewaltigen Stadtmauer stand weit auf. Obwohl ihr allein die völlige Stille klarmachte, wie ausgestorben die Straßen dahinter sein mussten, begann ihr Herz vor banger Erwartung laut zu klopfen. Langsam und vorsichtig durchschritt sie den langen Tunnel, der unter der Stadtmauer durchführte. Und sie hatte es noch nicht einmal ganz getan, da blieb sie auch schon wieder wie vom Donner gerührt stehen.

Auf dem Hinweg hatte sie keine anderen Fußspuren gesehen und auch sonst nichts, was auf die Anwesenheit von Menschen hindeutete. Sie hatte deshalb wie selbstverständlich angenommen, dass auch die Stadt menschenleer war. Doch das war nicht so. Beiderseits des Tores standen Soldaten mit Speer und Schild Wache und die breiten Straßen waren voller Menschen.

Wenigstens war es das, was sie im allerersten Moment dachte. Dann erkannte sie ihren Irrtum.

Niemand nahm von ihr Notiz, nicht einmal die beiden Torwachen. Das konnten sie auch gar nicht, denn sie waren nicht echt.

Es waren Figuren aus Eis, lebensgroß und perfekt nachgebildet bis in das winzigste Detail, wie von der Hand eines begnadeten Künstlers erschaffen, aber letzten Endes auch nicht mehr. Der Anblick war so faszinierend, dass sie näher trat und die Hand nach dem aus Eis geformten Gesicht ausstreckte.

Aber dann wagte sie es doch nicht, es zu berühren, und wich mit heftig klopfendem Herzen wieder einen Schritt zurück; fast als hätte sie Angst, die Figur könnte plötzlich aus ihrer zeitlosen Starre erwachen und ihrerseits nach ihr greifen.

Das war natürlich Unsinn. Dennoch fragte sich Gerda, wer sich die Mühe gemacht hatte, diese kunstvollen Figuren anzufertigen, und vor allem, warum. Und ihr Erstaunen wuchs sogar noch einmal und fast ins Unermessliche, als sie weiterging und all die anderen Gestalten betrachtete, die die Straße vor dem Tor bevölkerten.

Es war ganz genau das, was man an einem Ort wie diesem erwartete. Es gab stolze Reiter auf prachtvoll aufgezäumten Rössern, eine Gruppe von spielenden Kindern und Händler, die Karren voller Waren vor sich herschoben oder auch Maultiere und Ochsen davor angespannt hatten. Frauen, die ihre Kinder schalten oder auch mitten in einem kleinen Schwätzchen mit einer Nachbarin erstarrt zu sein schienen. Geschäftig dahinschreitende Männer und auch noch einige weitere Soldaten, die anscheinend in großer Eile unterwegs waren.

All das war so kunstvoll und lebensecht aus milchig weißem Eis nachgebildet, als habe ein begnadeter Bildhauer eine typische Straßenszene mitten in der Bewegung eingefangen.

Allmählich begannen ihr Gesicht und ihre Fingerspitzen wieder vor Kälte zu prickeln. Gerda beschloss, trotzdem noch so lange zu warten, wie sie es nur aushielt, bevor sie nach dem nächsten Samenkorn griff. Sie beschleunigte ihre Schritte. Gern hätte sie diese faszinierende Stadt mit ihren Bewohnern aus Eis ausführlicher erkundet, doch sie hatte sicherlich noch einen langen Weg vor sich. Und wer wusste schon, auf welche Gefahren und Hindernisse sie unterwegs stoßen würde?

Und das vielleicht eher, als sie jetzt schon ahnte.

Sie war noch nicht lange unterwegs, als sie einen krächzenden Schrei in der Luft über sich hörte, der ihr nur zu bekannt vorkam.

Am Himmel kreiste der weiße Adler. Welcher böse Zauber diese Stadt auch immer in seinem Griff hatte, ließ das gewaltige Tier unberührt. Er bewegte nur träge seine Flügel, um die Höhe zu halten, und Gerda meinte seine aufmerksamen Blicke regelrecht spüren zu können. War er etwa auf der Suche nach ihr?

Sie wusste es nicht, aber sie wollte es auch nicht herausfinden. Die Kälte setzte ihr immer mehr zu, und es konnte nicht mehr lange dauern, bis sie einen weiteren Feuerliliensamen opfern musste, wollte sie nicht erfrieren.

Aber vielleicht konnte sie auch zwei Fliegen mit einer Klappe schlagen, indem sie sich des lästigen Beobachters entledigte und zugleich ihre Neugier befriedigte. Sie wartete, bis sich der Adler auf seinen langsamen Kreisen von ihr entfernte. Dann eilte sie mit raschen Schritten über die Straße und steuerte eine offen stehende Tür an.

Im Haus dahinter war es genauso kalt wie draußen, doch zumindest lief sie nicht mehr Gefahr, entdeckt zu werden. Und sie hatte ja ohnehin darauf gebrannt, sich im Inneren eines der Häuser umzusehen. Auch hier war alles zu weißer Kälte erstarrt. Eis bildete eine fingerdicke Kruste, die einfach alles bedeckte. Boden und Wände schienen Kälte zu atmen, sodass ihr ein eisiger Schauer nach dem anderen über den Rücken lief und ihre Hand wie von selbst immer wieder nach dem Leinensäckchen in ihrer Manteltasche tastete.

Davon abgesehen war es ein ganz normales Haus, das sich nicht wirklich von denen in ihrer Heimatstadt unterschied. Es gab Zimmer voller Möbel und Dinge des täglichen Bedarfs. Ganz in der Nähe des Eingangs stieß sie auf eine Küche mit Kochgeschirr und Lebensmitteln, die bereitlagen, wie um eine Mahlzeit zuzubereiten. Ihr Magen meldete sich sofort mit einem hörbaren Knurren zu Wort, um sie daran zu erinnern, wie lange sie schon nichts mehr gegessen hatte. Aber als sie nach einem verlockend knusprig aussehenden Brotlaib griff, drohten ihre Finger an seiner eiskalten Kruste kleben zu bleiben. Satt werden konnte sie hier nicht.

Wie alles andere waren sämtliche Lebensmittel unter einer dicken Eisschicht verpackt, wenn auch offensichtlich perfekt erhalten. Schon bald hatte sie das Gefühl, in eine lebensgroße Puppenstube geraten zu sein, die zu einer ganzen Stadt voller lebensgroßer Puppenstuben gehörte.

In der großen Stube, in die sie schließlich gelangte, saß eine komplette Familie aus Eis an einem langen, gedeckten Tisch. Mutter, Vater und zwei Kinder und am anderen Ende eine alte Frau, deren Haar zu einem strengen Knoten gebunden war und die sie ein wenig an ihre Großmutter erinnerte, obwohl sie ihr eigentlich gar nicht ähnelte.

Der Anblick stimmte sie traurig, musste sie sich doch eingestehen, dass sie kaum noch an ihre Großmutter gedacht hatte, seit sie unterwegs war. Wie mochte es ihr jetzt ergehen und – viel schlimmer – war sie überhaupt noch am Leben?

Dieser Gedanke war zu schrecklich, um ihn zu denken. Sobald sie Kay gefunden und befreit hatte, würden sie zusammen zurückkehren und sich um sie kümmern, das nahm sie sich fest vor.

Aber dazu musste sie ihn eben erst einmal finden. Und das würde nicht gerade einfach werden, schließlich konnte sie sich hier ja nicht durchfragen. Dabei wusste sie natürlich längst, was all das hier wirklich zu bedeuten hatte. Aber die Vorstellung war viel zu schrecklich, als dass sie diesen Gedanken zu Ende dachte.

Zurück am Ausgang wurde die Kälte vollends unerträglich. Schweren Herzens griff sie nach einem weiteren Samen. Diesmal dauerte es eine Weile, bis sich sein Zauber entfaltete und sie mit wohltuender Wärme und neuer Kraft erfüllte.

Die Stadt war sehr viel größer als ihre Heimatstadt, die ihr schon riesig vorgekommen war, und von Hunderten, wenn nicht Tausenden lebensechten Eisstatuen bevölkert. Wahrscheinlich waren es sogar noch viel mehr, falls es in allen Häusern so aussah wie in dem, das sie sich gerade angesehen hatte.

Von neuer Kraft erfüllt, kam sie gut voran. Das musste sie auch, denn die Straßen schienen kein Ende zu nehmen. Haus reihte sich an Haus, Platz an Platz, und je weiter sie sich der großen Brücke näherte, desto mehr Menschen waren auf der Straße, sodass es ihr immer schwerer fiel, keinen von ihnen zu berühren, während sie sich zwischen ihnen hindurchschlängelte.

Und auch die Zusammensetzung der Menge änderte sich, zuerst unmerklich, dann immer rascher und immer beunruhigender. Bald waren kaum noch Kinder zu sehen, dann auch keine Frauen mehr. Als sie sich endlich der Brücke näherte, waren es schließlich nur noch Soldaten, die in langen Kolonnen vor ihr aufgereiht waren, immer zehn oder zwölf nebeneinander und Reihe um Reihe, so weit das Auge reichte. Nur ganz am Rande gab es noch eine schmale Lücke, durch die sie sich quetschen konnte, auch wenn sie immer wieder gegen einen Schild, einen Speer oder eine vereiste Schulter stieß.

Das mussten die tausend Soldaten sein, von denen ihr das Räubermädchen erzählt hatte, das Heer der zwei Städte, das aufgebrochen war, um den Zauber der Schneekönigin zu brechen.

Und wenn dieser Teil der Geschichte stimmte, war vermutlich auch der Rest wahr. Irgendwo hier mussten die beiden Königspaare sein, die es angeführt hatten.

Die Brücke war so lang, dass Gerda sicher eine Stunde brauchte, um das andere Ende zu erreichen, und damit auch den Fuß einer gewaltigen Eisklippe, über der sich das Schloss der Schneekönigin erhob. Eine Treppe führte zum Tor hinauf, breit genug, dass einhundert Männern nebeneinander darauf Platz hatten. Bevor hier alles Leben und alle Bewegung zu blitzendem Eis erstarrt war, musste eine regelrechte Schlacht getobt haben.

Der Anblick war unheimlich, zugleich aber auch so seltsam, dass er fast schon wieder komisch wirkte, wenn auch auf eine grausame Art. Da war ein sich aufbäumendes Pferd, dessen Reiter halb aus dem Sattel gestürzt und mitten im Fallen erstarrt war, Männer mit hochgerissenen Schwertern und Schilden, deren Gegner nicht mehr da waren, abgeschossene Pfeile, die keine Ziele mehr hatten, und sogar wütende Handgemenge.

Nur waren die Ringenden ganz allein, und es gab niemanden mehr, den sie umschlingen konnten.

Immer langsamer werdend und nun sorgsam darauf bedacht, keine der in bizarren Posen erstarrten Gestalten zu berühren, kam sie schließlich am Fuße der großen Freitreppe an. Dort musste es einen besonders heftigen Kampf gegeben haben, auch wenn sie immer noch nicht erkennen konnte, gegen wen eigentlich.

Männer und Tiere waren zu Boden gerungen worden, manche Schilde mit Pfeilen und abgebrochenen Speeren nur so gespickt, und sie stieß auf zwei einstmals prachtvolle Streitwagen, die in Stücke zerschlagen auf der Seite lagen, ohne dass von ihren ehemaligen Besitzern auch nur eine Spur zu sehen gewesen wäre. Doch inmitten der Trümmer entdeckte sie einen zerbrochenen goldenen Schild, der sie ahnen ließ, wem dieser Streitwagen einmal gehört hatte.

Mit zunehmend bangem Gefühl ging sie weiter. Am Fuße der großen Treppe angekommen, sah sie nun zum allerersten Mal die Feinde, gegen die diese tausend Männer aufmarschiert waren. Sie standen in einer dicht geschlossenen Doppelreihe auf den unteren Stufen, die Schilde so eng verhakt, dass es kein Durchkommen mehr gab, und ihre Speere trotzig vorgestreckt. Abgesehen von ihren grimmigen Mienen unterschieden sie sich gar nicht so sehr vom Heer der tausend Soldaten, denn auch sie bestanden zur Gänze aus blitzendem Eis.

Nun konnte Gerda die Augen nicht mehr vor der schrecklichen Wahrheit verschließen: Was sie sah, das waren keine Skulpturen, die ein begnadeter Künstler mit Hacke und Feile aus großen Eisblöcken herausgearbeitet hatte. All diese Männer auf beiden Seiten waren einst echte, lebendige Menschen gewesen, bis der Zauber der Schneekönigin zuerst ihre Seelen und dann auch ihre Körper zu Eis hatte erstarren lassen.

Und dasselbe galt auch für jeden einzelnen Mann, jede Frau und jedes Kind in der gewaltigen Stadt, die sie gerade durchquert hatte.

Bei diesem Gedanken sank ihr Mut, nicht nur, weil ihr schwer wurde bei der Vorstellung dieser unzähligen lebendigen Herzen und warmen Seelen, die nun für alle Zeiten zu Eis erstarrt waren, sondern auch, weil sie sich zum ersten Mal wirklich fragte, was sie eigentlich gegen die Schneekönigin ausrichten konnte. Eine Zauberin, die so mächtig war, all das hier zu bewirken, würde ihr wahrscheinlich schon mit einem Fingerschnippen Einhalt gebieten können.

Noch bevor sie eine Antwort auf diese Frage finden konnte

(was ihr ohnehin wohl kaum gelungen wäre), erscholl über ihr wieder der krächzende Schrei des Adlers. Nun war es zu spät, sich noch irgendwo zu verstecken. Der Raubvogel hatte sie längst entdeckt. Er schwebte auf weit ausgebreiteten Schwingen so dicht über ihr, dass sie ihn wahrscheinlich mit ausgestreckten Armen erreichen konnte, auch wenn sie das keineswegs wollte, nun, wo sie den Ehrfurcht gebietenden Schnabel und die mächtigen Krallen aus unmittelbarer Nähe sah.

»Verrrrrrrat!«, krächzte der Adler.

Erst jetzt, wo sie ihm so nahe war, erkannte Gerda ihren Irrtum und sah, dass es gar kein Adler war, sondern ein gewaltiger Rabe, obgleich von strahlend weißer Farbe und so groß wie ein ausgewachsener Adler. Seine Stimme jedoch war eindeutig das unangenehme Krächzen eines Raben, auch wenn es klang, als käme es aus einer Kehle aus Eis.

»Eindrrrrrringlinge im Schloss! Wachen, schlagt Alarrrrrrrm! Eindrrrrrringlinge! Errrrrrgrrrrrrreift sie!«

Gerda verzog das Gesicht, aber jetzt, nachdem ihr erster Schrecken verflogen war, eher, weil sich diese Stimme gar zu unangenehm anhörte. »Hör mit dem Gekrächze auf«, schimpfte sie. »Deine Stimme tut ja in den Ohren weh!«

»Alarrrrrrrrm!«, kreischte der Rabe nur noch lauter. »Ein Eindrrrringling! Errrrrrgrrrrrrreift sie!«

»Ach ja«, fragte Gerda spöttisch. »Und wer soll mich errrrrrgrrrrrreifen, bitte schön?«

Wie zur Antwort klirrte es hinter ihr, ein Geräusch wie zerbrechendes Glas. Der Rabe schwang sich schimpfend und ununterbrochen weiter »Alarrrrrrrm!« und »Errrrrrrrgrrrrrrreift sie!« krächzend hinter ihr in die Luft empor.

Gerda fuhr auf dem Absatz herum und schrie vor Entsetzen

auf, als vor ihren Augen gleich drei der großen Eiskrieger aus ihrer Starre erwachten.

Einer von ihnen stocherte mit seinem Speer in ihre Richtung. Sie wich dem Angriff durch nichts anderem als purem Glück aus, doch der zweite hackte mit seinem Schwert nach ihr und der dritte stieß ihr seinen großen Schild in die Seite.

Irgendwie gelang es ihr, dem Schwertstreich auszuweichen, doch der Schildstoß ließ sie hilflos zur Seite stolpern und auf die Knie fallen. Schon stieß der Speer wieder nach ihrem Gesicht, und diesmal war ihr klar, dass sie dem Stoß nicht mehr ausweichen konnte. Also schlug sie ganz instinktiv mit der Hand danach.

Und sie hatte abermals Glück, denn es war die Hand, in der sie das Samenkorn hielt. Der Speer zerbarst in eine Million Scherben, die zerschmolzen, noch bevor sie zu Boden fallen konnten. Und damit hörte es nicht auf: Der Eiskrieger sackte in sich zusammen und wurde zu einer dampfenden Pfütze, die sich sofort mit einem knisternden Häutchen aus frisch gefrierendem Eis überzog.

Mutig geworden, sprang Gerda auf die Füße und packte das Schwert des zweiten Angreifers mit der bloßen Hand, und möglicherweise war sie ja sogar etwas *zu* mutig. Das Schwert schmolz, genau wie sie es erwartet hatte, doch nicht mehr annähernd so schnell wie beim ersten Mal. Die Schwertklinge biss schmerzhaft in ihre Handfläche, und Blut quoll zwischen ihren Fingern hervor, ehe auch der zweite Eiswächter in sich zusammensackte und zu einer dampfenden Pfütze wurde. Die Magie des Feuerliliensamens reichte sogar noch aus, um auch den dritten Eiskrieger zu zerschmelzen, auch wenn es noch länger dauerte und sie seinen wütenden Attacken nur mit Mühe und Not ausweichen konnte.

Dann jedoch war die Magie des Samenkorns endgültig erschöpft und die Kälte sprang sie aus allen Richtungen zugleich wie mit tausend unsichtbaren scharfen Krallen an. Es gelang ihr gerade noch mit Müh und Not, einen weiteren Feuerliliensamen aus dem Beutel zu klauben. Er hätte seinen Zauber wohl keine Sekunde später entfalten dürfen, denn in ihrem Haar und auf ihrem Gesicht knisterte schon Raureif, und ihre Kehle begann sich mit Eis zu füllen, sodass sie zu ersticken drohte.

Und vielleicht war es dennoch zu spät, denn kaum atmete sie erleichtert auf, da krächzte der Rabe über ihr wieder los. Dieses Mal waren es gleich ein halbes Dutzend Eiswächter, die knisternd aus ihrer weißen Starre erwachten und auf sie eindrangen.

Gerda wusste, dass sie keine Chance hatte, selbst mit den magischen Blumensamen, doch sie versuchte es trotzdem und wehrte den ersten Gegner mit einem Stoß gegen seinen Schild ab, der ihn zurück und zu Boden warf, wo er zerschmolz, und sie konnte sich sogar noch eines zweiten erwehren. Doch dann war sie eingekreist und auch die Zauberkraft des Samenkorns schon wieder fast aufgebraucht. Als wäre das allein noch nicht schlimm genug, sah sie aus den Augenwinkeln, wie sich die gerade erst zerschmolzenen Eiskrieger aus ihren Pfützen wieder neu bildeten, komplett mit Schild, Speer und Schwert.

Es gelang ihr sogar noch, einen dritten Eiswächter niederzuwerfen. Doch bevor sie auch nur in die Manteltasche greifen und einen weiteren Samen aus dem Beutel nehmen konnte, hatten die drei anderen sie erreicht und griffen mit ihren eisigen Fingern nach ihr.

Daraufhin löste sich der erste in Splitter auf, gleich danach der zweite und nur einen halben Atemzug später auch der dritte. Gerda fiel erschöpft auf die Knie und schaffte es zitternd, ein weiteres Samenkorn aus dem Beutel zu nehmen und gerade eben noch nicht zu erfrieren. Ihre Zähne klapperten so heftig, dass es wehtat und ihr der Schmerz die Tränen in die Augen steigen ließ.

Vielleicht musste sie ja auch deshalb dreimal blinzeln, bis sie glaubte, was sie da sah.

»Schade, dass du dein eigenes Gesicht jetzt nicht sehen kannst«, sagte das Räubermädchen, während es sie aus dem Sattel eines Pferdes herab angrinste, das Gerda erst auf den zweiten Blick als das weiße Pony erkannte, das die Blumenfrau ihr mitgegeben hatte.

»Ja, darüber müsstest du wahrscheinlich selbst lachen«, bestätigte auch seine bärtige Mutter. Sogar ihr Pferd schnaubte zustimmend und sie und ihre Tochter schoben ihre Knüppel gleichzeitig unter ihre Gürtel.

»Aber was … was tut ihr denn hier?«, entfuhr es Gerda.

»Du hast mein Rentier gestohlen«, sagte das Räubermädchen. »Du glaubst doch nicht wirklich, dass du die Prinzessin der Räuber so einfach bestehlen kannst, oder?«

Gerda war nicht nach Lachen zumute. »Aber wie kommt ihr hierher? Ich meine: Wieso … also warum …?«

»Wir noch nicht erfroren sind?«, half ihr die Räuberfrau aus, als Gerda endgültig die Worte fehlten. »Ich habe dir doch gesagt, dass mir noch ein wenig von meiner Zauberkraft geblieben ist.«

»Das meine ich nicht«, antwortete Gerda verwirrt. »Warum seid ihr mir nachgekommen?«

»Weil meine Tochter mich darum gebeten hat«, antwortete die Räuberin ernst.

»Aber ihr wolltet mir nicht helfen«, erinnerte Gerda. »Ihr habt gesagt, dass die Schneekönigin zu mächtig für euch ist.«

»Und das ist wahrscheinlich auch wahr«, sagte die Räuberin.

»Und dennoch hat meine Tochter recht. Du bist hier, um deinem Freund zu helfen. Und gibt es etwas Wichtigeres als Freundschaft auf der Welt?«

»Kay ist nicht euer Freund«, erinnerte Gerda sie.

»Aber ich weiß noch, wie es war, als ich meine Mutter damals gebeten habe, nicht feige zu sein«, antwortete die Räuberin. »Ich will nicht, dass meine Tochter so aufwächst wie ich.« Sie machte eine Kopfbewegung auf die Treppe hinter ihr. »Und jetzt geh. Du musst deinem Freund helfen.«

»Ich?«, vergewisserte sich Gerda. »Und ihr?«

Wie zur Antwort erscholl über ihnen erneut das Krächzen des weißen Raben. Gerda meinte eine Bewegung aus den Augenwinkeln wahrzunehmen, wie ein – fast – unmerkliches Zittern, das durch die vordere Reihe der Eiswachen lief.

Was, wenn der Rabe nun alle Krieger der Schneekönigin aufweckte?

Das Räubermädchen rutschte aus dem Sattel und in derselben Bewegung in die Hocke, raffte eine Handvoll Schnee zusammen und formte ihn zu einem Ball, den es gezielt nach dem Raben warf. Gerda hatte ja schon einmal gesehen, wie gut es im Schneeballwerfen war. Deswegen wunderte es sie auch nicht weiter, dass der Alarmschrei des verräterischen Raben in einem krächzenden Husten endete und das Tier in einer stiebenden weißen Wolke verschwand. Nicht alles davon war Schnee.

Die Räuberfrau fuhr fort, als wäre gar nichts gewesen: »Wir können das Schloss der Schneekönigin nicht betreten, Gerda. Das ist nur dir möglich. Aber wir helfen dir bis zum Tor.«

»Aber du musst dich ein bisschen beeilen«, fügte ihre Tochter hinzu. »Dir bleibt nicht mehr viel Zeit. Wenn sie dich entdeckt, dann ist es um dich geschehen.«

Erneut krächzte der Rabe eine wütende Antwort, wenn auch jetzt aus sicherer Höhe und außer Reichweite der Schneebälle, von denen das Räubermädchen schon wieder einen in der rechten Hand formte. Und diesmal war Gerda ganz sicher, sich die zitternde Bewegung nicht nur einzubilden, die durch die Reihen der weißen Wächter lief.

Über ihnen krächzte der Rabe trotzig weiter, schwang sich allerdings auch mit einem sehr hastigen Flügelschlagen wieder ein gehöriges Stück weit in die Höhe, als das Mädchen mit seinem Schneeball drohte.

Jetzt waren es nicht nur die beiden vorderen Reihen Eiskrieger, die raschelnd und knisternd zu zittern begannen.

Das ungleiche Räuberpaar schwang sich nebeneinander aus den Sätteln. Das Mädchen nahm schon wieder seinen Knüppel vom Gürtel, während seine Mutter mit spitzen Fingern ihren Bart zwirbelte und Gerda mit der anderen Hand bedeutete vorauszugehen.

Auf dem ersten Stück war es beinahe leicht, denn die Wächter, deren sie sich zuvor erwehrt hatte, hatten entsprechende Lücken in den Reihen hinterlassen, die selbst für die breitschultrige Räuberfrau ausreichten. Doch das galt nur für die ersten zwei oder drei Reihen. Mit jeder Stufe, die sie weiter nach oben kamen, wurde es schwieriger und schließlich gab es gar keine Lücken mehr. Irgendwie gelang es Gerda mit viel Mühe und Glück, sich durchzuquetschen, ebenso wie dem schlanken Räubermädchen. Doch seine Mutter hatte gar keine andere Wahl, als die blitzenden Statuen mehr oder weniger grob aus dem Weg zu schubsen.

Und natürlich ging es nicht gut. Sie hatten das obere Ende der Treppe beinahe erreicht, und Gerda gestattete sich zum ersten Mal ernsthaft, Hoffnung zu schöpfen, auch bis zu dem riesigen

Tor zu gelangen, als hinter ihnen schon wieder das krächzende »Alarrrrrrm!« und »Errrrrgrrrrreift sie!« des weißen Raben erklangen.

Das Räubermädchen warf gleich zwei Schneebälle nach ihm, die aber nicht einmal in seine Nähe kamen. Daraufhin fasste der freche Verrätervogel offenbar neuen Mut und begann noch lauter zu lamentieren.

Und diesmal zeigte es Wirkung.

Vor Gerda standen gerade noch einmal zwei Reihen Eiswächter und dahinter war das Tor, das ihr groß genug vorkam, um ein ganzes Haus darin unterzubringen. Sie hatte auch schon eine passende Lücke erspäht, als eine weiße Hand nach ihrem Arm griff. Gerda schlug sie ganz automatisch weg, und auf der anderen Seite zerbarst ein Eiswächter in tausend Stücke, als das Räubermädchen seinen Knüppel schwang.

Doch damit begann es erst. Der Rabe krächzte etwas, das in dem gewaltigen Klirren und Klingen unterging, das sich plötzlich überall rings um sie herum erhob. Wie zur Antwort darauf war da noch eine Hand und dann noch eine und noch eine und immer mehr, die an Gerdas Kleidern und Gliedern und sogar an ihrem Haar zu zerren begannen und sie binnen eines einzigen Augenblicks zu Boden gerungen hätten, wären das Räubermädchen und seine Mutter nicht gewesen, die beherzt ihre Knüppel schwangen, dass die Splitter nur so flogen.

Doch Gefahr drohte jetzt nicht nur von den Wächtern in ihrer unmittelbaren Nähe, die auf die Rufe des weißen Raben reagierten. Vielmehr war es ihr, als bebe selbst die steinerne Treppe unter ihren Füßen, als das gesamte Heer der Eiswächter aus seiner Starre zu erwachen begann und sich in ihre Richtung wandte. Die Zauberkraft des magischen Samens in Gerdas Hand war längst schon wieder erschöpft. Doch sie war jetzt so in die Masse der herandrängenden Krieger eingekeilt, dass sie nicht einmal mehr ihre Manteltasche erreichte, um wieder in den Beutel zu greifen. Und es wurden immer nur noch mehr. Ganz gleich, mit wie viel Kraft und Geschick die Räuberfrau und ihre Tochter ihre Knüppel schwangen: Für jeden Angreifer, den die beiden in Stücke schlugen, tauchten gleich zwei neue auf.

Schließlich ließ die Räuberin ihren Knüppel fallen und stieß dem Eiskrieger vor sich mit aller Kraft die flachen Hände vor die Brust. Der unheimliche Wächter rang mit wild rudernden Armen um sein Gleichgewicht, kippte nach hinten und prallte gegen einen weiteren, dieser wiederum gegen zwei andere und diese ihrerseits gegen noch mehr, sodass einer nach dem anderen das Gleichgewicht verlor und rücklings die Treppe hinunterfiel. Dabei rissen sie immer nur noch mehr Wächter mit sich, bis das ganze Tal vom Klirren stürzender Gestalten und zersplitternder Eiswächter widerhallte.

»*Gerda, renn!*«, schrie das Räubermädchen. »*Wir halten sie auf!*«

Gerda zögerte noch ein allerletztes Mal, denn sie wollte die beiden nicht im Stich lassen. Aber da waren noch immer zahlreiche blitzende weiße Gestalten, die schon wieder aus allen Richtungen auf sie zumarschierten. Auch die gestürzten Krieger richteten sich bereits einer nach dem anderen wieder auf oder wuchsen aus Splittern und Scherben neu zusammen.

Sie warf der Räuberfrau und ihrer Tochter noch einen letzten dankbaren Blick zu, drehte sich dann endgültig zum Tor um und rannte los.

❄

Das Tor war sogar noch größer, als sie ohnehin schon geglaubt hatte. Da ihre Augen an das allgegenwärtige Weiß draußen gewöhnt waren, war sie anfangs so gut wie blind. Sie stürmte trotzdem weiter, bis sie gute zwei oder auch drei Dutzend Schritte vom Eingang entfernt war, bevor sie anhielt und sich mit klopfendem Herzen umsah. Sie war trotz allem gerade einmal in der Mitte des gewaltigen Tortunnels angelangt. Ihre Augen gewöhnten sich allmählich an das schummrige Licht, sodass sie ihre Umgebung nun besser erkennen konnte.

Viel gab es allerdings nicht zu sehen. Der Torweg war aus gewaltigen Quadern errichtet, die sie zuerst für pures Eis hielt, bis sich ihre Augen endgültig an das graue Dämmerlicht gewöhnt hatten. Erst dann erkannte sie, dass es tonnenschwere Felsquader waren, die sich unter einer handdicken Schicht wasserklaren Eises verbargen. Obwohl sie einen weiteren Feuerliliensamen aus dem Beutel genommen hatte, war ihr schrecklich kalt. Ihr Atem gefror zu Schnee, kaum dass er ihre Lippen verlassen hatte. Als sie daraufhin ihre Schritte beschleunigte, knisterte es unter ihren Füßen, als liefe sie über einen zugefrorenen See.

Der Innenhof war so groß, dass sie es zuerst gar nicht glauben mochte. Seine Abmessungen mussten ausreichen, um die ganze Stadt aufzunehmen, in der sie aufgewachsen war – jedenfalls kam es ihr so vor –, und war so prachtvoll, wie sie es sich bisher nicht einmal hätte vorstellen können. Beeindruckende Säulengänge flankierten den Innenhof und es gab eine Unzahl verspielter Erker, Balkone und Türmchen. In der Mitte des Innenhofs fand sie einen großen Garten mit einem doppelt mannshohen Springbrunnen. Blumen, Sträucher und Bäume bestanden zur Gänze aus Eis, und auch die gewundenen Wege waren mit weißen Murmeln aus Eis bestreut, nicht mit Kies.

Und es gab noch tausend andere Wunder, eines unglaublicher und prachtvoller als das andere. Sie wäre sich wie in einem leibhaftigen Märchenschloss vorgekommen, wäre es nicht immer nur noch kälter geworden. Sie hatte es für eine Übertreibung gehalten, als das Rentier behauptet hatte, dass hier sogar die Luft gefror. Aber vielleicht hätte sie doch besser daran getan, seine Warnung ernst zu nehmen.

Da ihr immer kälter wurde, nahm sie einen zweiten Samen aus dem Leinensäckchen, den sie in der anderen Hand verbarg. Dennoch biss der Wind wie mit unsichtbaren spitzen Zähnen in ihr Gesicht und trieb ihr schon wieder die Tränen in die Augen, die auch jetzt wieder sofort gefroren. Möglicherweise musste die Schneekönigin ihre eisigen Krieger gar nicht mehr schicken, sondern einfach abwarten, bis die Kälte Gerda erledigte.

Gerda schürzte nur umso trotziger die Lippen und beschleunigte ihre Schritte, so weit ihre vor Kälte schmerzenden Muskeln es noch zuließen. Endlich erreichte sie die andere Seite des riesigen Innenhofs und trat durch ein weiteres und fast ebenso gewaltiges Tor in das eigentliche Schloss.

Auch hier war alles weiß und von klirrender Kälte erfüllt. Doch anders als der Torweg war die große Halle nicht leer. Wachen mit Schild und Speer standen beiderseits des Eingangs, und sie gewahrte gleich eine ganze Anzahl Dienstboten, die emsig hin und her geeilt zu sein schienen, als auch sie zu Eis erstarrt waren. Nirgends rührte sich etwas. Es war vollkommen still, sodass selbst das Geräusch ihrer eigenen Schritte wie das Hufgetrappel einer ganzen Armee in ihren Ohren zu dröhnen schien.

Aber bewegten sich in den Ecken nicht finstere Schatten, die immer sofort innehielten, wenn sie genauer hinzusehen versuchte?

Langsam und mit klopfendem Herzen schritt sie die große Treppe hinauf, die die gesamte rückwärtige Seite der Halle einzunehmen schien. Danach kam sie in einen langen Korridor, von dem zahlreiche Türen abzweigten, eine jede einzelne ein Kunstwerk aus filigranen Eisblumen. Vor jeder Tür standen mit Schild und Speer bewaffnete Eiswächter und gleich zwei von ihnen vor einer noch viel prachtvolleren, zweiflügeligen Tür, die den Gang abschloss.

Als Gerda näher kam, schwangen die beiden Türhälften lautlos und wie von Geisterhand bewegt auf, und nun stockte ihr endgültig der Atem. Hätte sie nicht gewusst, dass es ganz und gar unmöglich war, dann hätte sie geschworen, dass der Saal, in den sie trat, größer war als das gesamte Schloss.

Und das war längst nicht das Erstaunlichste, dessen sie gewahr wurde.

Es gab keine Lampen oder Fackeln hier drinnen. Alle Helligkeit kam von einem wehenden Schleier aus rotem und grünem Nordlicht, der sich unter der hohen Decke bewegte. Wo sie Wände erwartet hätte, da erhoben sich undurchdringliche Mauern aus lautlos tobendem Schnee, und anstelle von Fenstern gab es Barrieren aus heulendem Sturm.

Das Allererstaunlichste aber war der Boden. So einen Boden hatte Gerda noch nie zuvor gesehen.

Es gab ihn nämlich nicht.

Wo er sein sollte, waberte ein weißgrauer Nebel, in dem sich alles oder auch nichts verbergen mochte. Zahllose blitzende Eisschollen schwammen auf ihm, keine so geformt wie die andere und reflektierend wie Spiegelscherben. In manchen davon meinte sie sich selbst zu erkennen. Andere zeigten nur wirbelndes Weiß und Formen, die immer dann zerstoben, wenn sie sie zu erkennen meinte, und schließlich waren da auch noch ein paar … *Dinge* … die sie lieber gar nicht erkennen wollte.

Behutsam und den Fuß immer nur auf die größten Spiegelscherben setzend, ging sie los und fragte sich, welche Wunder wohl auf der anderen Seite der Halle auf sie warten mochten; oder auch Schrecken.

Es dauerte lange, bis sie es erfuhr, denn die Halle schien kein Ende zu nehmen. Sie musste eine Meile messen, wenn nicht noch mehr, und es wurde immer nur noch kälter. Sie war gezwungen, einen weiteren Samen aus der Tasche zu nehmen. Als sie den verbrauchten fallen ließ, da begegnete sie dem Blick ihres eigenen Spiegelbilds aus der Scholle, auf der sie stand.

Nur dass es irgendwie nicht mehr ihr eigenes Spiegelbild zu sein schien.

Nichts hatte sich verändert und doch erkannte sie sich fast nicht wieder. Sie sah unendlich müde aus, und unter ihren Augen lagen tiefe Ringe, die die Erschöpfung in ihre Haut gegraben hatte. Ihr Haar erinnerte nicht mehr an gesponnenes Gold, sondern an das einer alten Frau, denn es hatte jeglichen Glanz verloren und war voll schmutzigen Schnees und kleinen Eissplittern.

Doch da war noch mehr: Tief in den Augen ihres Spiegelbilds lauerte eine verschlagene Dunkelheit, die sie erschreckte. Und war da nicht auch ein verkniffener Zug um ihren Mund und so etwas wie ein niederträchtiges Lächeln, das sich hinter ihrer vermeintlich reglosen Miene verbarg?

Nachdem sie eine Weile weitergegangen war, begannen Gestalten aus dem Nebel vor ihr aufzutauchen, weitere weiß schimmernde Männer und Frauen, nun aber auch wieder Soldaten, ganz ähnlich den Eiswächtern draußen vor dem Schloss. Als sie näher kam, fiel ihr eine Gruppe von Kriegern auf, die von einer großen Anzahl finster blickender Soldaten begleitet wurden. Sie trugen andere Rüstungen und Uniformen als die Männer der Schneekönigin, und ihrer Haltung nach zu schließen, waren sie ihre Gefangenen.

Gerda wurde rasch klar, dass sie zum Heer der tausend Mann gehörten und wohl nach der Schlacht hergebracht worden waren. Angeführt wurden sie von zwei stolzen Paaren, die zwar in Ketten aus Eis geschlagen waren, trotzdem aber noch immer aufrecht und ungebrochen dastanden.

Auch Gerda hielt kurz im Schritt inne, um die beiden Königspaare zu betrachten. Sie erschienen ihr jünger, als sie es erwartet hätte. Obwohl eindeutig als Besiegte hier hereingebracht, wirkten sie noch immer stolz; und auf jene Art edel, von der ihre Großmutter ihr oft erzählt hatte.

Das fast schon Unheimliche war, dass sie ihr auf sonderbare Weise bekannt vorkamen. Sie war ganz sicher, weder die beiden Königspaare noch auch nur ein Bild von ihnen jemals zuvor gesehen zu haben. Und doch war da etwas fast Vertrautes in ihren Gesichtern.

Schließlich sah sie ein, auch dieses Rätsel nicht lösen zu können, und ging weiter.

Nach einer ganzen Weile näherte sie sich endlich der jenseitigen Wand, und nun war klar, dass sie sich im Thronsaal des Schlosses befand. Vor ihr erhob sich ein Thron, ein beeindruckendes Gebilde aus Eis, das zart und Ehrfurcht einflößend zugleich war. Zu seiner Rechten stand ein zweiter, deutlich kleinerer Thron und ein dritter und noch einmal kleinerer zu seiner Linken.

Der kleinste der drei weißen Thronsessel war leer, auf dem größten saß eine hochgewachsene schlanke Frau, die ganz in das strahlendste Weiß gehüllt war, das Gerda jemals gesehen hatte, und bei der es sich um niemand anderen als die Schneekönigin handeln konnte, und auf dem mittleren schließlich …

Kay!

Gerda stieß einen kleinen, erleichterten Schrei aus und rannte los.

In ihrer Hast achtete sie nicht mehr darauf, wohin sie ihre Füße setzte, sodass sie mehr als nur einmal danebentrat und bis über die Knöchel in das wabernde Weiß zwischen den Spiegelschollen einsank. Sie konnte spüren, wie der unheimliche Nebel gierig alle Wärme aus ihrem Körper zu saugen begann. Aber darauf nahm sie nun gar keine Rücksicht mehr, sondern rannte nur noch schneller und wäre auf dem letzten Stück beinahe gestürzt, sodass sie den Thron eher stolpernd als rennend erreichte.

»Kay!«, schrie sie immer und immer wieder. »Kay!«

Doch auch wenn sie seinen Namen so laut rief, dass ihr schließlich die Kehle wehtat, reagierte Kay nicht. Stattdessen sah er nur aus leeren Augen in ihre Richtung, sodass sich dumpfe Verzweiflung in ihrem Herzen breitzumachen begann. Mit einem letzten, lauten Schrei warf sie sich vor, ergriff ihn mit beiden Händen an den Schultern und begann ihn wild zu schütteln.

Aber auch das nutzte nichts.

Aus dem Gefühl reiner Verzweiflung wurde etwas noch Schlimmeres. Sie war hierhergekommen, um Kay zu befreien. Doch sie hatte gar nicht darüber nachgedacht, was sie eigentlich tun wollte, wenn sie ihn fand. Und jetzt wusste sie nicht mehr weiter.

Und nun?

Ihr war, als flüstere eine lautlose Stimme diese Frage in ihr Ohr, und sie fühlte sich wie aus unsichtbaren eisigen Augen angestarrt. Sie schüttelte Kay nur noch stärker oder versuchte es wenigstens. Aber es war, als rüttle sie mit bloßen Händen an einem

Berg. Es kam ihr vor, als wäre Kay ein Teil des riesigen Eisthrons geworden, wie die Soldaten und Stadtbewohner draußen eine bis ins kleinste Detail perfekte Kopie des Jungen, den sie gekannt und gemocht hatte. Aber eben aus halb durchsichtigem, milchigem Eis, das sich unter ihren Händen so hart wie Stein anfühlte.

Gerda schrie seinen Namen nur noch lauter und riss so verzweifelt an seinen Schultern, bis ihre Hände ganz blutig waren und sie kaum noch einen Laut herausbekam.

»Das hat keinen Sinn, mein Kind«, sagte eine sanfte Stimme hinter ihr. »Du tust dir nur selbst weh, glaube mir.«

Gerda drehte sich mit klopfendem Herzen um und zuckte erschrocken zusammen, obwohl sie doch eigentlich gewusst hatte, was sie erblicken würde.

Die Gestalt auf dem größten Thron war aus ihrer Starre erwacht und ihr Anblick verschlug Gerda schier den Atem. Nach allem, was sie über die Schneekönigin gehört und auf dem Weg hierher erlebt hatte, hätte sie mit einer Hexe gerechnet, einem hässlichen Geschöpf aus purer Bosheit und Niedertracht.

Doch das genaue Gegenteil war der Fall. Sie war die schönste Frau, die Gerda jemals gesehen hatte, mit ebenmäßigen Zügen, glattem weißem Haar und wissenden Augen, die sie überhaupt nicht boshaft ansahen, sondern voller Wärme.

Dabei war sie alles andere als alt. Vielmehr war es Gerda beinahe unmöglich, ihr Alter zu bestimmen. Sie war eine erwachsene Frau, aber genauso gut hätte sie auch ein junges Mädchen sein können, kaum älter als sie selbst, und dann auch wieder fast zeitlos, als wäre sie in einem Alter, in dem die verstrichenen Jahre keine Macht mehr über sie hatten.

Gerda überwand endlich die Mischung aus Faszination und Schrecken, mit der sie der Anblick dieses zauberhaften Antlitzes erfüllte. »Gebt Kay frei!«, verlangte sie. »Gebt sofort meinen Freund frei, oder …«

»Oder?«, fragte die Schneekönigin amüsiert, als Gerda nicht weitersprach.

»Ihr … Ihr habt kein Recht, ihn festzuhalten!«, stieß sie mit klopfendem Herzen hervor.

»Nein«, mein Kind«, antwortete die Schneekönigin. »Du hast recht. Das habe ich nicht.« Sie lachte ganz leise, ein Laut wie das Klingen einer gläsernen Harfe. »Und was bringt dich auf den Gedanken, dass ich ihn gegen seinen Willen festhalte?«

»Nun ja, weil du … ich meine … also …«, stammelte Gerda.

»Ja?«, fragte die Schneekönigin.

Sie klang ein bisschen amüsiert.

»Ihr habt ihn entführt!«, sagte Gerda. »Ich habe es selbst gesehen!«

»Ich weiß«, antwortete die Schneekönigin. »Du hast auf der Brücke gestanden und uns zugesehen. Ein so hübsches Mädchen wie du ist mir natürlich gleich aufgefallen.«

Gerda war verwirrt und wusste nun gar nicht mehr, was sie sagen sollte. Doch das war wohl auch gar nicht nötig, denn die weiße Frau fuhr schon mit einem gutmütigen Lächeln in den Augen fort: »Aber was genau hast du denn gesehen?«

»Dass Ihr ihn entführt habt!«, behauptete Gerda.

»Habe ich das?« Die Schneekönigin beantwortete ihre eigene Frage mit einem Kopfschütteln, das ihr Haar wie gefrorene Seide knistern ließ. »Aber was genau hast du denn gesehen, mein Kind? Deinen Freund, der so viel Freude hatte wie noch niemals zuvor in seinem Leben, und der glücklich war und endlich einmal lachen konnte.«

»Ihr habt ihn einfach mitgenommen!«, behauptete Gerda.

»Das habe ich nicht«, antwortete die Schneekönigin ernst. »Ich habe nichts getan, was er nicht selbst wollte, mein Kind. Das würde ich niemals tun. Ich kann in die Herzen der Menschen sehen, musst du wissen, und ich habe darin gelesen, dass er nichts mehr wollte, als mit mir an diesem Ort zu leben.«

»Ihr lügt!««, behauptete Gerda.

»Ich lüge niemals«, belehrte sie die Schneekönigin sanft. »Das habe ich nicht nötig.«

»Kay hätte mich niemals im Stich gelassen«, beharrte sie. »Er ist mein Freund!«

»Und ein besserer, als du wahrscheinlich selbst weißt«, bestätigte die Schneekönigin. »Vielleicht ist er ja gerade deshalb mit mir gekommen. Weil er gehofft hat, dass du ihm folgst und ihr zusammen bei mir leben könnt.«

»Das ist doch Unsinn!«, protestierte Gerda. »Kay war glücklich da, wo er war, genau wie ich!«

»War er das?«, fragte die Schneekönigin, gab Gerda aber gar keine Gelegenheit zu antworten, sondern erhob sich von ihrem weißen Thron und kam näher. Alles an ihr schimmerte und blitzte, und es war, als wäre ihre ganze Gestalt aus reinem Diamant gemacht. »Genau wie du, nehme ich an?«

Gerda nickte und in das Lächeln der Schneekönigin mischte sich eine Spur von Trauer. »Aber warst du das denn wirklich? Deine Großmutter und du lebt in bitterer Armut. Wie oft hat es nicht für ein Essen gereicht, nicht einmal für ein Bund Reisig, sodass ihr frierend und mit knurrenden Mägen unter eure viel zu dünnen Decken gekrochen seid und zitternd auf den Frühling gewartet habt? Und wie oft hat sich deine Großmutter mit blutig gearbeiteten Händen und vor Gram in den Schlaf geweint, weil sie nicht wusste, wie ihr den nächsten Tag überstehen sollt?«

»Das ist doch gar nicht …«

Die Schneekönigin schnitt ihr mit einer harschen Geste das Wort ab, fuhr dann aber in beinahe noch sanfterem Tonfall fort: »Ich weiß, dass es dir nichts ausgemacht hat. Aber hast du schon einmal darüber nachgedacht, warum das so war?«

»Weil wir nicht mehr brauchen.«

»Weil du es nicht anders kennst«, widersprach die Schneekönigin. »Doch das macht es nicht besser. Kein Kind sollte hungrig zu Bett gehen müssen und keine Großmutter aus Sorge um ihre Enkelkinder keinen Schlaf finden.« Sie deutete mit einem traurigen Lächeln auf Kay. »Und glaube nicht, dass es deinem Freund und seiner Tante anders ergangen wäre.«

»Davon hat er mir nie etwas gesagt«, murmelte Gerda betroffen.

»Natürlich nicht«, antwortete die Schneekönigin. »Er ist ein Junge, und Jungen sind nun einmal stolz.«

»Und Großmutter … hat das gewusst?«, fragte Gerda stockend.

»Und nun fragst du dich, warum sie dir nie auch nur ein Sterbenswörtchen gesagt hat.« Die Schneekönigin nickte traurig. »Um dich zu beschützen, Gerda. Ebenso wie Kays Tante ihm nicht gesagt hat, wie es wirklich um sie steht. Sie hatten Angst, dass ihr eines Tages gemeinsam die Stadt verlassen würdet, um irgendwo einen Ort zu suchen, an dem ihr besser leben könnt. Ihr wart immer Fremde in dieser Stadt, und es ist kein Tag vergangen, an dem sie es euch nicht haben fühlen lassen.«

»Das ist nicht wahr!«, protestierte Gerda.

Die Schneekönigin legte den Kopf auf die Seite. »Stimmt es etwa nicht, dass deine Großmutter stets nur die niedrigsten und schwersten Arbeiten bekommen hat? Ist es nicht wahr, dass ihr auf einem Dachboden leben musstet, der nicht einmal gut genug für die Tauben deiner Räuberfreundin gewesen wäre? Man hat dir erzählt, dass ich die Herzen der Menschen zu Eis erstarren lasse, habe ich recht? Aber die Wahrheit ist, dass sie schon zuvor nur Steine in ihrer Brust trugen.«

»Niemand hat uns etwas getan!«, protestierte Gerda lahm. »Meine Großmutter und ich waren Fremde in dieser Stadt, Flüchtlinge, die alles verloren hatten und nur ihr nacktes Leben retten konnten. Und sie haben uns aufgenommen.«

Zu ihrem Erstaunen nickte die Schneekönigin zwar, schüttelte dann aber gleich den Kopf und fuhr fort: »Ja, das haben sie. Aber mehr auch nicht. Sie haben euch behandelt wie Bettler. Bittsteller, denen sie ein paar Brosamen hingeworfen haben, um ihr Gewissen zu beruhigen, genau wie sie es mit deinem Freund und seiner Tante getan haben. Sie waren hartherzig und gnadenlos und egoistisch. Es ehrt dich, dass du sie in Schutz nimmst, aber glaube mir, mein Kind, sie haben es nicht verdient.«

Gerda wollte ganz automatisch widersprechen, aber dann konnte sie es nicht. Hatte ihre Großmutter ihr nicht oft genug ihr Leid geklagt, wie kalt die Wohnung war und wie schwer die Arbeit, die man ihr gab? Und was war mit Kay?

Gerda drehte sich langsam wieder zu ihm um und betrachtete sein zu milchigem Weiß erstarrtes Gesicht. Er hatte sich nie beklagt, ebenso wenig wie sie, doch wenn sie es genau bedachte, dann hatte er auch niemals erzählt, wo er und seine Tante herkamen. Und eigentlich hatte es sie auch nie interessiert. Vielleicht war das ja der Grund, weswegen sie sich von Anfang an so gut verstanden hatten, waren sie doch beide Waisenkinder ohne Heimat und Familien.

Aber war er wirklich unehrlich zu ihr gewesen? Gerda konnte sich das kaum vorstellen. Mit Ausnahme ihrer Großmutter war

Kay der Mensch, den sie am besten auf der ganzen Welt kannte. Nein, es war einfach undenkbar, dass er sie belog.

»Die ganze Welt hat Angst vor Euch«, wandte sie sich an die Schneekönigin, ohne dass ihr Blick Kays Gesicht losgelassen hätte.

»Und weil alle Welt es sagt, deshalb muss es dann wohl auch die Wahrheit sein«, vermutete die Schneekönigin. Sie seufzte. »Ach, mein Kind. Manchmal wünschte ich mir, noch einmal so jung und naiv zu sein wie du. Die Welt wäre um einiges einfacher.«

»Wollt Ihr sagen, dass alle lügen?«, fragte Gerda.

»Nein«, antwortete die Schneekönigin. »Wahr ist, dass es ... Streit gab zwischen mir und einigen Nachbarn. Einen schlimmen Streit, der sich über viele Jahre hinzog.«

»Und worum ging es dabei?«, fragte Gerda.

»Bei diesem alten Streit?« Die Schneekönigin zuckte mit den Achseln. »Um ehrlich zu sein, weiß ich es nicht einmal mehr. Aber es macht auch keinen Unterschied ... Am Ende habe ich den Streit für mich entschieden, und wie es nun einmal so ist, erzählen die Besiegten immer die schlimmsten Dinge über die Sieger.«

»Und jetzt wollt Ihr mir erzählen, dass alles ganz anders war und Ihr eigentlich die Gute seid?«

»Das könnte ich«, antwortete die Schneekönigin. »Und ich könnte dafür sorgen, dass du es glaubst, mit einem bloßen Fingerschnippen. Aber ich werde es nicht tun.«

»Und warum nicht?«, fragte Gerda.

Statt direkt zu antworten, streckte die Schneekönigin den Arm aus und zog sie an der Hand hinter sich her zum Fenster. Der schneidende Wind, der die Stelle des bunten Glases angenommen hatte, erlosch und gewährte ihr einen Blick über das gesamte Schloss, die Stadt dahinter und auch noch einen Gutteil des Gebirges.

Auch von hier aus betrachtet war Weiß nahezu alles, was sie sah, abgesehen vom gewundenen Silberband des Flusses und einem gelegentlichen schwarzen Felsen. Alles war sehr still und sehr, sehr friedlich. Aber sie spürte auch die Kälte, die nun, wo es die unsichtbare Barriere nicht mehr gab, wieder ungehindert hereindrang und über sie herfiel.

»Das alles ist mein Reich«, sagte die Schneekönigin hinter ihr. »Das und noch sehr viel mehr.«

»Aber alles ist in ewiger Kälte erstarrt«, sagte Gerda niedergeschlagen, »und …«

Doch sie sprach den Satz nicht zu Ende, denn in diesem Moment gewahrte sie etwas unter sich im Hof des Schlosses, das dort nicht hingehörte: eine Bewegung inmitten des alles erstickenden Weiß.

Alarmiert beugte sie sich vor, so weit sie es wagte. Ihr Herz machte einen erschrockenen Sprung in ihrer Brust, als sie eine ganze Abteilung der eisigen Wächter erkannte, die durch das große Tor hereinmarschiert kamen. Und dann stolperte ihr Herz noch einmal und sogar noch viel stärker, als sie die beiden Gefangenen erkannte, die sie in schwere Ketten aus Eis gebunden zwischen sich führten.

Es waren die Räuberfrau und ihre Tochter.

»Das … das sind meine Freunde!«, rief sie bestürzt aus. »Wieso legt Ihr meine Freunde in Ketten?«

»Um sie vor sich selbst zu schützen«, sagte die Schneekönigin. »Und dich vor ihnen, natürlich.«

»Sie sind meine Freunde!«, protestierte Gerda erneut. »Sie würden mir niemals etwas antun!«

»Natürlich nicht«, antwortete die Schneekönigin mit einem Lächeln wie dem einer Mutter, deren Tochter gerade etwas sehr Dummes gesagt hatte. »Sie glauben, dich retten zu müssen, und sie würden sicher ihr Leben riskieren, um das zu tun. Das ehrt sie. Aber sie sind im Irrtum. Genau wie du, Gerda.«

Zugleich hob sie die Hand, wie um ihren eisigen Wächtern unten auf dem Hof zuzuwinken. Kaum hatte sie es getan, da vergaß Gerda, dass es sie überhaupt gab, und auch die beiden Gefangenen, die sie zwischen sich führten.

»Manchmal muss es eben erst schlimmer werden, bevor es besser wird«, belehrte die Schneekönigin sie.

»Was soll das bedeuten?«, fragte Gerda verwirrt.

Die Schneekönigin lächelte. »Es ist wahr, mein Kind. Mein Zauber bringt den langen Winter und einen tiefen Schlaf für Mensch und Natur. Aber er ist nicht für immer. Es ist ... nur meine Art, das Böse zu bekämpfen.«

»Das verstehe ich nicht«, bekannte Gerda.

»Die wenigsten verstehen es«, antwortete die Schneekönigin mit einem sanften Lächeln. »Und wie auch? Und von den wenigen, die es verstehen, behalten es die meisten für sich, weil es nicht in ihre Pläne passt.«

Das verstand Gerda sogar noch weniger als alles, was sie zuvor gesagt hatte, und sie musste es nicht einmal aussprechen, denn die Schneekönigin schien in ihren Gedanken zu lesen wie in einem offenen Buch. Sie streckte den Arm aus und legte die linke Hand mit gespreizten Fingern auf ihre Brust, direkt über ihrem Herzen. Gerda biss die Zähne zusammen in Erwartung der kommenden Kälte. Doch das genaue Gegenteil war der Fall: Kaum hatte die Hand der Schneekönigin sie berührt, da fühlte sie sich von einer Woge intensiver Wärme erfüllt und einem Gefühl so tiefer Geborgenheit, als wüsste sie sich plötzlich am sichersten Ort der Welt.

»Gut und Böse, mein Kind, leben im Herzen eines jeden Menschen. Niemand ist nur gut, so wenig wie niemand einfach nur böse ist – nicht einmal ich, so gern es viele behaupten und du es wohl auch glaubst.«

»Nein, das ist nicht …«, begann Gerda und die Schneekönigin unterbrach sie mit einem sachten Kopfschütteln und einem noch wärmeren Lächeln.

»Das muss dir nicht unangenehm sein, mein Kind. Wie könntest du etwas anderes denken, nach allem, was du über mich gehört haben musst? Aber wahr ist nun einmal, dass ein jeder von uns Gut und Böse zu gleichen Teilen in sich trägt und unser Leben ein ständiges Ringen dieser beiden Kräfte ist. Und wir uns jeden Tag neu entscheiden müssen, welche Seite wir gewinnen lassen.«

»Aber hier lebt doch nichts mehr!«, protestierte Gerda. »Alles ist tot und erfroren!«

»So schnell stirbt es sich nicht«, beschied ihr die Schneekönigin. »Solange auch nur ein Funken Wärme im Herzen eines Menschen ist, solange ist auch Leben in ihm. Eines Tages werden sie alle wieder aufwachen, mein Kind. Mensch, Tier und Natur. Und wenn es so weit ist und das Frühjahr kommt, dann wird nur das Gute und Ehrenhafte in den Menschen wieder erwachen, während das Böse an seiner eigenen Kälte erfroren sein wird.«

Das hörte sich wundervoll an, fand Gerda, aber auch eindeutig zu sehr nach einem Märchen, als dass sie es glauben konnte. Außerdem: »Und dafür müsst Ihr die ganze Welt in einen ewigen Schlaf versetzen?«

»Jeden Menschen, jedes Tier und jede Wolke, jeden Wassertropfen und jeden Windhauch«, bestätigte die Schneekönigin traurig. »Denn wenn auch nur ein böser Gedanke in den Köpfen der Menschen übrig bleibt, nur ein verdorbenes Herz in einer Brust weiterschlägt, dann erwacht das Böse erneut und alles war vergebens. Deshalb muss ich weitermachen, bis sich der Winter über die ganze Welt erstreckt, damit das Böse endgültig besiegt wird. Doch wenn er zu Ende geht und das Frühjahr kommt, dann ist diese Welt ein besserer Ort, als sie es jemals war.«

Sie sah zuerst Kay, dann Gerda an. »Und alles das könnte eines Tages dir gehören, mein Kind.«

»Mir?«, wiederholte Gerda verwirrt.

»Dir und deinem Freund«, bestätigte die Schneekönigin. »Ich wünsche mir schon lange ein Kinderpaar wie euch.«

Jetzt verstand Gerda gar nichts mehr und sie sagte es auch.

»Aber es ist doch ganz einfach, meine Liebe«, antwortete die Schneekönigin lächelnd. »All das gehört mir, so weit das Auge reicht und noch sehr viel weiter. Und wer weiß, vielleicht wird mir eines Tages sogar die ganze Welt gehören. Doch was nutzen die größte Macht und der größte Reichtum, wenn es niemanden gibt, mit dem du es teilen kannst? Es war mir nicht vergönnt, eigene Kinder zu haben, und ich bin einsam. Eine Krankheit, gegen die nicht einmal Könige gefeit sind.«

»Aber … wir?«, murmelte Gerda verwirrt.

Sie blickte wieder zu Kay zurück, der noch immer vollkommen reglos auf dem eisigen Thron saß.

»Ich meine … Kay und … und ich?«

»Du und dein Freund: Ihr seid seit Jahren die ersten, die reinen Herzes zu mir gekommen sind. Dein Freund wollte nur das Gute in mir sehen. Und du hast großen Mut bewiesen, ganz allein hierherzukommen.«

»Aber ich verstehe nicht ...«, begann Gerda hilflos, und die Schneekönigin unterbrach sie erneut, aber auch jetzt wieder mit einem beinahe mütterlichen, warmen Lächeln.

»Warum fragst du nicht deinen Freund, was er davon hält, mein Kind?«

Damit berührte sie Kay sacht am Arm, und kaum hatte sie es getan, da begann er sich auf dem gewaltigen Eisthron zu regen. Das Leben kehrte in seine Augen zurück und auf seinen vereisten Zügen erschien ein Ausdruck großer Verwirrung. Es war, als erwache er aus einem unendlich tiefen Schlaf, denn er blinzelte ein paar Mal, und im allerersten Moment schien sein Blick geradewegs durch sie hindurchzugehen.

»Kay?«, fragte sie mit klopfendem Herzen.

»Gerda?« Kay runzelte angestrengt die Stirn. »Du bist Gerda, richtig?«

»Du erkennst mich?«, fragte Gerda hoffnungsvoll und Kays Stirnrunzeln wurde noch einmal tiefer.

»Warum sollte ich dich nicht erkennen?«, gab er zurück. »Bist du dumm? Du bist das Bettelmädchen mit dem Dachgarten, oder?«

Gerda nickte zwar zur Antwort, aber sie war trotzdem wie vor den Kopf gestoßen, sodass sie gar keinen weiteren Laut herausbekam. Es waren nicht nur Kays grobe Worte, die sie unter anderen Umständen seiner manchmal etwas sonderbaren Art, sie zu necken, zugutegehalten hätte. Doch weder in seiner Stimme noch in seinen Augen war auch nur die Andeutung eines Lächelns zu erkennen.

»Kay?«, murmelte sie nur noch einmal und jetzt unüberhörbar beunruhigt.

Etwas stimmte nicht.

»Nimm es ihm nicht übel«, sagte die Schneekönigin hinter ihr. »Der *Weiße Schlaf* ist sehr tief, und er wird eine Weile brauchen, bis er ganz aufgewacht ist und sich an alles erinnert. Das kennst du doch sicher auch, oder?«

Das kannte sie. Es war ja noch gar nicht so lange her, dass sie bei der Blumenfrau mit einem ähnlichen Gefühl der Benommenheit aufgewacht war. Aber trotzdem glaubte sie der Schneekönigin nicht, denn in Kays so vertrauten Augen war zugleich nichts, was sie wiedererkannt hätte. Das Gesicht, in das sie blickte, war so perfekt und vertraut, wie es nur sein konnte, ihr bekannt bis ins letzte Detail und das letzte Fältchen und das winzigste Härchen. Aber es war nicht Kay, sondern nur eine große, lebensechte Puppe aus Eis.

»Ich glaube Euch nicht«, sagte sie.

Obwohl sie nicht einmal in ihre Richtung sah, konnte sie den Zorn spüren, der ganz kurz in der Schneekönigin aufflammte, aber auch genauso rasch wieder erlosch. Statt Gerda zurechtzuweisen, lachte sie nur wieder gutmütig und griff an ihr vorbei, um Kays Stirn mit den Fingerspitzen zu berühren. Und sie hatte es kaum getan, da erlosch das Leben in seinen Augen wieder und vor ihnen saß nun wieder nichts als eine lebensgroße Eisskulptur.

»Lass ihn noch eine Weile ausruhen«, sagte die Schneekönigin. »Der Weg hierher war sehr anstrengend, und manche brauchen länger, um wieder zu Kräften zu kommen und sich einzugewöhnen. Später könnt ihr zusammen meinen Palast erkunden und alles andere auch. Ich verspreche dir, dass du Wunder erblicken wirst, von denen du bisher noch nicht einmal geträumt hast!«

Gerda sah sie sehr lange an.

»Ich glaube Euch nicht.«

Spätestens jetzt rechnete sie damit, dass die Schneekönigin

ernsthaft zornig werden würde. Doch das genaue Gegenteil war der Fall. Sie lachte, ganz leise und ehrlich amüsiert, und für die kurze Zeitspanne, die dieses Lachen anhielt, wirkte sie noch einmal jünger, fast wie ein Mädchen, das nicht viele Jahre mehr zählen konnte als sie selbst. Doch der Zauber des Augenblicks erlosch auch zusammen mit diesem Lachen wieder.

»Du bist wirklich genau das kluge Mädchen, von dem man mir erzählt hat«, sagte die Schneekönigin. »Ich glaube, ich wäre enttäuscht gewesen, hättest du anders reagiert. Dein kleiner Freund hat genau dasselbe gesagt, weißt du das?«

»Habt Ihr nicht gesagt, er wäre freiwillig mit Euch gekommen?«

»Das ist er«, bestätigte die Schneekönigin. »Aber er ist genauso klug wie du. Als ich ihm gesagt habe, dass das eines Tages alles ihm gehören könnte, hat er natürlich gefragt, warum ich ihm ein so großzügiges Geschenk machen sollte … und vor allem, wann du ihm wohl folgst.«

Das glaubte Gerda ihr noch viel weniger. Aber etwas warnte sie auch, den Bogen nicht zu überspannen. Hinter der vermeintlichen Freundlichkeit der Schneekönigin verbarg sich noch etwas anderes, das sie zutiefst erschreckte.

»Willst du nicht auf dem Thron zu meiner Linken Platz nehmen, nur um einmal zu wissen, wie es sich darauf sitzt?«, fragte die Schneekönigin.

Zugleich machte sie eine auffordernde Bewegung mit der Hand, und Gerda ertappte sich dabei, tatsächlich einen Schritt in die entsprechende Richtung zu machen.

Auch wenn es der kleinste der drei unterschiedlichen Throne war, so war es doch ein Möbel von beeindruckenden Ausmaßen und unbeschreiblicher Pracht, gegen das selbst der große Stuhl des Bürgermeisters in ihrer Heimatstadt wie der Schemel einer Bauersfrau wirkte. In den unzähligen spiegelnden Flächen, aus denen er zusammengefügt war, brach sich das Licht in allen Farben des Regenbogens und sogar noch etlichen, die sie noch nie zuvor gesehen hatte. Jede Winzigkeit des gewaltigen Throns war mit einer Kunstfertigkeit und einem Geschick erschaffen, die sie schier erschlugen.

Aber zugleich war er *kalt.* Eine Kälte, die weit über das körperliche Empfinden hinausging und ihre Seele zum Erstarren zu bringen schien, mit jedem Schritt ein winziges bisschen mehr, dem sie sich ihm näherte. Schließlich blieb sie stehen.

»Nur zu, mein Kind«, sagte die Schneekönigin hinter ihr. »Er beißt nicht.«

Gerda war sich ziemlich sicher, dass er das auf eine ganz gewisse Weise *doch* tat. Sie hütete sich jedoch, das laut auszusprechen, sondern zwang im Gegenteil ein schüchternes Lächeln auf ihr Gesicht.

»Noch nicht«, sagte sie. »Ich würde mich lieber erst noch ein bisschen umsehen.«

Wieder verdüsterten sich die Augen der wunderschönen weißen Frau vor ihr vor Zorn. Doch auch dieses Mal beherrschte sie sich im letzten Moment.

»Natürlich, mein Kind«, sagte sie ruhig. »Was möchtest du denn zuerst sehen?«

7. Kapitel

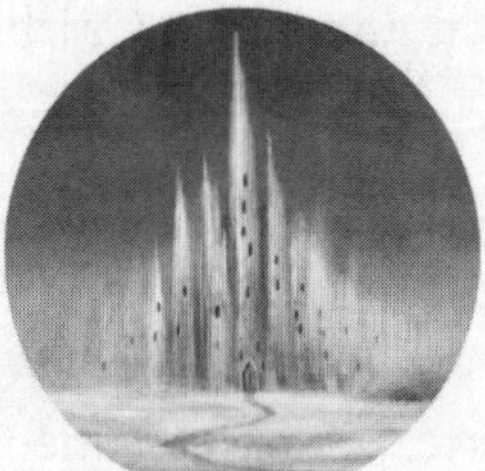

Die Zeit hatte in diesem magischen Schloss wohl keine Macht mehr. Es mussten viele Stunden vergangen sein, als sie endlich wieder in den Thronsaal zurückkehrten, und trotzdem kam es Gerda ein bisschen so vor, als wäre es noch dieselbe Minute. Dabei hatte sie das Gefühl, buchstäblich Hunderte von Räumen und Gemächern gesehen und Tausende von Wundern erblickt zu haben, und eines fantastischer als das andere. Es gab ganze Säle voller Schätze, Truhen voller Goldmünzen und Edelsteine, silbernes Besteck und diamantene Kronleuchter. Dann folgten kostbare Gemälde und aus Edelstein geschnittene Skulpturen und Statuen, fantastische Maschinen und komplizierte Apparaturen und noch zahllose andere Wunder, die sie nicht einmal beschreiben konnte.

Die Schneekönigin beantwortete ihr mit großer Geduld alle Fragen, von denen sie nicht wenige hatte. Es schien keine Geheimnisse und keine verschlossene Tür für sie zu geben, sodass ihr irgendwann der Kopf schwirrte und es ihr einfach zu viel wurde.

Und dennoch – irgendetwas war hier nicht so, wie es zu sein vorgab. Sie wusste nicht, was, aber das Gefühl schien nur immer noch stärker zu werden, mit jedem Schritt, den sie tat, und jedem neuen Wunder, das sie erblickte.

Endlich war es die Schneekönigin, die sie erlöste, indem sie verkündete, dass es für einen Tag genug und für sie nun an der Zeit wäre auszuruhen. Gerda sagte auch dazu nichts. Doch als sie wieder in dem großen Thronsaal angekommen waren, vermied sie es sorgfältig, Kay auf seinem weißen Stuhl anzusehen.

»Du solltest jetzt ein bisschen ausruhen, mein Kind«, sagte die Schneekönigin. »Vielleicht ein wenig schlafen. Du willst doch frisch und ausgeruht sein, wenn dein Freund erwacht, um mit ihm zu reden, oder?«

Gerda nickte, aber sie sah Kay immer noch nicht an.

»Und wo … kann ich mich hinlegen?«, fragte sie zögerlich.

So viele Säle und Schatzkammern sie bei ihrem Rundgang durch das Schloss auch gesehen hatte, ein Schlafgemach war nicht dabei gewesen.

Die Schneekönigin machte eine Geste auf den leeren Thron zur Linken. »Warum setzt du dich nicht dorthin? Du wirst sehen, dieser Thron ist bequemer als jedes Bett.«

Gerda zögerte. Der Stuhl sah nicht bequem aus, aber das hier war ja auch ein Ort der Wunder … Doch das war es nicht, was sie zögern ließ. Sie sah nun doch zu Kay hin und ihr Herz wurde schwer.

»Du vertraust mir nicht«, seufzte die Schneekönigin und schüttelte traurig den Kopf. »Das schmerzt mich. Aber ich kann dich auch verstehen – schließlich kennen wir uns ja kaum.« Sie wiederholte ihre einladende Geste. »Schlaf eine Nacht darüber, mein Kind. Und wenn du mir dann immer noch nicht vertraust, dann verspreche ich dir, dass dein Freund und du gehen könnt, wenn ihr das wollt.«

Gerda blickte sie weiter stumm an und die Schneekönigin sah nun noch ein wenig trauriger aus. »Ja, ich verstehe«, seufzte sie.

»Aber ich habe gar nichts gesagt.«

»Das ist auch nicht nötig«, antwortete die Schneekönigin. »So viele habe ich schon getroffen, die mich für das Böse an sich halten, die weiße Hexe, die die ganze Welt zu Eis erstarren lässt und die den Menschen die Wärme aus ihren Herzen stiehlt. Hast du denn wirklich alles vergessen?«

»Was?«

»Die Zeit, die du mit deiner Großmutter verbracht hast? All die Not und Entbehrungen, all die Erniedrigungen, die ihr ertragen musstet? Und auch alles, was du auf dem Weg hierher gesehen hast?«

»Ein Land im ewigen Winter?«

»Wenigstens bist du ehrlich«, seufzte die Schneekönigin. »Aber du bist auch durch meine Stadt gegangen, nicht wahr? Wie viele Soldaten hast du in ihren Straßen gesehen, die in eine fremde Stadt und auf ein Schloss marschiert sind, das nicht das ihre ist?«

Gerda wollte antworten, doch die Schneekönigin machte eine strenge Geste und fügte noch hinzu: »Und wie viele meiner Soldaten hast du gesehen, auf dem Weg hierher oder gar in einer Stadt, in die sie nicht gehören?«

»Keine«, gestand Gerda. »Aber der ewige Winter …«

»… wird uns durch seine klare Kälte den rechten Weg weisen.« Die Schneekönigin winkte rasch ab, als Gerda protestieren wollte. »Keine Sorge, es wird sich alles zum Guten wenden. Und nun komm mit. Ich will dir etwas zeigen.«

Sie wandte sich um und ging zu den erstarrten Gestalten in

der Mitte der Halle zurück. Die beiden Königspaare lagen jetzt nicht mehr in Ketten, doch dafür trugen sie Schilde am linken Arm und Schwerter in der rechten Hand. Begleitet wurden sie von einem ganzen Dutzend grimmig dreinblickender und bis an die Zähne bewaffneter Soldaten in den Rüstungen der Schneekönigin.

Und zwischen den Soldaten und ihren gekrönten Anführern entdeckte Gerda noch zwei wirklich seltsame Erscheinungen: Die eine war groß und breitschultrig und bärtig, mit einer wilden Mähne und einem Knüppel in der Hand, sah aber komischerweise irgendwie wie eine Frau aus. Die andere war dafür umso kleiner und schlank und eindeutig ein Mädchen, aber ebenfalls mit einem Knüppel bewaffnet.

Seltsam – sie hatte das Gefühl, eigentlich wissen zu müssen, wer diese beiden waren, ja, sie sogar gut zu kennen. Aber der Gedanke entschlüpfte ihr auch sogleich wieder.

»Du kennst die Legende des Heeres der Tausend.« Die Schneekönigin lächelte sanft. »Es ist keine Legende. Aber das hast du ja bestimmt schon gewusst.«

Gerda hörte gar nicht mehr hin. Die zwei kriegerisch gekleideten Könige und Königinnen, die ihr Blick zuerst nur flüchtig gestreift hatte, zogen ihre ganze Aufmerksamkeit auf sich. Alles andere wurde plötzlich unwichtig und versank im Hintergrund, und wenn die Schneekönigin in diesem Moment etwas sagte, dann bekam Gerda es gar nicht mit.

Sie hatte nur noch Augen für die zwei stolzen Königspaare.

Sie *kannte* sie. Obwohl sie sicher war, sie noch nie zuvor gesehen zu haben, waren ihr die edel geschnittenen Gesichtszüge der beiden Könige und Königinnen so vertraut, als wäre sie mit ihnen aufgewachsen.

»Ihr habt sie zu Eis erstarren lassen«, flüsterte sie erschüttert.

»Was hätte ich tun sollen, mein Kind?«, entgegnete die Schneekönigin. »Zusehen, wie sie meine Stadt erobern und alle meine treuen Untertanen versklaven und ihnen ihren Willen aufzwingen, nur um zu beweisen, dass ich keine Hexe bin und nicht böse?«

»Aber Ihr habt sie …«

»Getötet?« Die Schneekönigin schüttelte heftig den Kopf. »Ich habe noch nie in meinem Leben jemandem ein Leid zugefügt, mein Kind. Es waren die anderen, die mit Feuer und Schwert zu mir gekommen sind.«

Wären die Gesichter der beiden Königspaare nicht gewesen, Gerda hätte ihr beinahe geglaubt. Aber eben auch nur beinahe. Ganz langsam und mit klopfendem Herzen trat sie näher an eine der beiden stolzen Frauen heran und hob die Hand, um ihr Gesicht mit den Fingerspitzen zu berühren. Zu guter Letzt schreckte sie dann aber doch davor zurück; fast als hätte sie Angst, dass etwas ganz und gar Schreckliches geschehen würde, wenn sie es tat.

»Und nun komm, mein Kind. Es ist spät geworden und du musst dich ausruhen. Morgen solltest du bei Kräften sein.« Sie machte eine auffordernde Geste auf den leeren Thron zur Linken ihres eigenen, der wie durch Zauberei mit einem Mal ganz nahe war. »Wir haben morgen noch eine Menge vor.«

»Und was?«, fragte Gerda. Sie rührte sich nicht.

»Du glaubst doch nicht, dass du schon alles gesehen hast?«, erkundigte sich die Schneekönigin lachend. »Was wäre das für ein erbärmliches Schloss, das man an einem einzigen Tag erkunden könnte? Ruh dich aus. Morgen zeige ich dir den Rest.«

Gerda wollte noch einmal protestieren, doch aus irgendeinem Grund konnte sie es nicht. Und schon im nächsten Augenblick hatte sie sogar vergessen, was sie gerade noch gedacht hatte. Gehorsam wandte sie sich um und ging auf den weißen Thron zu. Er erschien ihr plötzlich ungemein verlockend. Sie war tatsächlich mit einem Mal sehr müde und meinte jeden einzelnen Schritt in den Knochen zu spüren, den sie an diesem langen Tag getan hatte. Ein paar Stunden Schlaf würden ihr bestimmt guttun.

Wenn du dich auf diesen Stuhl setzt, dann wirst du nie wieder aufwachen.

Die Stimme war lautlos, aber sie erklang zugleich so deutlich hinter ihrer Stirn, als hätte jemand die Worte direkt in ihr Ohr gesprochen. Mitten im Schritt blieb sie stehen und fuhr so erschrocken auf dem Absatz herum, dass auch die Schneekönigin überrascht hinter sie sah. Oder war es zornig?

»Wer hat das gesagt?«, fragte Gerda.

»Was?«, wollte die Schneekönigin wissen.

Sie klang plötzlich gar nicht mehr freundlich, aber darauf achtete Gerda nicht. Sie ging zu der kleinen Gruppe zurück, um sie mit klopfendem Herzen zu betrachten. Hatten sie sich ... bewegt?

Hör auf deine Mutter, fuhr die lautlose Stimme hinter ihrer Stirn fort. *Vertrau ihr nicht! Wer auf diesem Stuhl sitzt, der wacht nicht mehr auf. Während des Immerwinters stiehlt er dir das Leben und fügt die gestohlene Zeit der der Schneekönigin hinzu.«*

»Meine Mutter?«, murmelte Gerda verblüfft.

Und dann, endlich und als hätte es erst dieser Worte bedurft, begriff sie, warum ihr diese Gesichter so bekannt vorkamen. Die stolze Königin, die ihr am nächsten stand, war eine wunderschöne junge Frau. Zugleich sah sie aber auch aus wie eine vierzig

Jahre jüngere Zwillingsschwester ihrer Großmutter. Und auch ihrem eigenen Spiegelbild sah sie nicht unähnlich.

Aber das würde ja bedeuten …

»Wie herzzerreißend«, sagte die Schneekönigin hinter ihr.

Ihre Stimme klang mit einem Mal gar nicht mehr freundlich, sondern so schneidend und kalt wie Eis, und als Gerda über die Schulter zu ihr zurücksah, da war ihr Gesicht zu einer hässlichen Maske aus Verachtung und Hass erstarrt.

»Ein richtiges Familientreffen, wie? Da bricht einem ja fast das Herz.«

»Meine Mutter?«, flüsterte Gerda noch einmal.

Sie sah wieder die Königin an und dann mit einem noch bangeren Gefühl den stolzen König mit seiner blitzenden Krone neben ihr. Wenn das ihre Mutter war, dann war der König neben ihr ihr Vater, und …

Und das war noch nicht einmal alles. Nun darauf aufmerksam geworden, wandte sie sich dem zweiten Königspaar zu. Dieser Anblick war beinahe noch unheimlicher, denn verrückterweise meinte sie auch in ihren Gesichtern etwas Vertrautes zu erkennen. Es erinnerte sie allerdings nicht an ihre Großmutter oder sie selbst, sondern an …

»Kay?«, hörte sie sich selbst flüstern.

»Ja, eure Eltern haben sich wohl für besonders klug gehalten, ihre beiden Kinder in eine fremde Stadt zu schicken, damit ich sie nicht finde.«

»Unsere Eltern?«, wiederholte Gerda hilflos.

Sie war so verwirrt, dass es schon fast körperlich wehtat. Die Gedanken wirbelten nur so hinter ihrer Stirn. »Aber das heißt ja, dass … dass … dass …«

»Dass dein kleiner Freund und du ein richtiger Prinz und eine richtige Prinzessin seid«, sagte die Schneekönigin böse, als Gerda einfach nicht mehr weitersprechen konnte.

»Ich bin eine Prinzessin?«, fragte Gerda verwirrt. »Und Kay ist ein Prinz?«

»Ja, ja, aber freu dich nicht zu früh. Ich fürchte, es wird nichts mit der Traumhochzeit. Dabei haben sich eure Eltern wirklich große Mühe gegeben, das muss man ihnen lassen. Ich habe lange nach euch gesucht, viele Jahre lang, und ich hatte die Hoffnung schon fast aufgegeben, euch jemals zu finden. Bis meine Augen und Ohren schließlich Kay entdeckt haben.«

Der merkwürdige Rabe, den sie zuerst für einen Adler gehalten hatte! Plötzlich fiel Gerda wieder ein, dass ihre Großmutter sie eine Zeit lang nur noch in Verkleidung hatte auf die Straße lassen wollen. Ob sie da befürchtet hatte, dass sie der Vogel der Schneekönigin ausfindig machen könnte?

Die Schneekönigin lachte gehässig. »Ich habe gewusst, dass ich mich ganz auf dich verlassen kann. Mit Kay als Köder konntest du ja gar nicht anders, als freiwillig zu mir zu kommen.«

Sie streckte die Hand aus, um Gerda am Arm zu ergreifen, und diese wich erschrocken um dasselbe Stück vor der Schneekönigin zurück. Dabei wäre sie beinahe gegen die lebensgroße Eisstatue gestoßen, die einmal ihre Mutter gewesen war.

»Wie rührend«, höhnte die Schneekönigin. »Aber du musst keine Angst vor mir haben, mein Kind. Im Gegenteil. Komm mit mir, und du kannst neben deinem Freund auf einem Thron sitzen, ganz wie es sich für Prinz und Prinzessin gehört.«

»Niemals!«

»Niemals?«, wiederholte die Schneekönigin noch böser. »Ach nein? Und was willst du dagegen tun?«

Nichts, musste sich Gerda eingestehen. Was sollte sie allein schon gegen die mächtige Schneekönigin und all ihre Soldaten ausrichten, was selbst ihren königlichen Eltern und dem Heer der Tausend nicht gelungen war?

Sie fühlte sich so hilflos, dass ihr die Tränen in die Augen stiegen, und zum ersten Mal gefroren sie nicht auf ihren Wangen, als sie über ihr Gesicht liefen. Und mehr noch: Wo sie auf den Boden tropften, da begann das Eis zischend zu zerschmelzen, und plötzlich spürte sie auch hinter sich Bewegung und hörte ein helles Knistern und Rascheln.

Ein Ausdruck tiefer Überraschung erschien auf dem Gesicht der Schneekönigin und sie prallte erschrocken ein paar Schritte zurück.

Gleichzeitig brach ihr Bann. Gerdas Erinnerung kehrte schlagartig zurück, und als sie sich umwandte, da begannen die beiden Königspaare aus ihrer eisigen Starre zu erwachen. Auch ihre Soldaten regten sich, genauso wie das Räubermädchen und seine bärtige Mutter.

Gerda aber hatte nur Augen für ihre Mutter. Wie zuvor Kay schien auch sie Mühe zu haben, ganz wach zu werden. Schild und Schwert polterten zu Boden und zerbrachen in viele tausend Stücke und sie schwankte ein bisschen. Dann aber klärte sich ihr Blick langsam und ein Ausdruck maßlosen Erstaunens trat in ihre Augen.

»Gerda?«, murmelte sie mit belegter Stimme. »Aber … kann das sein, dass … dass du meine kleine Gerda bist?«

»Ganz ohne Zweifel, Majestät«, höhnte die Schneekönigin. »Aber freut Euch nicht zu früh. Allzu lange wird euer Wiedersehen nicht währen, fürchte ich.«

Damit klatschte sie wieder in die Hände. Überall rings um sie herum begann es zu klirren und zu klingen, als das Eis lebendig wurde und sich ein, zwei, schließlich drei Dutzend Eiswächter aus der Hocke aufrichteten und ihre Schwerter zogen.

»Ist das nicht tragisch?«, höhnte die Schneekönigin. »Da sieht sich eine Familie nach so vielen Jahren das erste Mal wieder und als Erstes sprechen schon wieder die Waffen. Denk einmal über das nach, was ich dir gerade über die Menschen und das Böse in ihren Herzen erzählt habe.«

»Spar dir deine Lügen!«, sagte nun eine andere Stimme.

Gerda musste sich nicht umdrehen, um zu wissen, dass sie dem Räubermädchen gehörte.

»Gerda, komm zu uns! Wenn wir zusammenhalten, dann sind wir stärker als sie!«

»Nein«, sagte die Schneekönigin. »Das seid ihr nicht.«

Sie klatschte erneut in die Hände, und nun erschienen auch hinter ihnen zwei, drei Dutzend hünenhafter Eiswächter, die sofort ihre Schwerter zogen. Selbst ohne die Zauberkräfte der Schneekönigin wäre die Übermacht hoffnungslos gewesen.

Weder das Räubermädchen noch seine Mutter zeigten sich davon jedoch sonderlich beeindruckt. Beide ergriffen ihre Knüppel fester und gesellten sich zu den Soldaten, die einen engen Kreis um die beiden Königspaare und Gerda bildeten, um sie mit ihrem Leben zu verteidigen.

Doch so durfte es nicht enden, dachte Gerda verzweifelt. Nicht so, wie es die Schneekönigin gerade selbst gesagt hatte, dass nach all den Jahren, nach denen sie ihre Mutter endlich gefunden hatte, als Allererstes wieder die Waffen sprechen sollten.

Eine Chance gab es vielleicht noch.

Auf ein weiteres Handzeichen hin und begleitet vom bösen Hohngelächter der Schneekönigin, stürmten die Eiskrieger heran, um die wenigen tapferen Verteidiger einfach zu überrennen.

Gerda griff hastig in ihren Beutel und nahm eine ganze Handvoll Feuerliliensamen heraus, die sie den heranstürmenden Eiswächtern entgegenwarf.

Das Ergebnis hätte dramatischer nicht sein können. Die Soldaten verschwanden einfach, lösten sich in kochendes Wasser und Dampf auf. Selbst der Boden schien zu einem brodelnden See zu werden, in dem die heranstürmenden Eiskrieger ebenso schnell versanken, wie die Magie der Schneekönigin sie erschaffen konnte. Einem oder zwei der weißen Krieger gelang es zwar, sich dem Kreis der Verteidiger bis auf Armeslänge zu nähern, doch deren Schwerter und die Knüppel des ungleichen Räuberpaares machten kurzen Prozess mit ihnen.

»In der Tat, das ist wirklich sehr beeindruckend«, sagte die Schneekönigin und klatschte in die Hände.

Gerda erwartete, dass noch mehr Eiswächter aus dem Nichts auftauchten und in den Kampf eingriffen, doch stattdessen kam sie nun selbst mit wehendem Mantel und vor Zorn brennenden Augen auf sie zu. In ihrer Verzweiflung schleuderte Gerda die nächste Handvoll Feuerliliensamen direkt auf sie. Doch es nutzte ungefähr genauso viel wie eine Handvoll Erbsen, die sie einem zornigen Bullen entgegengeschleudert hätte.

»Das solltest du wirklich nicht tun«, sagte die Schneekönigin streng. »Ich glaube nicht, dass meine Schwester dir diese Samen gegeben hat, damit du sie als Waffe missbrauchst.«

Ihre Schwester? Gerda kam nicht einmal mehr dazu, ihrer Verwunderung über diese neuerliche Eröffnung Ausdruck zu verleihen, denn das Räubermädchen und seine Mutter schwangen zornig ihre Knüppel.

Doch es half nichts. Die Schneekönigin machte nur eine ärgerliche Handbewegung, woraufhin die beiden ungleichen Räuberinnen erneut zu Eis erstarrten. Auch die Soldaten der beiden Königspaare wurden wieder zu reglosem Weiß und schließlich und als Letzte auch die zwei Königinnen und Könige selbst. Nur Gerda konnte sich noch halbwegs bewegen. Doch auch ihr begann die Kälte immer mehr zuzusetzen, trotz des Samens, den sie schon wieder in der Hand hielt.

Damit war das Säckchen, das ihr die Blumenfrau gegeben hatte, allerdings beinahe leer. Vielleicht noch zwei Samen, und dann würde die Kälte das tun, was der Schneekönigin bisher nicht gelungen war.

»Gib auf, mein Kind«, sagte die Schneekönigin dann auch, als hätte sie in ihren Gedanken gelesen. »Du kannst nicht gewinnen. Niemand kann mich besiegen.«

»Niemals!«, antwortete Gerda.

Die Schneekönigin seufzte. »Mach es dir doch nicht so schwer, mein Kind. Ich will dir nichts Böses, verstehst du das nicht? Aber ich kann dich auch nicht gehen lassen. Komm mit mir und nimm den Platz zu meiner Linken ein, der dir zusteht. Es tut nicht weh. Und du wirst es warm haben und nie wieder Angst.«

Der Gedanke war verlockend, musste Gerda gestehen. Nie wieder Angst haben zu müssen, keine Erniedrigungen mehr, nie wieder hungern oder frieren.

Ja, das ware zweifellos schön.

Aber es würde auch bedeuten, ihre Eltern niemals wiederzusehen, die sie doch gerade erst kennengelernt hatte. Das konnte sie nicht zulassen.

»Nein«, entschied sie. »Niemals!«

Sie konnte der Schneekönigin ansehen, wie schwer es ihr fiel, nun nicht vollends wütend zu werden und sie anzuschreien oder etwas noch Schlimmeres zu tun.

»Tu, was ich dir sage!«, befahl sie. »Setz dich auf den Thron. Oder du wirst es bereuen!«

»Ich habe keine Angst vor Euch«, behauptete Gerda mit bebender Stimme – was gelogen war. Sie hatte sogar ganz fürchterliche Angst. Trotzdem fügte sie noch hinzu: »Ganz egal, was Ihr mir antut!«

»Dir?« Die Schneekönigin schüttelte mit einem bösen Lachen den Kopf. »Oh nein, mein Kind. Ich würde dir niemals auch nur ein Haar krümmen, keine Angst. Aber wenn du dich weiter weigerst, mir zu gehorchen, dann werden deine Eltern die Konsequenzen zu tragen haben und ganz gewiss auch dein kleiner Freund. Und wer weiß, vielleicht nehme ich mir danach auch noch deine Großmutter vor. Und danach noch jeden anderen, den du auch nur kennst.«

»Aber so … so böse könnt doch noch nicht einmal Ihr sein!«, stammelte Gerda entsetzt.

»Oh doch, das kann ich«, erwiderte die Schneekönigin fröhlich. »Das und noch viel mehr!«

Und sie wird es auch tun, flüsterte die lautlose Stimme erneut hinter ihrer Stirn.

Und nun, wo sie sie auch aus ihrem Mund gehört hatte, erkannte Gerda sie: Es war die Stimme ihrer Mutter. Ganz gleich, was die finstere Magie der Schneekönigin ihr auch angetan haben mochte, das Herz einer Mutter, die sich um ihr einziges Kind sorgte, konnte es nicht zum Verstummen bringen.

Lauf weg! Was immer sie uns antun kann, wird sie auch tun, so oder so! Wenn du auf dem Thron Platz nimmst, dann wird dieser Winter niemals mehr enden!

Und Gerda fuhr auf dem Absatz herum und stürmte davon.

Hinter ihr erscholl ein zorniger Schrei, und eine Woge so intensiver Kälte schlug über ihr zusammen, dass sie zu spüren meinte, wie ihr Haar und ihre Kleidung zu knisterndem Eis erstarrten.

Es war wohl nur der magische Blumensamen, der sie noch einmal rettete. Doch seine Kraft war schon wieder fast aufgebraucht, als sie die Tür erreichte. Mit letzter Kraft jagte sie auf den Gang hinaus und die breite Treppe hinunter.

Nicht nur die wüsten Drohungen und Flüche der Schneekönigin folgten ihr, sondern auch ein Schwall tödlicher Kälte. Diese ließ den polierten Marmor der Stufen glatt wie Schmierseife werden und selbst die Luft zu einem Gewirr dünner Spinnweben aus Eis erstarren, das Gerda wie mit tausend unsichtbaren Händen festzuhalten versuchte.

Auch jetzt gelang es ihr nur wieder mithilfe des Feuerliliensamens, der grausamen Kälte zu widerstehen und sich weiterzubewegen. Als sie jedoch in den großen Innenhof stürmte, da musste sie einen weiteren Blumensamen hervorholen, um sich der Angriffe der Schneekönigin zu erwehren, die nunmehr ihre ganze eisige Magie entfesselte, um Gerda doch noch aufzuhalten.

Und eine Zauberin war sie wahrhaftig. Als Gerda durch das gewaltige Tor und die Treppe zum Fluss hinunterstürmte, da stand sie schon am Anfang der Brücke und wartete auf sie, obwohl Gerda doch so schnell gelaufen war wie niemals zuvor in ihrem Leben.

»Wo willst du denn hin, mein Kind?«, fragte sie mit einem Lächeln, das so kalt war wie die weiße Pracht, unter der das Land ringsum erstickte. »Hat man dir denn nicht gesagt, dass noch nie jemand aus meinem Schloss entkommen ist?«

Statt zu antworten, fuhr Gerda auf dem Absatz herum und jagte so schnell sie konnte davon. Die Schneekönigin schrie einmal mehr vor Zorn und Enttäuschung auf und schickte ihr die eisigen Wächter hinterher.

Noch konnten sie ihr nichts anhaben. Wie schon zuvor erfüllte der Feuerliliensamen Gerda nicht nur mit magischer Wärme, sondern verlieh ihr auch zusätzliche Kraft, sodass sie ihren Verfolgern mühelos davonrennen konnte. Doch sie machte sich nichts vor. In ihrem Beutel war jetzt nur noch ein einziges Samenkorn, und wenn dessen Magie aufgebraucht war, dann benötigte die Schneekönigin keine Zauberkraft mehr, um sie zu fangen.

Das würde die Kälte dann ganz allein für sie erledigen.

Gerda rannte trotzdem nur noch schneller. Aufzugeben war nicht ihre Art. Solange noch ein Atemzug und auch nur ein Fünkchen Wärme in ihr waren, würde sie weiterkämpfen …

… oder vielleicht auch nicht, denn als sie im Laufen über die Schulter zurücksah, da gerann ihr vor Schreck schier das Blut in den Adern.

Die Eiswächter waren weit hinter ihr zurückgefallen, und wie es aussah, würden sie sie auch nicht einholen. Für die Schneekönigin selbst galt das nicht. Sie hatte die Maske nun endgültig fallen gelassen und machte keinen Hehl mehr aus ihrer Zauberkraft. Wie eine wütende Rachegöttin saß sie in ihrem Schlitten, der von einem riesigen, zahn- und klauenbewehrten Rentier gezogen hinter ihr herjagte.

Gerdas Vorsprung schmolz schnell dahin. Und der von dem Untier gezogene Schlitten schien erst jetzt richtig Fahrt aufzunehmen.

Die Furcht verlieh ihr noch einmal zusätzliche Kraft, sodass sie hakenschlagend wieder ein wenig Raum gewann. Doch natürlich war der Schlitten der Schneekönigin schneller, zumal der

Boden bald nicht mehr hart gefroren war, sondern von weichem Pulverschnee bedeckt, in den Gerda bei jedem Schritt bis zu den Knien einsank. Der Schlitten ihrer Verfolgerin schien dagegen darüber hinwegzugleiten, fast ohne ihn auch nur zu berühren.

Und selbst wenn sie schnell genug gewesen wäre – wohin sollte sie sich wenden? Zur Linken lag der Fluss, vor ihr eine schier endlose Ebene aus erstarrtem Weiß, und zur Rechten erhoben sich schroffe Felsen und Berge, deren Gipfel sich weit über ihr im Nebel verloren.

Die Entscheidung wurde ihr abgenommen, als sie eine Gefahr hinter sich spürte und sich ganz instinktiv nach rechts warf. Der Schlitten verfehlte sie um Haaresbreite und der weiche Schnee dämpfte ihren Aufprall. Aber sie versank auch nahezu vollkommen darin und der pulverfeine eisige Schnee drang sofort in Mund, Nase und Ohren ein. Hustend kam sie wieder in die Höhe, und es wäre vielleicht noch einmal gut gegangen, wenn sie dabei nicht den kostbaren Samen in ihrer Hand verloren hätte. Die Kälte sprang sie mit all ihrer grausamen Kraft an, und sie griff schon fast verzweifelt nach dem Beutel, um den allerletzten Feuerliliensamen hervorzuzerren.

Die Zeit, die sie dafür brauchte, reichte der Schneekönigin, um den Schlitten in einem weiten Bogen zu wenden und erneut auf Gerda zuzukommen. Sie hielt die Zügel jetzt nur noch mit einer Hand, in der anderen schwang sie eine gewaltige Peitsche, die aus nichts anderem als reiner Kälte bestand und die Luft zu Eis und wirbelndem Hagel gerinnen ließ, wo auch immer sie sie pfeifend durchschnitt. Als wäre all das noch nicht schlimm genug, erscholl über Gerda erneut der krächzende Schrei des verräterischen Raben.

Gerda verschwendete keine Zeit damit, nach ihm zu sehen. Sie fuhr auf dem Absatz herum und jagte in die einzige Richtung davon, die ihr noch blieb, zwischen den Felsen hindurch und einen steilen Pfad hinauf, auf dem ihr der Schlitten nicht folgen konnte.

Zumindest wäre es so gewesen, wäre ihre Verfolgerin keine mächtige Zauberin.

Zu Gerdas Pech war sie das aber, und deshalb schoss der Schlitten so mühelos hinter ihr den steinigen Pfad herauf, dass ihr Vorsprung schon wieder in Windeseile zusammenschmolz. Sie versuchte, noch schneller zu rennen, erreichte damit aber nur, dass sie ins Stolpern geriet und um ein Haar gestürzt wäre. Hinter ihr stoben Funken unter den Kufen des Schlittens auf und der bösartige Vogel stieß mit angelegten Flügeln wie ein angreifender Falke auf sie herab. Sein Schnabel verfehlte sie, doch seine Krallen schnappten nach ihrem Haar und rissen ihr eine blonde Strähne aus.

Es tat so weh, dass sie vor Schmerz aufschrie und ganz instinktiv nach dem frechen Vogel schlug. Sie traf, und der Rabe flatterte nicht nur mit einem erschrockenen Krächzen davon, sondern prallte gegen das Tier, das den Schlitten der Schneekönigin zog, das sich daraufhin erschrocken aufbäumte. Der ganze Schlitten geriet ins Wanken, prallte gegen einen Felsen und zerbrach in Stücke.

Die Schneekönigin wurde in hohem Bogen herausgeschleudert und landete unsanft zwischen den Felsen. Fast sofort rappelte sie sich wieder auf, benommen und reichlich mitgenommen, aber offensichtlich unverletzt, sodass Gerda nur ganz kurz im Schritt zögerte und dann umso schneller weiterrannte. Schließlich wollte sie die Chance nicht ungenutzt verstreichen lassen, die ihr das Schicksal nun doch noch schenkte.

Hinter ihr sprang die Schneekönigin mit einem zornigen Ausruf vollends hoch und machte einen hastigen Schritt, wobei ihr Fuß auf einem losen Stein ausglitt. Aus dem Zorn in ihrem Ausruf wurde Überraschung, dann purer Schrecken. Einen Moment lang ruderte sie wild mit den Armen, um ihr Gleichgewicht zu bewahren, dann kippte sie nach hinten und war im nächsten Augenblick einfach verschwunden.

Es ging so schnell und kam so vollkommen unerwartet, dass Gerda noch etliche Schritte weiterstolperte, ehe sie endlich stehen blieb und sich verblüfft umdrehte. Die Schneekönigin war verschwunden. Über ihr flatterte der Rabe und schimpfte und krächzte immer lauter. Aber er wagte es nicht mehr, auch nur in ihre Nähe zu kommen.

Gerda ignorierte ihn, ging mit zitternden Knien den Pfad zurück und wurde auf den letzten Schritten zunehmend langsamer. Ihr Verstand schrie ihr immer verzweifelter zu, sich sofort umzudrehen und davonzulaufen, so schnell und so weit sie nur konnte.

Stattdessen ging sie weiter und ließ sich mit klopfendem Herzen am Rand der Felsen in die Hocke sinken, während sie sich zugleich so weit nach vorne beugte, wie sie es gerade noch wagte.

Unter ihr gähnte ein Abgrund von mindestens hundert Manneslängen, wenn nicht mehr. Die Schneekönigin hing nur ein kleines Stück unter ihr an der Wand, klammerte sich mit den Fingerspitzen der Linken an den vereisten Fels und tastete vergebens mit der anderen Hand und beiden Füßen nach Halt. Aber es war nur noch eine Frage von Augenblicken, bis sie endgültig abrutschte und in den Abgrund fiel – ein Sturz, den nicht einmal eine so mächtige Zauberin mit all ihrer Macht überstehen konnte.

Gerda dachte gar nicht mehr nach. Sie beugte sich sogar noch ein Stück weiter vor und griff nach dem Handgelenk der Schneekönigin, und das keinen Moment zu früh, denn genau in dieser Sekunde verloren deren blutige Fingerspitzen endgültig den Halt.

Irgendwie gelang es Gerda, ihr Handgelenk nicht loszulassen. Aber der Ruck war so heftig, dass sie das Gefühl hatte, der Arm würde ihr aus der Schulter gerissen. Sie fiel nach vorn und auf den vereisten Fels, schlug sich die Lippen blutig und spürte voller Entsetzen, wie sich ihr Griff nun doch zu lockern begann.

Gerda hielt verbissen fest, wurde aber nun ihrerseits weiter nach vorne gezogen, ganz langsam nur, aber unbarmherzig, und ihr Griff lockerte sich immer weiter. Ihre Kraft reichte einfach nicht, um die Schneekönigin mit nur einer Hand zu halten. Es gab nur noch eines, was sie tun konnte.

Sie ließ den Feuerliliensamen fallen und griff nun auch mit der anderen Hand zu. Die Schneekönigin wurde dadurch nicht leichter, aber nun drohte sie wenigstens nicht mehr im nächsten Moment abzustürzen. Indem sich Gerda mit den Füßen zwischen den Felsen verhakte, gelang es ihr sogar, die Schneekönigin ein Stück weit zu sich heraufzuziehen. Und schließlich musste diese wohl doch mit der anderen Hand irgendwo Halt gefunden haben, denn gerade als Gerda glaubte, es nicht mehr aushalten zu können, ließ der schreckliche Druck auf ihre Schulter nach und die Schneekönigin zog sich ganz auf den Weg herauf und rollte sich mit einem erleichterten Seufzen auf den Rücken.

Gerda hätte nichts lieber als dasselbe getan, doch die Luft, die sie einatmete, war plötzlich wie Glas, das ihr die Kehle und die Lunge zerschnitt. Und jetzt bildete sie sich nicht nur ein, hören zu können, wie ihr Haar und ihre Kleider knisternd zu Eis erstarrten. Ohne den magischen Blumensamen war sie der Kälte hilflos ausgeliefert. Ihr Herz schlug immer langsamer und schwerer und ihr Blick begann sich zu trüben. Aber wenigstens würde es schnell gehen, dachte sie.

Oder auch nicht, denn plötzlich wurde es vor ihren Augen wieder hell, und auch die Luft in ihrer Kehle versuchte nicht mehr, sie zu ersticken, sondern war nur noch so kalt, dass es wehtat.

Dann geschah etwas, womit sie nun wirklich nicht mehr gerechnet hatte: Ihr wurde warm. Nicht sehr. Die Kälte blieb grausam und jede noch so winzige Bewegung bereitete ihr große Mühe, aber Gerda drohte nun nicht mehr das Bewusstsein zu verlieren oder Schlimmeres. Zitternd setzte sie sich auf und zog die Knie an den Leib, bevor sie den Kopf drehte und sogleich noch heftiger erschrak.

Auch die Schneekonigin hatte sich wieder aufgesetzt und sah aus großen Augen auf sie herab. Ihr zuvor strahlend weißes Kleid war nun zerrissen und verdreckt und ihre Hände bluteten. Die roten Tropfen dampften in der Kälte, und manche von ihnen gefroren, noch bevor sie zu Boden fallen konnten.

»Warum hast du das getan?«, murmelte sie stockend. »Du hast mich gerettet!«

Selbst wenn Gerda hätte antworten wollen, hätte sie es gar nicht gekonnt, so sehr klapperten ihre Zähne. Sie schlugen heftig genug aufeinander, dass sie ihr eigenes Blut schmeckte.

»Aber du hättest entkommen können«, fuhr die Schneekönigin verwundert fort. »Du hättest nur weiterlaufen müssen und wärst in Sicherheit gewesen.«

»Aber dann wärt Ihr abgestürzt«, brachte Gerda mühsam heraus.

»Möglicherweise«, räumte die Schneekönigin ein. »Vielleicht aber auch nicht. Doch so oder so hättest du dich in Sicherheit bringen und vielleicht sogar deinen Freund und deine ganze Familie retten können.«

Sie schüttelte in einer verwirrten Bewegung den Kopf. »Und du hast all das aufs Spiel gesetzt, um jemanden zu retten, der nun wirklich nicht dein Freund ist?«

»Ja, das war dumm«, gestand Gerda, noch immer vor Kälte wie Espenlaub zitternd. Sie versuchte zu lächeln, um klarzumachen, dass diese Worte vielleicht nicht ganz so ernst gemeint waren. Doch ihre steif gefrorenen Gesichtszüge versagten ihr den Dienst.

»Und du hast es trotzdem getan. Warum?«

»Weil man ein Menschenleben nicht mit einem anderen erkaufen darf«, antwortete Gerda überzeugt.

»Auch nicht, wenn es um so viele Schicksale geht?«

»Ihr habt recht«, antwortete Gerda, »dass Gut und Böse im Herzen eines jeden Menschen wohnen. Aber jeder muss auch für sich entscheiden, wie er handelt, und in jeder Situation neu. Eure Kälte tötet nicht nur das Böse. Sie nimmt den Menschen die Möglichkeit, sich zu entscheiden.«

»Was vielleicht nicht jedem gelingt.«

»Das ist wahr«, antwortete Gerda. »Aber wer soll darüber urteilen, ob eine Entscheidung richtig und gut ist oder falsch und schlecht? Wie soll ich mich denn für eine Seite entscheiden, wenn ich die andere gar nicht kenne?« Sie schüttelte heftig den Kopf, als die Schneekönigin sie unterbrechen wollte. »Jeder muss für sich selbst entscheiden.«

Die Schneekönigin sah sie sehr lange und mit nicht zu deutendem Gesichtsausdruck an. Irgendetwas funkelte in ihren Augen, und hätte Gerda nicht gewusst, dass es vollkommen unmöglich war, dann hätte sie geschworen, dass es Tränen waren.

»Du bist ein erstaunliches Mädchen, Gerda«, sagte sie schließlich. »Du hast alles riskiert. Du hast dein früheres Leben und alles, was du hast, hinter dir gelassen, um deinen kleinen Freund zu retten. Und dann wirfst du alles weg, um *mir* das Leben zu retten? Ausgerechnet *mir?* Du hättest einfach nur weggehen müssen.«

»Ich konnte Euch nicht einfach sterben lassen«, sagte Gerda überzeugt.

»Nicht einmal deinen schlimmsten Feind?« Die Schneekönigin beantwortete ihre eigene Frage mit einem Kopfschütteln und einem erstaunten Gesichtsausdruck. »Du hättest das auch für jeden anderen getan, habe ich recht? Selbst für einen vollkommen Fremden.«

Was war denn das für eine Frage?

»Natürlich«, antwortete Gerda

»Du bist wirklich ein erstaunliches Mädchen«, sagte die Schneekönigin nach einer Weile noch einmal und in noch erstaunterem Ton. »Du hast ein gutes Herz. Weißt du das?«

Und damit legte sie die rechte Hand auf Gerdas Brust, direkt über ihr Herz, und sofort durchströmte sie eine Woge wohltuender Wärme.

Gerda konnte sehen, dass es nicht nur ihr so erging. Der Ausdruck, der auf dem Gesicht der Schneekönigin erschien, war für Gerda nicht zu beschreiben, dennoch aber vollkommen anders, als sie erwartet hätte: Sie sah Verwirrung, Erstaunen und auch Erschrecken, aber auch eine immer größer werdende Trauer.

»So ein gutes Herz«, flüsterte sie. »Ich wusste gar nicht, dass es so etwas noch gibt.«

Und damit füllten sich ihre Augen mit Tränen, die über ihre Wangen liefen und Eis und glitzernde Kälte auslöschten, wo sie sie berührten.

Immer mehr und immer heißere Tränen liefen über ihr Gesicht und schließlich spülten sie einen winzigen spiegelnden Eissplitter aus ihrem Auge.

Gerda streckte die Hand aus und tupfte ihn mit der Fingerspitze von ihrer Wange. Und sie hatte es noch nicht ganz getan, da verschwand alles Weiße und Kalte aus ihrem königlichen Gegenüber. Erst jetzt erkannte Gerda ihren Irrtum: Es war kein Eis, sondern ein winziger Splitter, wie aus einem viel größeren Spiegel herausgebrochen, aus dem sie ihr eigenes Gesicht ansah.

Nur dass es nicht ihr eigenes Gesicht war, sondern etwas so Dunkles und Hässliches, dass sie zutiefst erschrak und den Spiegelsplitter fallen ließ. Die Schneekönigin fing ihn auf und betrachtete ihn auf der ausgestreckten Handfläche. Gerda schreckte zurück, als sie sah, wie sich ihre Hand schon wieder weiß zu färben und in glitzernde Kälte zu hüllen begann. Doch dann schloss die Schneekönigin die Hand zur Faust, und als sie sie wieder öffnete, da war die Spiegelscherbe verschwunden und zu Staub geworden, der im nächsten Augenblick im Wind verwehte.

»Dann … dann ist also alles wahr?«, hauchte Gerda stockend. »Die Geschichte, die meine Großmutter erzählt hat? Der Troll und … und der Zauberspiegel?«

»Hat dir deine Großmutter denn nicht erzählt, dass in jedem Märchen auch immer ein Körnchen Wahrheit steckt?«, fragte die Schneekönigin.

Sie stand auf und streckte Gerda die Hand entgegen, und als diese zögerte, trat sie einen Schritt zurück und wartete, bis sie sich aus eigener Kraft erhoben hatte.

»Dann ist es vorbei?«, fragte Gerda mit bangem Herzklopfen.

Statt direkt zu antworten, lächelte die Schneekönigin sie nur wortlos an. Nur dass sie jetzt eigentlich nicht mehr die Schneekönigin war, sondern eine wunderschöne junge Frau mit gütigen Augen und langem lockigem Haar, das ganz wie das Gerdas aussah, nur von pechschwarzer Farbe. Und auch ihr Kleid war nicht mehr weiß, sondern schimmernde Seide in Gold und den Farben des Sonnenuntergangs, und aller Schmutz und alle Risse waren wie durch Zauberei verschwunden.

»Warum siehst du dich nicht einfach um?«, fragte sie lächelnd.

Gerda tat, wie ihr geheißen, und nun kam sie aus dem Staunen nicht mehr heraus. Überall rings um sie herum begann der Schnee zu schmelzen, und die Sonne über ihr am Himmel spendete das erste Mal seit vielen Jahren nicht mehr nur Licht, sondern auch Wärme, die ihr Gesicht wie eine sanfte Hand streichelte.

Sie hörte den Raben über sich krächzen, und als sie hinsah, da hatte auch er sich verändert, und sein Gefieder glänzte schwarz wie frisch geschmolzener Teer.

»Dann ist es vorbei?«, flüsterte sie noch einmal.

Ihr Blick tastete über das Schloss und die Dächer der Stadt auf der anderen Seite des Flusses. Überall begann der Schnee zu schmelzen und aus dem Boden sprossen Gras und bunte Frühlingsblumen. Bäume, die schwarz und wie abgestorben dagestanden hatten, wurden wieder grün. Obwohl sie viel zu weit entfernt war, um auch nur einen einzigen Menschen zu erkennen, wusste Gerda doch, dass jetzt überall im Schloss und in der Stadt Männer und Frauen und Kinder wie aus einem tiefen Schlaf erwachten, sich die Augen rieben und sich vergebens fragten, was denn eigentlich passiert war.

»Ja, mein Kind, das ist es«, antwortete die Schneekönigin.

»Aber was habe ich denn … ich meine … ich … ich habe doch nur …«

»Mein Leben gerettet«, half ihr die Schneekönigin aus, als Gerda nicht weitersprechen konnte.

»Aber es war nur ein einziges«, sagte sie verwirrt.

»Es macht keinen Unterschied, ob du eine einzige Seele rettest oder die aller Menschen«, antwortete die Schneekönigin. »Es ist die Entscheidung, die zählt. Und du hast dich richtig entschieden.«

Gerda sah wieder zur Stadt hinüber. Der Schnee war schon fast überall verschwunden. Wie um all die verlorenen Jahre und Jahrzehnte aufzuholen, hielt der Frühling jetzt mit Siebenmeilenstiefeln Einzug, sodass man dabei zusehen konnte, wie die Natur wieder erwachte.

»Lass uns ins Schloss gehen«, sagte die Schneekönigin. »Ich glaube, deine Familie wartet auf dich.«

»Meine … Familie?«

Gerda hatte Mühe, die Worte zu verstehen. In den letzten Stunden – und vor allem Minuten! – war gar zu viel passiert. Aber dann fielen ihr all die Gestalten im großen Thronsaal des Eispalastes wieder ein. Sie fuhr auf dem Absatz herum und hatte es nun sehr eilig, zurück ins Schloss und über den großen Innenhof zu stürmen.

Auch hier war der ewige Winter vorbei, und wohin sie auch sah, schmolzen Eis und Schnee und erschienen das erste Grün und die ersten bunten Blüten in der ehemals weißen Einöde.

Doch auch dafür hatte sie keinen Blick, sondern rannte nur noch einmal schneller, sodass der Schnee unter ihren Füßen nur so aufstob. Noch bevor er wieder zu Boden sinken konnte, verwandelte sich jede einzelne Flocke in ein buntes Blütenblatt und jeder noch so winzige Eissplitter in ein Samenkorn, das sofort Wurzeln schlug und neues und blühendes Leben hervorbrachte.

Das war das zweite und geheime Geschenk der alten Blumenfrau, von dem sie bisher noch gar nicht gewusst hatte, es zu besitzen.

Sie stürmte weiter, durchquerte die große Halle und sprang die Treppe hinauf, vorbei an Wächtern in blitzenden Rüstungen und mit Schild und Speer, die von so vielen Jahren des Schlafes noch viel zu benommen waren, um mehr zu tun, als ihr verwirrt und mit offenen Mündern hinterherzustarren.

Und endlich in der riesigen Halle angekommen, erlebte sie die größte Überraschung, sodass sie mitten im Schritt innehielt und nur noch staunend Mund und Augen aufreißen konnte.

Alles hatte sich verändert. Durch das große Fenster strömten nun das helle Sonnenlicht und die Wärme des ersten Frühlingstages seit unzähligen Jahren herein. Wo zuvor nur grauer Stein und das kalte Weiß von Eis geherrscht hatten, da empfingen sie nun bunte Wandteppiche und Bilder und das blitzende Gold und die fröhlichen Farben kostbarer Möbel.

Und das war noch nicht alles. Die bisher auf so schreckliche Weise zu Eis erstarrten Menschen erwachten endlich wieder zum Leben. Wer die Kälte schon abgeschüttelt hatte, wirkte ähnlich schlaftrunken wie die Wächter, an denen sie gerade vorbeigelaufen war. Gerda blickte in ratlose Gesichter und hier und da sah sie auch Schrecken oder pure Angst.

Aber nicht überall. Plötzlich rief jemand ihren Namen und eine schmale Gestalt mit wehendem Haar und zerschlissenen Kleidern rannte auf sie zu. Zwei schwer bewaffnete Wächter folgten ihr. Sie waren aber noch viel zu benommen, um dem wieselflinken Räubermädchen auch nur nahe zu kommen. Sie schlug einen blitzartigen Haken und umarmte Gerda dann mit einem solchen Ungestüm, dass es sie beinahe von den Füßen gerissen hätte.

»Gerda, du bist frei! Was ist passiert? Haben wir gewonnen?«, sprudelte es aus dem Räubermädchen heraus.

Selbst wenn Gerda hätte antworten wollen, hätte sie es gar nicht gekonnt, denn das Mädchen umarmte und herzte sie so heftig, dass ihr die Luft wegblieb. Im nächsten Moment hatten die zwei Soldaten die Räubertochter auch schon eingeholt und ergriffen sie einfach unter den Armen, um sie in die Höhe zu heben.

Wenn auch nur für einen einzigen Augenblick, denn dann trat die bärtige Räuberin hinzu und hob die beiden ihrerseits mit jeweils nur einer Hand und genauso mühelos in die Höhe, wie es diese mit ihrer Tochter getan hatten. Natürlich begannen sich die Wächter nach Kräften zu wehren, sodass es zu einer wüsten Rangelei kam, in die sich auch unverzüglich weitere Krieger einmischten.

Es hätte übel enden können, wäre da nicht plötzlich eine helle, aber sehr scharfe Stimme gewesen, die nicht nur augenblicklich für Ruhe sorgte, sondern auch dafür, dass die Männer hastig zurückwichen.

Abgesehen von den beiden natürlich, die die bärtige Räuberin noch immer am Schlafittchen gepackt hatte und in die Höhe hielt, sodass sie nur mit den Füßen strampeln konnten.

»Was geht hier vor?«

Gerdas Mutter näherte sich mit raschen Schritten und unterstrich die Schärfe in ihrer Stimme noch mit einer so befehlenden Geste, dass jedermann sie wohl auch dann als Königin erkannt hätte, wäre sie nicht wie eine solche gekleidet gewesen. Unter ihrem strengen Blick ließ schließlich auch die bärtige Räuberin die beiden unglückseligen Wächter los, die es jetzt sehr eilig hatten, sich zurückzuziehen, und hustend und japsend nach Luft schnappten.

»Und du?« Die Königin wandte sich mit einem kaum weniger strengen Blick an die Räubertochter. »Was fällt dir ein, meine Tochter …«

»Sie ist eine Freundin«, mischte sich Gerda rasch ein. »Sie wollte mir nichts tun! Sie und ihre Mutter haben mir geholfen. Ohne sie hätte ich es nicht hierher geschafft.«

Ganz kurz schien der Zorn in den Augen der jungen Königin sogar noch zuzunehmen. Doch dann sah sie auf Gerda hinab und runzelte die Stirn, und plötzlich konnte man ihr regelrecht ansehen, wie peinlich ihr die Situation war.

»Oh«, murmelte sie. »Ist das … wahr?«

Die Räuberin nickte nur stumm und gab sich darüber hinaus alle Mühe, möglichst grimmig dreinzublicken. Gerda entging dabei natürlich nicht, wie sehr sie sich in Wahrheit über die Situation amüsierte.

»Also dann … entschuldige ich mich bei Euch«, fuhr die Königin unübersehbar verlegen fort. »Und ich bedanke mich dafür, dass Ihr so gut auf meine Tochter achtgegeben habt.«

»Ihr müsst Euch nicht entschuldigen, Majestät«, antwortete die Räuberin. »Was wäret Ihr für eine Mutter, wenn Ihr Euch nicht um Eure Tochter sorgen würdet?« Sie nickte beruhigend, schoss aber auch einen drohenden Blick in Richtung der beiden Soldaten ab, die ihre Tochter gerade ergriffen hatten, und fügte gespielt drohend hinzu: »Und dasselbe gilt übrigens auch für mich.«

Die beiden Männer wurden sogar noch ein wenig blasser, als sie es ohnehin schon waren, und nun trat auch der König hinzu – der ja niemand anderer als Gerdas Vater war.

»Wenn es sich alles so zugetragen hat, dann habt Ihr nicht nur unsere Tochter gerettet, sondern auch uns und vielleicht noch viel mehr Menschen«, sagte er mit ruhiger Stimme. »Wir werden unseren Dank noch gebührend zum Ausdruck bringen, seid gewiss. Aber jetzt …«

Zum allerersten Mal sah er direkt auf Gerda herab, und in seinen Augen erschien ein Ausdruck von Wärme, der Gerda einen Schauer über den Rücken laufen ließ.

»Gerda?«, murmelte er. »Du … du bist es wirklich? Aber du warst noch ein Kind, als ich dich das letzte Mal gesehen habe! Wie viel Zeit ist denn nur …« Und dann konnte er plötzlich nicht mehr weitersprechen und es schimmerte nass in seinen Augen. Bevor Gerda erkennen konnte, ob er den Kampf gegen die Tränen verlor oder gewann, ging er vor ihr in die Hocke und zog sie nicht nur so fest an sich, dass ihr schon wieder die Luft wegblieb, sondern auch so lange, dass ihr ganz schwindelig wurde.

»All die Jahre!«, sagte er mit zitternder Stimme. »Wir sind aufgebrochen, um unser Land von diesem Fluch zu befreien. Für uns sind nur wenige Wochen vergangen, und nun bist du schon fast eine junge Frau! Was hat diese Hexe dir nur angetan!«

»Nichts«, antwortete Gerda mühsam, während sie sich sogar noch mühsamer aus seiner Umarmung löste. Wahrscheinlich gelang es ihr bloß, weil ihre Mutter ihr dabei half und ihren Vater ein Stück zur Seite schob – wenn auch nur, um sie nun ihrerseits fast genauso stürmisch zu umarmen und zu herzen.

»Ich bin ja so froh, dass du da bist!«, sagte ihr Mutter. »Und du lebst und bist unverletzt! Wo kommst du her? Wie ist es dir ergangen und wie geht es Großmutter? Du musst uns alles erzählen und …«

»Ja, das muss sie. Ganz zweifellos«, unterbrach sie nunmehr der König. »Wir haben uns so viel zu erzählen, dass es für ein ganzes Jahr reicht. Aber zuallererst müssen wir unsere Chance nutzen und das hier zu Ende bringen! Wir müssen die Hexe finden!«

»Und am besten gleich einen Scheiterhaufen aufschichten und sie verbrennen«, pflichtete ihm eine zweite Stimme bei, die nicht minder entschlossen klang. »Rasch, bevor sie uns wieder mit ihrem Zauber belegt!«

Gerda sah hoch und blickte in ein anderes Gesicht unter einer goldenen Krone, das ihr bekannt vorkam, obwohl sie es noch nie zuvor gesehen hatte. Kein Wunder, denn die Verwandtschaft war unübersehbar.

»Ihr seid … Kays Vater?«, fragte sie stockend.

»Und du bist Gerda, Kays kleine Freundin«, sagte der andere König mit einem milden Lächeln. »Unser Sohn hat uns schon von dir erzählt, obwohl seine Mutter und ich gerade erst einmal seit wenigen Augenblicken wieder erwacht sind. Du musst ihm wirklich eine Menge bedeuten.«

Gerda verdrehte sich fast den Hals, um an ihm vorbeisehen zu können. Kay stand nur ein paar Schritte entfernt da und redete mit der anderen Königin, bei der es sich zweifellos um seine Mutter handelte. Er blickte seinerseits in Gerdas Richtung, aber natürlich hatte er keine Chance, sich der überschwänglichen Wiedersehensfreude seiner Mutter zu entziehen; so wenig, wie Gerda es gekonnt hatte.

»Für all das ist später noch Zeit«, sagte Gerdas Vater, nun wieder ganz König, aber auch Heerführer. Er legte die Hand auf den Griff des mächtigen Schwertes, das aus seinem Gürtel ragte. »Wir müssen sehen, wie viele Männer uns noch bleiben, um das Schloss zu sichern und die Hexe zu finden!«

»Aber das ist nicht nötig«, sagte eine Stimme von der Tür her.

Nicht nur Gerda und ihr Vater fuhren erschrocken herum, auch alle anderen taten es ihnen gleich. Mehr als ein Schwert wurde gezogen und mehr als ein Schild grimmig gehoben, als sie erkannten, wer da unter der großen Tür aufgetaucht war: niemand anderes als die Schneekönigin nämlich.

Vielleicht war dieser Name nun wirklich nicht mehr zutreffend, denn nur noch sehr wenig an ihr erinnerte an die kalte, ebenso schöne wie gnadenlose Person, als die Gerda sie kennengelernt hatte. Sie trug jetzt eine prachtvolle Robe aus wallendem rotem Samt, Hermelin und Gold, und weder die Krone auf ihrem Haupt noch das große Zepter in ihrer Hand bestanden aus Eis, sondern aus blitzenden Diamanten.

»Da ist die Hexe!«, rief Kays Vater und zog sein Schwert. »Ergreift sie!«

Sofort machten sich etliche seiner Männer daran, seinem Befehl nachzukommen, und auch Gerdas Vater legte die Hand auf den Schwertgriff. Vielleicht hätte es doch noch ein schlimmes Ende genommen, denn auch die Herrin über dieses Schloss war nicht allein gekommen, sondern in Begleitung eines ganzen Trupps ihrer eigenen Soldaten, die sich nun schützend um ihre Königin scharrten.

Aber das durfte nicht sein!

Gerda stürmte los, kaum dass sie wusste, was sie da tat, und stellte sich mit weit ausgebreiteten Armen zwischen die Männer der Schneekönigin und die ihres Vaters.

»Hört auf!«

Tatsächlich prallten die heranstürmenden Soldaten fast schon entsetzt zurück, und die Krieger der Schneekönigin beließen es dabei, ihre Waffen zu ziehen und sich bereitzuhalten.

»Hört auf!«, rief sie noch einmal. »So darf es nicht enden!«

»Geh aus dem Weg, mein Kind.« Die Front der Soldaten vor ihr teilte sich, und Kays Vater trat heraus, das Schwert in beiden Händen und einen grimmigen Ausdruck im Gesicht. »Ich verstehe dich ja, aber wir müssen es zu Ende bringen.«

»Nein, Ihr versteht nicht!«, antwortete Gerda.

Sie war beinahe selbst ein wenig erstaunt, dass sie es wagte, einem leibhaftigen König so offen zu widersprechen. Auch wenn sie selbst eine Prinzessin war, so war sie zeit ihres Lebens wie ein Mädchen aus dem einfachen Volk aufgewachsen, für die Edelleute oder gar Könige etwas ganz Besonderes waren. Dennoch hielt sie dem Blick des fremden Königs so ruhig stand, dass schließlich er es war, der einen halben Schritt zurücktrat und sogar sein Schwert senkte.

Doch nun trat Gerdas Vater neben ihn und maß sie mit einem zwar gütigen, aber auch ebenso strengen Blick.

»Geh aus dem Weg, mein Kind«, sagte er sanft. »Ich kann dich verstehen, aber es muss enden, hier und jetzt.«

»Aber nicht so!«, beharrte Gerda. »Es ist genug Blut geflossen.«

»Und das darf nicht umsonst gewesen sein«, sagte ihr Vater ernst. »Geh aus dem Weg, Gerda. Ich will dir nicht wehtun.«

»Und das müsst Ihr auch nicht«, erklang die Stimme der Schneekönigin hinter ihr. Erneut hob ein bedrohliches Klirren und Rumoren an, als sich ihre Soldaten neu formierten, doch sie trat ganz allein an Gerdas Seite und breitete die Arme aus. »Ich werde mich nicht verteidigen und meine Soldaten legen die Waffen nieder. Was geschehen ist, tut mir unendlich leid. Ich gäbe mein Leben, um es ungeschehen zu machen.«

»Diesen Wunsch können wir Euch erfüllen«, sagte Kays Vater und hob wieder das Schwert.

»Es war nicht ihre Schuld«, sagte Gerda. Und dann erzählte sie die Geschichte des bösen Trolls und seines verzauberten Spiegels, so wie sie sie von ihrer Großmutter gehört hatte. Die beiden Könige und ihre Soldaten hörten schweigend zu und auf dem einen oder anderen Gesicht erschien ein nachdenklicher Ausdruck. Doch schließlich war es ausgerechnet ihr Vater, der den Kopf schüttelte und sein Schwert wieder fester ergriff.

»Es muss zu Ende gebracht werden, Gerda«, sagte er traurig. »Niemand von uns will das, aber …«

»Dann tut es auch nicht!«

Es war nicht Gerda, die das sagte, sondern …

Gerdas Herz machte einen Hüpfer, als sie Kay erkannte, der nun mit einem raschen Schritt aus der Reihe der Soldaten hervortrat.

Er lächelte ihr knapp und auf eine Art zu, die sie tief berührte. Dann trat er neben sie und damit auch zwischen die Schneekönigin und die beiden Könige und ihre Soldaten.

»Gerda sagt die Wahrheit! Ich habe auf dem Eisthron gesessen und alles gesehen und gehört. Es war nicht ihre Schuld! Niemand ist schuld, nur der Troll. Aber seine Macht ist dahin. Gerda hat den Zauber gebrochen.«

»Bitte steckt die Waffen ein«, verlangte Gerda. »Ihr braucht sie nicht mehr.« Sie deutete auf die Krieger hinter ihrem Vater. »Und sie auch nicht. Schwerter haben noch nie Frieden gestiftet.«

Wieder sah ihr Vater sie lange und sehr nachdenklich an, und für die Dauer eines einzelnen schweren Herzschlages hätte Gerda nicht sagen können, wie er sich entschied. Doch dann steckte er sein Schwert ein, und nach einem allerletzten Zögern schob auch Kays Vater die blitzende Klinge in die prachtvolle Scheide an seinem Gürtel. Alle wirkten sehr erleichtert, und Gerda meinte regelrecht zu hören, wie ihr ein Stein vom Herzen fiel.

»Das hast du gut gemacht, mein Kind«, sagte die Schneekönigin, während sie neben sie trat und ihr die Hand auf die Schulter legte. Eine Hand, die nicht mehr kalt und hart wie Eis war, sondern warm und lebendig und so weich wie Seide. »Jetzt wird alles gut. Du hast recht, weißt du? Schwerter sind keine Friedensbringer.«

Sie zwinkerte ihr zu. »Das heutige Wunder habt ihr zustande gebracht. Du und dein kleiner Freund.«

»Kay, ja.« Gerda nickte heftig. »Ich weiß.«

Und damit drehte sie sich um und schloss Kay endlich in die Arme.

Und wenn sie nicht gestorben sind …

Aber das kennt ihr ja schon.

© Tanja Winkler

Wolfgang und **Heike Hohlbein** haben mit MÄRCHENMOND 1983 einen Jugendbuchklassiker geschaffen, der seinen internationalen Siegeszug bis heute ungebrochen fortsetzt. In Heikes Märchengarten hat das Paar zahlreiche weitere Bestseller wie ELFENTANZ und DER GREIF ersonnen. Das Aufschreiben gemeinsamer Ideen übernimmt Wolfgang Hohlbein, der mit über 44 Millionen verkauften Büchern Deutschlands unangefochtener Auflagenkönig ist. Wolfgang und Heike Hohlbein, die inzwischen auch gemeinsam vor der Kamera stehen, leben mit ihren Kindern und zahlreichen Tieren am Niederrhein.

Mehr unter: www.hohlbein.de

schenken & erleben

arsEdition